을 받는 편이지만, 예전에는 쇠고기값보다 돼지고기값이 더 비쌌습니다.

그런데도 우리는 통일 신라 이후 약 800여년 동안 중국식 의학에 우리 몸을 맡겨왔습니다. 그런데 이러한 잘못된 우리나라 의학계에 혜성같이 나타난 분이 바로 허준이십니다.

허준은 선조 때의 인물로 이 분의 주변에는 선도(仙道)를 수련하는 분들이 많았습니다. 왜 갑자기 선도 이야기를 하느냐 하면, 바로 삼국시대로부터 끊어져 있던 우리 의학의 맥이 이 선도에 숨겨져 면면히 내려와 있었던 때문입니다. 오늘날 선도를 두고 그 가치를 높이 보지 않는 분들이 많이 있지만, 다른 것은 접어두고라도 선도는 건강 문제 하나만은 정말 굉장한 경지까지 갔었습니다. 오늘날 단전호흡이니 복식호흡이니 운기조식이니 기공이니 하는 것들이 실상 다 선도에서 나온 말입니다.

바로 이러한 점을 허준은 정확히 보았던 것입니다. 그래서 허준을 볼 때는 바로 선도 부분에 적지 않은 관심을 가져야 그 분을 바로 이해할 수 있습니다.

즉「동의보감」중 가장 중요한 부분인 내경(內經)은 선도를 하는 사람들 사이에서 높게 받들어지는 북창 정염의 아우인 정작이 지은 것입니다.「동의보감」의 핵심을 허준이 아닌 딴 사람, 그것도 선도를 한 사람이 지었다고 하면 매우 놀라운 일이겠지요. 그렇지만 이것은 사실입니다. 제 소설 「토정비결」에서 이 부분이 어느 정도 서술되었기 때문에 자세한 묘사는 생략합니다만, 그만큼 허준은 사람을 볼 줄 알았고, 우리 의학의 실체를 인정할 줄 알았던 것입니다.

허준은 이 뿐만 아니라 「동의보감」을 저술하면서 우리나라 사람들에게 맞는 약을 일일이 실험하면서 그 약효를 점검했습니다. 그러한 피눈물나는 노력이 있었기 때문에 우리는 허준 이후에 중국 의학에서 벗어나 비로소 우리 한의학으로 우리 몸을 지켜낼 수 있었습니다.

허준이 의원의 길을 걷게 되는 과정, 그리고 질병에 시달리는 백성들의 아픔을 함께 하며 성의(聖醫)가 되기까지의 생애는 이 책을 읽어보면서 느껴보시기 바랍니다. 신분적인 제약으로 의원의 길을 택할 수밖에 없었던 허준, 스승 유의태의 헌신적인 가르침, 내의원이 된 이후부터 임진왜란을 겪고 「동의보감」을 서술하기까지 의료 혜택을 제대로 받지 못하는 난리 속의 백성들을 위해서 「동의보감」을 집필하는 허준의 집념을 읽어보십시오.

이 재 운

차례

허준의 동의보감 / 3
1. 가슴으로 설움을 삼키다 / 9
2. 혼 례 / 27
3. 명의 유의태 / 42
4. 의원의 길 / 60
5. 아들 겸이를 낳다 / 69
6. 시 련 / 92
7. 돌 림 병 / 119
8. 뜻을 세우다 / 148
9. 내의원 시험 / 156
10. 내의원 생활 / 162
11. 전 염 병 / 175
12. 임금에게서 인정을 받다 / 191
13. 임진왜란 / 216
14. 전쟁이 끝나다 / 256
15. 선조의 죽음 / 284
16. 귀 양 / 289
17. 동의보감 / 296

1
가슴으로 설움을 삼키다

"아악!"

허륜이 용천 현감으로 떠난 다음날이었다.

경상남도 산청의 한 대갓집에서 때아닌 비명이 터져나오고 있었다. 그 소리는 허준의 어머니 손씨 입에서 나오는 것이었다.

"네 이년! 먼길 떠나는 대장부의 심기를 얼마나 어지럽혀 놓았느냐, 이년!"

손씨의 종아리를 후려치고 있는 사람은 허륜의 정실이었다. 허준의 어머니는 소실이었는데, 허륜은 손씨를 무척 사랑했다. 그래서 평안도 용천의 현감으로 떠나기 며칠 전부터 내내 손씨의 방에서만 머물렀던 것이다.

허륜의 정실은 시기가 심한 성격인데다, 먼길 떠나기 전 남편이 소실의 방에서만 며칠씩 머물자 마음이 무척 상했다. 그래서 남편 허륜이 떠나자마자 손씨를 불러 닦달을 하고 급기야 회초리를 들어 종아리까지 후려쳤던 것이다.

정실에게 매를 맞고 있는 손씨는 고통을 참으며 입을 앙다물었다. 치마를 걷어올린 손씨의 손이 파르르 떨리고 있었다.

어머니가 매를 맞고 있다는 소식을 듣자 허준은 자리를 박차고 일어나 내당으로 달려갔다.

내당으로 들어가는 쪽문 앞에서는 하인 몇이 기웃거리다가 허준이 다가서자 얼른 허리를 굽혔다.

"흐흑."

고통과 설움을 참지 못하는 손씨의 울음 소리가 내당의 담을 넘어왔다.

허준의 두 주먹이 부르르 떨렸다.

"그만두십시오!"

손씨가 쓰러지는 것과 허준이 내당 마당으로 뛰어든 것은 거의 동시였다.

"아니, 준아!"

눈물로 범벅이 된 얼굴로 손씨는 허준을 바라보았다. 그 눈에는 제발 물러가라는 빛이 역력했다.

그런 어머니를 보고 허준은 울음을 참지 못했다.

"제발 그만하시란 말입니다. 너무하시지 않습니까?"

"아니, 저 놈이 제 에미라고 역성을!"

내당 마님은 허준을 보자 시뻘겋게 얼굴을 붉히며 화를

냈다.
"준아, 그만 물러가거라."
허준의 어머니 손씨는 애원하는 눈빛으로 다시 한번 허준을 바라보았다.
"우리도 이러고 사는 게 좋은 줄 아시오? 도대체 어머니가 무엇을 잘못해서 매를 맞는단 말이오. 우리 어머니는 잘못한 것 하나도 없소."
"아니, 저 놈이……."
"준아, 제발……."
허준은 내당에서 뛰어나와 달리기 시작했다. 뺨 위로 굵은 눈물이 마구 흘러내렸다.
허준은 논둑길을 달려 지리산 자락을 타고 올라갔다.
벌써 가을이 깊어 있었다. 산 속의 나뭇잎들은 거의 다 떨어져 낙엽이 수북이 쌓여 있었다.
마른 낙엽을 밟으며 한참을 달리던 허준은 숨이 턱에 차오르자 커다란 너럭바위에 누웠다. 바위의 차가운 감촉이 온몸을 얼얼하게 했지만, 허준은 한동안 움직이지 않고 그대로 누워 있었다.
누워서 하늘을 바라보는 허준의 눈에서 다시 눈물이 흘렀다.
아무리 생각해도 어머니가 불쌍했다.
소실이라는 이유 때문에 내당 마님에게 그 얼마나 많은 고초와 설움을 당했던가. 어머니가 소실인 것이 어머니의 의지와 아무 상관도 없는 일인데도 말이다.

아버지 허륜은 천민이던 손씨의 미모에 반해 손씨를 소실로 삼았다. 소실이 제대로 사람 대접을 받으려면 남편의 사랑을 잃지 않아야 했다. 그것을 잘 알고 있는 손씨였기에 아들을 낳고 나서도 처녀적과 다름없이 행동을 정갈하게 가지려 애썼고, 남편이 원하는 바와 원치 않는 바가 무엇인지를 헤아리며 온 정성을 다해 남편을 모셨다.

허륜의 정실에게 그런 손씨가 곱게 보일 리 없었다. 내당 마님은 남편의 사랑이 손씨한테로만 향하자 온갖 이유와 핑계를 대서 손씨에게 패악을 부리곤 했다.

종아리를 때리는 것은 그나마 참을 수 있는 일이었다. 어떤 때는 손씨의 머리끄덩이를 잡고 휘두르며 온몸에 매질을 하기도 했다.

그러나 손씨로서는 참는 수밖에 다른 길이 없었다. 정실 부인에게 있어서 소실은 남편을 빼앗아간 죄인일 뿐이기 때문이었다. 그리고 정실과 소실 사이의 갈등이 남편에게 알려져 보았자, 남편의 마음만 상할 뿐 어찌할 방도가 없었다. 오히려 손씨는 이로 인해 남편 허륜의 사랑을 잃게 될까 보아 염려스러웠다.

허준은 그런 어머니가 안쓰러워서 견딜 수가 없었다. 어려서부터 보아온 광경이지만 나이가 들어갈수록 더욱 안타까웠다. 이제 열다섯 살이 되어 세상 일을 알 만한 나이가 된 허준으로서는 더더욱 감당하기 힘든 일이었다.

'다시는 집으로 가지 않을 테야.'

허준은 입을 꾹 다물고 결심했다. 어머니가 그토록 고통을 당하고도 참을 수밖에 없는 것은 자신 때문이라는 생각이 들었던 것이다.
 아들인 자신의 장래를 위해서 어머니는 어떡하든 허씨 집안의 사람으로 있어야 했다. 쫓겨난 소실의 신분으로는 아무것도 할 수 없고 아무것도 보장되지 않는 사회였다.
 허씨 집안은 가락국 김수로왕의 후손이며 할아버지가 경상도 우수사를 지낸 명문이었다. 그러니 그 집에만 붙어 있는다면 허준 모자가 살아가는 데 그리 어려울 것이 없었다. 비록 허준이 서자이기는 했지만 그런 가문의 후광으로 하다못해 지방의 아전 자리라도 얻을 수 있는 터였다. 하지만 허준은 그런 것을 바라보고 살 수밖에 없는 자신의 처지가 몸서리처지게 싫었다.
 '그래, 내가 멀리 떠나야겠어. 그게 어머니가 고통에서 벗어나게 되는 길이야.'
 자신이 없어져야 어머니가 소실로서 구박당하지 않고 살 것이란 생각이 굳어졌다.
 어느덧 땅거미가 뉘엿뉘엿 지고 있었다.
 허준은 누웠던 몸을 일으켜 멀리 마을을 내려다보았다.
 마을 집집마다 굴뚝에서 저녁밥 짓는 연기가 오르고 있었다. 그리고 하나 둘 불이 켜지고 있었다.
 해가 지자 기온이 급격히 떨어져서 허준은 몸을 움츠렸다. 배가 고프고 무엇보다 추웠다. 그대로 앉아 있다가는 얼어죽을 것처럼 뼛속까지 추위가 엄습해 왔다.
 허준은 자리를 털고 일어났다.

내당 마님에게 그렇게 심하게 대들고 뛰쳐나왔으니 집으로 돌아갈 수는 없었다. 그렇다고 후회스러운 것은 아니었다.
　만약 자신이 집으로 돌아갔다가는 어머니가 내당 마님에게 더욱 심하게 닦달을 당할 것은 뻔한 일이었다. 그나마 자신이 없어지게 되면 걱정에 싸인 어머니를 내당 마님도 어쩔 수 없으리라는 생각이 들었다.
　허준은 마을로 내려가고픈 마음을 떨치고 서둘러서 어둠이 내리는 산 속을 향해 걸었다.
　산 속의 밤은 마을보다 빨리 왔다.
　허준은 이미 깜깜해진 산 속을 이리저리 둘러보며 걸었다. 다행히 달빛이 밝은 덕분에 길을 잃지 않을 수 있었다.
　허준은 복잡한 심경으로 산길을 걸었다. 지리산 깊은 곳에서는 곰이 출몰하기도 하고, 가끔 호랑이가 마을로 내려와서 사람을 물어간다는 소문을 들은 적도 있으나 조금도 무섭게 느껴지지 않았다. 그만큼 허준의 머리 속에는 이 생각 저 생각이 가득 차 있었던 것이다.
　허준은 어디로 가야겠다는 작정도 없이 그저 산 속으로 깊이 들어갔다.
　한참만에 허준은 동굴을 발견했다. 허준은 추위와 밤이슬을 피해 그곳에서 밤을 보내야겠다고 마음먹었다.
　동굴은 꽤 작았지만 생각했던 것보다 아늑했다. 불기가 없는데도 전혀 춥지 않았다.
　허준은 마른 나뭇잎을 구해다 자리를 만들고 그곳에 누

웠다.
 지금쯤 집에서는 자신을 찾느라고 야단법석이 일어났을 것이다. 자신 때문에 애를 태우고 있을 어머니를 생각하자 가슴이 아팠다. 그러나 허준은 머리를 세차게 흔들며 그 생각을 떨쳐 버렸다.
 그 때였다.
 멀리서 사람들의 소리가 났다. 허준은 깜짝 놀라 귀를 기울였다.
 "준아, 준아……."
 "도련님, 도련님!"
 분명히 자신을 부르는 사람들의 소리였다. 그 소리 중에는 창돌이의 목소리도 섞여 있었다. 창돌이는 허준과 절친한 친구였다. 그는 농사를 짓는 김씨의 맏아들이었는데 훌륭한 농부가 되려는 꿈을 가지고 있었다. 허준은 그런 창돌이를 부러워한 적이 많았다.
 허준은 동굴에서 빠져나와 살금살금 밖으로 걸어나왔다.
 어른어른한 횃불들이 산 위로 막 오르고 있었다. 희미했지만 횃불을 들고 앞장선 사람은 창돌이가 분명했다. 생각 같아서는 달려가서 창돌이를 끌어안고 한바탕 목놓아 울고 싶었다. 그러나 허준은 마른 침을 꿀꺽 삼켰다. 그럴 수가 없다는 생각에서였다.
 허준은 다시 집으로 돌아가서는 안 된다는 결심을 다졌다. 어머니를 위해서는 자신이 어디론가 멀리 떠나는 게 상책이었다.

허준은 자신을 찾는 사람들에게 들키지 않도록 살금살금 동굴 안으로 기어들어가 숨을 죽이고 있었다.

이윽고 허준이 있는 동굴 근처까지 사람들이 온 것 같았다. 두런두런거리는 말소리도 들리고 자신의 이름을 외쳐 부르는 소리도 들렸다.

"도련님이 대체 어디를 가신 거지?"

"내당 마님도 너무하시지 뭐야. 솔직이 나는 도련님이 내당 마님께 바른 소리 하실 때 속으로 얼마나 후련했는지 몰라."

"그렇지만 별당 마님 생각도 해야지. 지금 별당 마님이 얼마나 걱정하시는지 몰라서 그래?"

"아유, 나이도 어리신 분이 어디로 갔다는 말이야? 얼마 전에 이 근처에서 호환을 당한 사람도 있다는데……."

허준은 호환이라는 말을 듣자 목덜미로 식은땀이 흘러내렸다. 호환이라면 호랑이가 사람을 해쳤다는 말 아닌가.

그러나 허준은 동굴 안에서 꼼짝도 하지 않았다.

동굴 밖에서 어른거리는 횃불이 동굴 안으로 비쳐들기도 했지만, 그들은 허준이 숨어 있는 동굴을 찾아내지는 못하고 있었다.

허준이 동굴 안에서 숨죽이고 있는 동안 사람들의 기척은 점점 멀어져 갔다.

허준이 눈을 떴을 때는 이미 날이 훤하게 밝아 있었다. 허준은 자리에서 일어나 사방을 둘러보았다. 그런데 이게 웬

일인가. 어제 동굴이라고 믿고 잠들었던 곳은 허물어진 무덤 속이었다. 그 안은 겨우 몸 하나만 들어가서 누울 정도로 좁은 공간이었다. 무덤은 아주 오래 전에 허물어진 모양으로 주변에는 단단하게 굳은 흙더미가 쌓여 있고 그 사이로 허연 해골이 삐죽 고개를 내밀고 있었다.

허준은 혼비백산하여 밖으로 뛰쳐나와 무작정 달리기 시작했다. 눈앞이 온통 샛노랬다. 빈 속인데도 금방 토할 것처럼 속이 울렁거렸다.

허준은 그 허물어진 무덤 속의 해골이 뒤따라 오기라도 하는 듯 뛰고 또 뛰었다. 더 이상 한 발자국도 떼어놓을 수 없을 만큼 달리자 허준은 그 자리에 풀썩 주저앉았다. 다리가 마른 삭정이처럼 푹 꺾이며 내려앉았다.

허준의 옷은 땀으로 흠뻑 젖어 짜내기만 하면 물이 줄줄 흐를 것 같았다. 그러나 바람이 불어오자 금세 오한이 들면서 온몸이 덜덜 떨렸다. 그런 와중에 뱃속에서 꼬르륵 소리가 나며 심한 허기가 몰려왔다.

허준은 하늘을 올려다보았다. 하늘은 구름 한 점 없이 높고 푸르렀다. 멀리서 소리개 한 마리가 비잉 원을 한 바퀴 그리더니 서쪽으로 잽싸게 날아갔다.

허준은 계속 앉아 있을 수만은 없다는 생각에 자리를 털고 일어났다. 다리가 휘청거렸다. 그러나 어디 산 속 오두막집이라도 찾아 들어가 밥을 얻어 먹어야겠다고 생각했다. 그렇지 않고서는 어디로 떠날 힘도 없었다. 그러고 보니 어제 저녁부터 꼬박 하루를 물 한 모금 안 마시고 굶었던 것이다.

 깊은 산중에 집이 있을 턱이 없었다. 아무리 찾아 헤매도 인적이라곤 보이지 않았다. 어젯밤 잠을 잤던 무덤까지는 그런 대로 오솔길이나마 이어져 있었으나 오늘 산 속으로 더 깊이 들어온 이후로는 산짐승이나 다니는 듯한 작은 길이 간간이 이어졌다가 끊길 뿐 인적이라곤 찾아볼 길이 없었다.

 허준은 무거운 발걸음을 질질 끌고 산 속을 이리저리 헤맸다. 그러다 결국 정신을 잃고 쓰러지고 말았다.

 "여보세요, 여보세요."
 어디선가 가느다란 여자의 목소리가 들려왔다.
 허준은 눈을 감은 채 그 목소리를 들었다. 처음에는 바람소리인가 하는 생각이 들었다. 이런 산 속에서 여자의 목소리가 들릴 리 없다는 생각에서였다.
 그러나 조금 전 여자의 그 목소리가 다시 들려왔다.
 "여보세요, 이것 보세요."
 그제서야 허준은 바람 소리가 아니라 진짜 사람의 목소리라는 것을 알았다.
 허준은 눈을 떴다.
 눈앞에 웬 소녀가 근심스러운 듯이 자신을 내려다보고 있었다. 허준은 자리에서 몸을 일으키려고 했다. 그러나 몸이 천근만근이 된 듯 무거워 얼른 일어나지 않았다.
 "괜찮으세요? 이제 정신이 드시는가 보군요."

허준은 햇빛 때문에 눈을 찡그린 채 그 소녀를 바라보았다. 소녀의 얼굴은 햇빛에 그을려 검었지만 윤이 반들반들 날 만큼 건강해 보였다.
　"여기가 어디요?"
　허준의 말을 듣고 소녀는 씨익 웃었다. 그러자 가지런한 이빨이 예쁘게 드러났다.
　"여기는 지리산입니다. 정신이 드셔서 무척 다행입니다. 저는 혹……."
　허준은 천천히 몸을 일으키며 물었다.
　"도대체 누구시오?"
　"저의 아버님께서는 지리산 약초밭에다 약초를 재배하시는 분이고, 저는 그 분의 딸이옵니다. 아버님의 약초밭에 갔다 오던 길에 사람이 쓰러져 있는 것을 보고 얼마나 놀랐던지……."
　그 소녀는 허준 옆에 앉아 차분한 목소리로 대답했다.
　"어디 편찮으신 곳은 없나요?"
　허준이 정신을 차리자 소녀는 비로소 안심이 된다는 표정이었다. 허준은 그 소녀를 바라보며 부끄러운 것도 잊은 채 말했다.
　"먹을 것이 있거든 좀 주시오. 어제 점심 때부터 아무것도 먹지를 못했소."
　"어머, 그러면 왼종일 굶으셨다는 말씀인가요? 저쪽에 저희 오두막이 있으니 함께 가셔요. 제가 얼른 밥을 지어 드릴 테니까요."

소녀의 말을 듣고 허준은 힘을 내어 일어났다. 소녀는 커다란 대나무 광주리를 들고 허준의 앞에 서서 길을 안내했다. 키가 작고 몸도 갸냘펐으나 동작이 산짐승마냥 날랬다. 허준과 동시에 발걸음을 떼었으나 벌써 저만치 앞서가고 있었다.

소녀는 허준이 숨을 헉헉거리며 따라오자 살짝 웃으며 걷는 속도를 늦추었다.

"그 오두막은 저희 식구들이 약초밭에 왔다가 밥을 해먹고 잠도 자고 하는 곳입니다. 지금은 아무도 없을 것입니다."

과연 그 소녀의 말대로 등성이 아래에 작은 오두막이 하나 버섯마냥 웅크리고 있었다. 오두막 옆 골짜기로는 실개천이 흐르고 있었다.

소녀는 그곳으로 들어가 아궁이에 불을 지피고 물을 길어다 가마솥에 붓고 끓였다.

허준도 그 안으로 들어갔다. 한쪽으로 솥이 걸려 있는 아궁이가 있고, 그 맞은편에는 사람이 누워도 될 만큼 제법 널찍한 공간이 있었다. 허준은 그 자리에 앉았다.

"마침 제가 가지고 온 곡식이 좀 있으니, 금방 밥을 지어 드리겠습니다."

소녀는 바지런히 움직였다.

"저, 진지가 다 되었습니다."

소녀의 모습을 지켜보던 허준이 깜박 잠이 들었을 때 소녀가 조심스레 깨웠다. 어느새 허준 앞에는 김이 모락모락

오르는 밥상이 차려져 있었다.
 "쌀보다는 조와 보리가 많이 섞였습니다. 귀한 댁의 도련님이신 것 같은데, 음식이 좀 험하더라도 나무라지 마십시오. 찬도 된장과 김치가 전부입니다."
 허준은 손을 회회 내저으며 말했다.
 "이것도 내게는 진수성찬이오. 고맙소, 정말 잘 먹겠소."
 "천천히 잡수셔요. 빈 속에다 갑자기 음식을 넣으면 속이 놀라 탈이 납니다. 이 뜨거운 숭늉을 마시며 천천히 드십시오."
 "알겠소."
 허준은 소녀의 말에 따라 숭늉을 한 숟갈씩 떠먹으며 천천히 밥을 먹었다. 밥 한 그릇을 달게 비우고 숭늉까지 모두 먹어치운 뒤에야 비로소 허준은 소녀가 걱정되었다.
 "너무 배가 고파 정신없이 먹기는 했지만, 내가 혹시 낭자가 먹어야 하는 식량을 축낸 것은 아닌지?"
 소녀는 대답 없이 빙그레 웃었다. 허준은 그제서야 자신이 먹은 밥이 소녀가 약초를 캔 뒤 먹으려고 준비한 것임을 알아차렸다.
 "이 큰 은혜를 어찌 갚을 수 있을지…… 언제든 기회가 된다면 이 은혜를 갚겠소. 혹 낭자가 누구인지 내게 알려줄 수 있겠소?"
 허준의 말을 듣자 소녀는 차분한 목소리로 말을 이었다.
 "은혜라는 것은 당치 않습니다. 어려움을 당한 사람이 있을 때 도와주는 것은 당연한 일이라고 배웠습니다. 꼭 알고 싶으시다면 이름을 말씀드리지요. 저는 약초꾼의 둘째딸 다솜이라 합니다."

"집은 어디오?"

"산청입니다."

집이 산청이라는 소녀의 말에 허준의 얼굴이 갑자기 굳었다. 그런 허준의 얼굴을 찬찬히 살피던 소녀가 물었다.

"혹시 이번에 용천 현감으로 가신……."

허준은 대답하지 않고 고개를 수그렸다.

"처음 쓰러져 있는 도련님을 뵈었을 때부터 그러리라 짐작은 했습니다. 어젯밤에 도련님을 찾느라 산청이 발칵 뒤집혔습니다. 건너 마을까지 이 잡듯이 뒤졌는데 도련님을 찾을 수가 없었다 합니다. 그래서 도련님이 지리산으로 들어갔을 거라고 사람들이 말하는 것을 소녀도 들었습니다."

허준은 깊은 한숨을 내쉬었다.

"제가 드리는 말씀이 아무것도 모르는 계집애의 말이라고 흘려 듣지 마십시오. 도련님이 지금 집을 나와서는 아무것도 이룰 수가 없다고 생각됩니다. 누구 하나 도련님이 어엿한 어른이 될 때까지 돌봐주지 않을 거라는 말씀입니다. 더구나 요즘 조선은 형편이 매우 어렵다고 어른들 말씀을 통해 들었습니다. 혹 황해도에서 임꺽정이라는 사람이 민란을 일으켰다는 소문 들어보셨습니까?"

임꺽정에 관한 소문은 허준도 들어서 알고 있었다.

임꺽정은 황해도 양주를 근거지로 한 도적으로, 부자의 곡식을 빼앗아 가난한 사람들에게 나누어주어 따르는 무리가 많고, 백성들도 그를 의적이라 부르며 은근히 동조하는 사람이 많았다.
"알고 있소."
허준이 대답하자 소녀는 말을 이었다.
"그럼 백성들이 지금 살기가 고단하다는 것도 아실 것 아닙니까. 집으로 돌아가셔요. 그래서 나중에 도련님이 홀로 살 수 있는 능력이 되면 그 때 집을 나오는 것이 지혜로운 일이라 생각됩니다."
허준은 아무 말도 하지 않고 소녀의 말을 그저 묵묵히 듣기만 했다.

허준이 집으로 돌아가야겠다고 결심한 것은 소녀가 산을 내려가서 집으로 돌아간 지 이틀째 되는 날이었다. 허준은 소녀의 오두막에서 혼자 이틀을 지내며 참으로 많은 생각을 했다.
허준을 위해서 소녀는 땅 속에 묻어놓은 감자를 캐다 주었고, 칡뿌리가 많이 있는 곳을 일러주었다. 뿐만 아니라 잔솔가지로 불을 피우는 방법도 가르쳐 주었다.
허준이 집으로 돌아가겠다고 결심한 가장 큰 이유는 이 행동이 어머니를 위한 것이 결코 아니라는 것을 깨달은 후였다. 자신이 잘못되면 그만큼 큰 불효가 없다는 것을 뒤늦게 알게 된 것이었다. 어머니의 고초를 보는 것이 아무리 견디기 힘들다 하더라도 어머니 곁에서 어머니를 보살펴 드리는 것이 자식된 도리라는 생각이 들었다.

일단 집으로 돌아가기로 결심하자, 허준의 마음은 갑자기 바빠졌다. 허준은 개천으로 내려가서 얼굴을 깨끗이 씻고 옷매무시를 고친 다음 오두막을 나섰다.

늦가을의 햇살이 눈부셨다.

산으로 들어올 때는 알지 못했는데 막상 내려가려고 하자 꽤나 먼길이었다. 소녀가 일러준 대로 가다 보니 길은 끊어질 듯하면서 산아래를 향해 꾸불꾸불 이어져 있었다.

허준은 부지런히 발걸음을 놀려 마을을 향해 걸었다.

마을이 내려다보이는 산 언덕배기에 다다랐을 즈음에는 어느덧 서쪽 하늘에 노을이 피처럼 벌겋게 번져 있었다.

마을과 조금 떨어진 산중턱의 외딴집 앞을 지날 때였다. 집 앞에 사람들이 잔뜩 모여 웅성거리고 있었다. 그러나 허준은 그곳을 기웃거릴 여유가 없었다. 어서 집으로 돌아가서 어머니에게 자신의 얼굴을 보여 드려야 한다는 생각뿐이었다.

허준이 그 앞을 총총히 지나오는데, 농부 두 사람이 허준 앞을 스쳐 지나가며 말했다.

"유의태가 침을 놓는다는군."

"평생 유의태의 침 놓는 것 못 보고 죽을 줄 알았더니 오늘에야 소원을 이루었네."

유의태라는 말에 허준도 자리에 잠깐 멈춰섰다. 유의태라면 허준도 몇 번 들어본 적이 있는 이름이었다. 산청 뿐만 아니라 인근의 함양, 거창, 합천, 진양, 하동, 멀리는 한양에 이르기까지 유의태라는 이름 석 자를 들어보지 못한 사람이 없을 정도였다.

　유의태는 워낙 명의여서 그가 치료한 환자들 중에 병이 낫지 않은 사람이 거의 없다는 소문이었다.

　허준은 집으로 가던 발길을 돌려 유의태가 침을 놓고 있다는 집으로 향했다. 평생 한 번도 구경하기 어렵다는 유의태의 침술을 구경할 수 있는 아주 좋은 기회였던 것이다.

　그러나 유의태가 침을 놓고 있는 방에는 아무도 들어가지 못했다.

　허준이 그 집으로 갔을 때, 사람들 몇몇이 밖에서 서성거리며 유의태에 관한 이야기를 하고 있었다.

　볼이 홀쭉한 늙은 농부가 말했다.

　"이 집 며느리는 살아날 팔자야. 침을 놓기 전에 유의태의 얼굴이 자신만만했거든."

　"그러게 말이야. 유의태가 이 집 앞을 지나갈 때 이 집 며느리의 통증이 재발한 거거든."

　"복도 많지 뭐야. 우리 같은 사람은 평생 가도 유의태의 침을 맞아볼 일 없을 걸세."

　"그런데 유의태는 가난한 사람들한테서는 돈을 받지 않고 침을 놓아주기도 한다며?"

　"없어서 못 받는지 그냥 받지 않는지 알 게 뭔가? 아무튼 유의태는 대갓집에만 불려다니는 명의라, 가난한 사람이 한 번 만나려면 꼬박 열흘은 그 집 대문 앞에서 기다려야 한다는군."

　허준은 사람들이 유의태에 관해 말하는 것을 듣고 침을

꿀꺽 삼켰다. 유의태가 뛰어난 의원인지는 소문으로 알고 있었지만, 자세히 듣기는 이번이 처음이었던 것이다.

 허준은 유의태가 환자를 진료하고 있다는 방을 뚫어지게 바라보았다. 벌써 사위가 어두워서인지 방 안에는 등잔불이 켜져 있었다. 덕분에 환자를 돌보고 있는 유의태의 그림자가 문창호지에 비쳤다.

 유의태의 그림자는 침을 꽂을 때를 제외하고는 거의 움직임이 없었다. 마치 참선이라도 하는 스님마냥 곧은 자세로 단정히 앉아 환자의 용태를 살피고 있었다. 보통 정성이 아니었다.

 집안 형편으로 보아서는 환자를 치료했다 해서 쌀 한 됫박 받기도 어려울 것 같았다. 또 그것을 모를 유의태도 아닐 터였다. 그럼에도 유의태는 오직 환자를 돌보는 일에 열과 성을 다하고 있었던 것이다. 꼭 눈으로 보지 않아도 알 수 있는 일이었다. 허준은 창호로 비치는 유의태의 그림자에서 환자를 대하는 그의 정성을 충분히 느낄 수 있었다.

 허준은 유의태가 침을 놓는 태도를 보고 깊은 감동을 받았다. 창호지를 통해 본 유의태의 단정한 자세, 그 그림자가 허준의 뇌리에 깊이 박혔다.

 어느덧 허준의 가슴은 유의태에 대한 존경심으로 뛰고 있었다.

2
혼 례

 허준이 집으로 돌아왔을 때는 이미 깜깜한 밤이었다.
 얼른 집안으로 들어서지 못하고 대문 밖에서 서성거리는 허준을 먼저 발견한 사람은 행랑아범이었다. 그는 허준을 발견하자마자 맨발로 뛰어나와서 손을 덥석 잡았다.
 "아유 도련님, 어디 갔다가 이제 오십니까? 작은마님이 얼마나 애를 태우고 계신지 모르신단 말씀입니까?"
 "행랑아범……."
 허준이 채 말을 하기도 전에 행랑아범은 허준의 손목을 꽉 잡고 별당으로 끌고 갔다.
 "작은마님 작은 마니임, 도련님 오셨습니다요."
 행랑아범의 말이 끝나기도 전에 어머니 손씨가 머물고 있는 별당의 방문이 와락 열렸다.

"뭐? 준이 돌아왔다고?"

어머니는 무명수건으로 이마를 질끈 동여매고 있었다. 눈이 퀭하니 들어가고 양볼이 쑥 들어간 것이 며칠 사이 얼굴이 많이 수척해져 있었다.

"어머님, 소자를 용서해 주십시오."

어머니를 보자 허준의 눈에서 눈물이 흘렀다.

"왜 돌아왔느냐?"

버선발로 뛰어나와 반가이 맞이해 줄 줄 알았던 어머니의 태도는 뜻밖에 냉랭했다. 들어오라 말라 말도 없이 허리를 꼿꼿이 세우고 앉은 채 허준의 대답을 기다리고 있었다.

"……."

허준은 대답을 하지 못하고 맨땅에 엎드렸다.

"왜 돌아왔느냐니까?"

어머니가 재차 묻자, 허준은 기어들어가는 목소리로 대답했다.

"어머니께서 걱정하실까봐……."

어머니는 허준의 대답에 아무런 대꾸도 없었다. 엎드려 있는 아들을 물끄러미 내려다볼 뿐이었다.

차가운 가을 밤에 맨땅에 엎드려 있자니 금세 무릎이 시려왔다. 그러나 허준은 감히 일어설 수가 없었다. 자상하기만 하던 어머니의 얼굴에 저렇게 노기가 서린 것을 본 적이 없었던 것이다. 어머니의 허락 없이는 꼼짝도 할 수가 없었다.

"이리 올라오너라."

한동안 허준을 바라보던 어머니가 이윽고 조용한 목소리로 입을 열었다.
　허준은 고개를 푹 수그리고 방 안으로 들어갔다. 오랫동안 무릎을 꿇어서인지 다리가 저려 왔으나 주물러 볼 마음도 갖지 못하고 어머니의 명에 따랐다.
　"게 앉거라."
　허준은 다시 무릎을 꿇고 앉았다. 방바닥의 온기가 얼었던 무릎에 따스하게 전달되어 왔다.
　"너는 네가 무엇을 잘못했는지 알고 있느냐?"
　어머니는 착 가라앉은 목소리로 물었다.
　"예."
　"무엇을 잘못했느냐?"
　"내당마님에게 함부로 대들고, 사흘간이나 집을 나가 어머니에게 걱정을 끼쳐드린 일입니다."
　허준의 말을 들은 손씨는 천천히 말했다.
　"그것 말고 또 있느니라."
　"……."
　"무엇인지 알겠느냐?"
　"……."
　허준은 어머니의 물음에 대답을 하지 못하고 머리만 조아릴 뿐이었다.
　"사내 대장부가 그만한 일로 집을 뛰쳐나가서야 어찌 이 험한 세상을 살아간단 말이냐? 내가 너에게 화가 난 것은 바로 이 때문이다. 그렇게 심지가 굳지 못해 장차 무슨 일을 한단 말이냐?"

어머니의 목소리는 엄했으나 노기는 많이 가셔 있었다.

"더구나 너는 온전한 양반도 아니다. 서출은 나라에서 벼슬에 나아가는 것을 법으로 금하고 있을 정도로 서러운 신세가 아니더냐. 앞으로는 더욱 힘들고 억울한 일을 많이 겪게 될 것이다. 그러면 그 때마다 번번이 집을 나가겠느냐?"

허준은 대답을 못하고 고개를 떨구었다. 어머니의 말씀을 듣자 가슴이 저릿저릿하고 눈물이 흘러 고개를 들 수 없었다.

"거기 회초리가 있느니라. 이리 가져와서 종아리를 걷어라."

허준은 잠자코 어머니가 시키는 대로 했다.

손씨는 회초리를 들어 종아리를 내리쳤다.

얼었다 녹은 종아리에 닿는 매가 매섭고 아렸다. 그러나 허준은 울지 않았다. 어머니를 떠나 있을 때보다 어머니 곁에서 매를 맞고 있는 지금이 훨씬 더 마음이 편했던 것이다.

얼마 있지 않아 회초리가 부러졌다.

"다른 것을 가져오너라."

허준은 다른 회초리를 어머니에게 내밀었다.

그 순간 허준은 어머니의 얼굴이 눈물에 젖어 있는 것을 보았다. 아들의 종아리를 내리치며 울고 있었던 것이다.

어머니의 눈물을 보고 돌아서서 다시 매를 맞기 시작한 허준의 눈에서도 눈물이 하염없이 쏟아져내렸다. 매를 맞으면서 허준은 다시는 자신으로 인해 어머니의 눈에서 눈물이 나지 않도록 하겠다고 결심하고 또 결심했다.
  그 이후 허준은 글공부에 전념했다. 정식 양반들처럼 과거를 보아서 꼭 무엇인가가 되겠다는 생각으로 공부하는 것은 아니었다. 아무리 학문이 뛰어나다 해도 서자, 즉 소실의 아들인 허준의 신분으로는 과거를 치를 수 없었기 때문이다. 허준도 그것을 잘 알고 있었다. 그러나 사람으로 태어나 글공부를 하지 않는다는 것은 짐승과 다를 바 없는 일이었다. 글 속에는 성인들의 고결한 말씀이 들어 있고, 세상의 이치가 들어 있으며, 인간이 지켜야 할 법도가 들어 있었다. 그리고 반쪽짜리 양반인 허준으로서는 지금 할 수 있는 일이라고는 글공부 말고 달리 없기도 했다.

  어느덧 겨울이 왔다. 사흘 정도 추웠다가 나흘 정도 따뜻해지는 전형적인 삼한사온의 추위가 왔다가 물러가곤 했다. 보름에 하루 이틀씩 함박눈이 소담스레 내리기도 했다. 눈이 많자 농부들은 내년 농사는 풍년일 것이라며 들판을 바라보았다.
  그러던 어느 날 창돌이가 자기 집에서 시제(철마다 한 번씩 조상들에게 지내는 제사)를 지냈다며 떡과 고기를 싸가지고 허준을 찾아왔다.
  당시 허준은 긴 겨울이 무척 무료하게 느껴질 때였다. 지난 가을 이후로 허준은 글방에서 함께 공부하던 친구들과도 만나지 않고 매일매일 혼자서 글공부에만 전념하고 있었던 것이다. 그런 참이라 허준은 집으로 찾아온 창돌이가 매우 반가웠다.
"어서 와."
허준은 창돌이를 아랫목에 앉혔다.
"아이, 무슨 날씨가 이렇게 추운지 모르겠어."
창돌이는 추워서 못 견디겠다는 듯 몸을 부르르 떨며, 허준이 내어준 아랫목으로 발을 뻗었다.
"글을 읽고 있었군."
창돌이는 허준이 읽고 있던 책을 곁눈으로 보며 말했다.
"별로 할 일도 없고 해서……."
글공부를 하고 있다는 말을 허준은 사람들에게 떳떳이 할 수가 없었다. 혹시 서출이 글공부는 해서 뭐에 쓸 것이냐는 핀잔을 들을까봐보아 지레 염려가 되었던 것이다.
"이거 맛있다, 먹어봐."
창돌이는 시루떡 한쪽을 쭉 떼어 허준에게 내밀었다. 허준은 그것을 받아 맛있게 먹었다.
"이건 돼지고기야. 자."
창돌이가 가져온 떡도 맛이 있었지만 고기 맛도 무척 좋았다. 허준과 창돌이는 이런 저런 이야기를 하며 음식을 배불리 먹었다.
음식을 다 먹고 나자 창돌이가 뜻밖의 제안을 해왔다.
"준아, 전에 네가 지리산에서 만났다는 그 낭자의 집이 어딘지 알아놓았어. 함께 가보지 않을래?"
아닌게아니라 허준은 늘 그 소녀의 소식이 궁금했다.
"어딘데?"

"저기 시내 건너에 마을 하나 있지? 입구에 커다란 당산나무가 있는 동네야. 그 동네 안쪽에 살구나무집, 바로 그 집이야."
"남녀가 유별한데 가서 뭐 어쩌려고?"
"또 그 양반 같은 소리는…… 그 집 뒷산으로 올라가면 그 집 마당이 훤히 내려다뵌단 말이야. 가서 그냥 얼굴이나 보고 오자는 거지."
아닌게아니라 허준도 그 다솜이라는 소녀가 보고 싶었다. 그 때문에 넌지시 창돌이에게 알아보아 달라는 부탁까지 해 두었던 터였다.
"한 번 가볼까?"
허준이 말했다.
"가보자."
허준과 창돌이는 솜옷을 챙겨 입고 다솜이가 산다는 집의 뒷산으로 기어올라갔다.
동지를 얼마 남겨두지 않은 때여서 날씨가 매우 추웠다. 기온도 낮았지만 매서운 북풍이 불어와서 추위가 뼛속까지 파고들었다.
허준과 창돌이는 추위에 빨갛게 언 두 귀를 손으로 만지작거려 녹이며 다솜의 집 뒷산으로 올랐다.
그들은 큰 바위 뒤에 웅크리고 앉아 다솜이가 나타나기를 기다렸다. 그러나 아무리 기다려도 다솜이는 모습을 드러내지 않았다.
허준과 창돌이는 추위에 몸을 덜덜 떨었다. 손발도 시렸지만 무엇보다 귀가 떨어져나갈 만큼 시렸다. 창돌이는 볼까지 벌겋게 얼어 있었다.
"준아, 그냥 가자. 이러다간 얼어죽겠다."
"조금만 더 있어 보자."
허준이 일어서려는 창돌이를 말리는 순간, 소녀의 모습이 멀리 나타났다.
"아, 저기 저 낭자가 맞지?"
다솜이는 커다란 함지박을 들고 나와 우물 쪽으로 걸어가고 있었다.
"뭘 들고 가는 걸까?"
허준이 물었다.
"팥이야. 내일 모레가 동지잖아. 팥죽 쑬 준비를 하나봐."
다솜이는 함지박을 우물가에 내려놓고 두레박으로 가득 우물을 퍼서 팥이 가득 든 함지박에 쏟아부었다. 그러고는 팔을 걷어붙이고 맨손으로 팥을 씻었다.
"물이 몹시 찰 텐데……."
다솜이는 팥을 씻던 손을 호호 불고는 다시 씻기 시작했다. 그 모습을 보고 허준이 안쓰러운 표정으로 말했다.
"괜찮아. 다들 저렇게 일하는데 뭘……."
창돌이가 대수롭잖다는 투로 대꾸했다.
다솜이는 몇 번이고 손을 입에다 대고 입김을 불어가며 그 많은 팥을 다 씻고 조리질을 하여 돌을 골라냈다.
"가자."
허준이 말했다.

"더 보지 않고?"
창돌이가 휘둥그래진 눈으로 물었다.
"이걸로 됐어."
허준이 조용한 목소리로 대답했다.

명종 임금이 즉위한 지 20년째인 1565년이었다. 허준은 씩씩하고 지혜로운 청년으로 성장해 있었다.
그러나 허준의 얼굴에는 늘 그림자가 짙게 드리워져 있었다. 자신의 신분에 대한 불만 때문이었다. 양반의 소실 몸에서 태어난 몸, 서얼인 허준은 양반도 상민도 아닌 애매한 신분이었다. 양반처럼 벼슬에 나아갈 수도 없고 상민처럼 막일을 할 수도 없으니 이러지도 저러지도 못하는 신세였다. 하늘을 나는 용도 못 되고 땅을 기어다니는 뱀도 아닌 이무기 같은 처지였다.
허준과 함께 서당에서 공부하던 친구들 중에는 이미 식년 진사과를 치러 진사가 된 사람도 있었다. 그들은 대과에 응시하기 위해 문밖 출입도 하지 않고 공부에 열중하고 있었다.
허준의 학문이 그들에 비해 결코 떨어지는 것은 아니었지만 허준은 과거 시험에 응시할 수조차 없었다. 신분에 제한이 있기 때문이었다.
이런 처지이다 보니 나이를 먹어 감에 따라 어렸을 때는 격의 없이 지내던 친구들과도 사이가 점점 멀어져 갔다. 신분이 다르다 보니 서로 살아가는 인생길이 틀리고, 그로 인해 관심 갖는 바도 달라졌기 때문이다.
　이런 생각을 할 때마다 허준의 가슴은 무거운 바윗덩이로 눌러놓은 듯 답답했고, 넓은 바다에 홀로 떠가는 배처럼 막막하기만 했다.
　허준은 자신의 미래를 곰곰이 생각해 보았다.
　반쪽짜리 양반인 서출, 이런 허준의 신분으로 선택할 수 있는 것은 지방 관아에 딸려 말단 행정 실무에 종사하는 아전이나, 통역을 하는 관리인 역관, 또는 병을 고치는 의원 등이었다. 그러나 어느 하나 허준은 관심이 가지 않았다.
　창돌이는 틈만 나면 공부하기 힘든 역관이나 의원이 되기보다 허준의 가문이라면 쉽게 얻을 수 있는 아전 자리에 앉아 편히 지내라고 조언하곤 했다.
　허준은 읽고 있던 책을 덮어놓고 봉긋하게 봉우리를 맺은 버드나무 가지를 바라보았다. 역시 이번 봄도 버들가지에 먼저 온 듯했다. 짙은 밤색을 띠던 가지에서 연두빛이 서서히 배어나오는 모습이 보였다.
　그 때였다. 하인 하나가 허준에게 달려와서 아뢰었다.
　"도련님, 작은마님이 찾으십니다요."
　허준은 읽고 있던 책을 덮고 별당으로 갔다.
　"어머님, 찾으셨습니까?"
　허준은 어머니 손씨 앞에 무릎을 꿇고 단정히 앉았다.
　"그래, 너와 의논할 일이 있어서 찾았느니라."
　허준은 어머니의 얼굴을 바라보았다. 무슨 좋은 일이라도 있는지 손씨의 입가에 웃음기가 머물고 있었다. 그 표정이 매우 자애로워 보였다.
"무슨 일이온지……."
"이제 너도 혼인을 해야 할 나이가 아니더냐? 지금 장가를 든다 하여도 늦은 나이다. 다행히 너와 어울릴 만한 짝을 찾았는데 어디 한 번 들어보겠느냐?"
 혼인을 해야 한다는 어머니의 말에 허준의 얼굴이 화끈 달아올랐다. 사실 친구 창돌이는 벌써 장가를 가서 큰아이가 돌을 맞았다.
 허준이 대답을 하지 않고 내처 앉아 있자, 손씨가 다시 입을 열었다.
"이웃 고을인 하동 최 대감의 따님이다. 비록 우리처럼 소실의 딸이기는 하지만 매우 음전하고 손끝도 맵다고 하더라. 어떠냐, 나는 그 처녀가 마음에 든다마는……."
 그 때 허준의 머리 속에 떠오르는 이름이 있었다.
 다솜…… 언젠가 지리산에서 자신의 목숨을 건져준 약초꾼의 딸, 창돌이와 함께 몰래 찾아가서 먼발치에서나마 보았던 그 자태.
 허준에게는 여전히 다솜에 대해 아련한 그리움이 있었다. 허준은 어머니에게 조심스레 말을 꺼냈다.
"어머니 맘에 드시는 처녀라면 제가 마다할 이유가 없습니다. 하온데……."
 허준의 눈치가 심상치 않자 어머니 손씨가 다음 말을 재촉했다.
"왜 그러느냐? 괜찮다. 어서 말해 보아라."

허준은 어머니에게 다숨에 관한 이야기를 했다. 집을 뛰쳐나가 산에서 헤매다 지쳐 쓰러진 자신을 구해 준 일부터 그 후 다숨이 보고 싶어 그 마을까지 찾아가서 보았던 일까지 자세히 말했다. 그리고 되도록 어머니가 다숨에 관해서 좋은 인상을 가질 수 있도록 열과 성의를 다해서 말했다.
 손씨는 허준의 말을 들으면서 곰곰이 생각하는 눈치였다. 한참 후에 손씨는 말을 이었다.
 "혼인은 당사자 두 사람만의 일이 아니라 집안과 집안의 문제이기도 하다. 네 마음도 충분히 알겠다만 먼저 현감 어른과 상의를 해봐야 할 것 같구나."
 어머니가 말하는 현감 어른이란 허준의 아버지 허륜을 일컫는 것이었다.
 어머니의 말을 듣고 허준은 조용한 목소리로 말했다.
 "네, 잘 알겠습니다. 그런데 어머님, 제가 혼인을 한다면 저는 그 사람과 한평생을 살아야 할 것입니다. 그러니 무엇보다 심성이 곱고, 참을성이 많은 여자였으면 합니다. 제 마음을 이해해 주셨으면 정말 좋겠습니다."
 허준의 얼굴을 보고 손씨는 알겠다는 듯이 고개를 끄덕였다.
 허준이 어머니의 부름을 다시 받은 것은 혼인 이야기가 나온 지 근 한 달이 지나서였다.
 그 동안 어머니 손씨는 허준에게 아무런 말도 하지 않아 허준은 속으로 무척 초조했다. 어머니가 과연 다숨이를 괜찮은 며느리감으로 인정해 줄지 걱정이 되었던 것이다. 어머니가 다솜이에 관해 이것저것 알아본 뒤 적절치 못하다고 결론을 내리면 다솜과의 혼사는 이루어지지 않을 터였다. 여기까지 생각이 미치면 허준은 마음이 답답해서 글이 머리 속에 들어오지 않았다. 그럴 때면 허준은 책장을 덮어 놓고 멍하니 창문 밖을 바라보았다.
 창 밖에는 어느결에 찾아온 봄이 진달래며 개나리의 꽃망울을 한껏 아름답게 터뜨려 놓고 있었다. 새들도 좋은 철을 맞아 아름다운 목소리로 노래를 하건만, 허준의 가슴 속은 조바심만 가득했다.
 "네가 말한 다솜이라는 처녀에 대해서 알아보았다."
 어머니가 다솜이란 이름을 꺼내자 허준의 가슴은 두방망이질치기 시작했다. 얼굴도 벌겋게 달아올랐다. 허준은 그런 속마음을 들킬까보아 감히 어머니의 얼굴을 마주 보지 못하고 머리를 더욱 깊이 숙였다.
 그런 아들의 모습을 보며 손씨는 입가에 흐뭇한 미소를 지었다. 이미 다 자라 이성을 그리워하는 아들을 바라보는 마음이 대견한 듯했다.
 "비록 약초를 캐는 집에서 자랐긴 하지만 다솜이는 심성이 곱고 또 여러 솜씨도 뛰어나다고 근동에서 칭찬이 자자하더구나."
 "예……."
 어머니가 다솜을 칭찬하는 말에 허준의 고개가 더 깊이 수그러들었다. 기분이 너무 좋아 자꾸 입이 벙글벙글 벌어지려 했기 때문이다.

"현감 어른도 좋다고 하셨다."
"어머니……."
허준은 고개를 쳐들고 고마운 눈길로 어머니를 바라보았다. 벌겋게 달아오른 얼굴에 웃음이 가득 담겨 있었다. 허준은 너무 기쁜 나머지 벌어진 입을 다물지 못했다.
"우리 집안에서는 그쪽을 괜찮게 생각하니 매파를 한 번 넣어볼 작정이다."
"고맙습니다. 정말 고맙습니다."
허준은 다솜을 생각하자 하늘을 날아오를 듯 기뻤다. 다솜과 혼인해서 함께 살 생각을 하니 가슴이 부풀어올라 숨이 가쁠 지경이었다.
허준의 집에서 다솜의 집으로 매파를 보내자, 그쪽에서도 청혼을 흔쾌히 받아들였다. 그렇지 않아도 다솜이 나이가 들어서 혼사를 생각해 오던 터라고 했다.
일단 양가의 결정이 나자 혼인을 위한 절차는 급속히 진행되었다. 사주단자가 가고, 다솜의 집에서 혼인 날짜를 정해 허준의 집으로 보내왔다.
마침내 혼례식을 올리고 허준과 다솜은 부부가 되었다.
혼례를 올린 다솜과 허준은 분가해서 신혼 살림을 차렸다.
다솜은 허준이 생각했던 것보다 훨씬 더 영특하고 부지런했다.
날이 채 밝기도 전에 일어나 우물에서 물을 길어오고 정성스레 밥을 지었다. 허준이 일어나 세수를 하고 나면 이미 방 안에는 아침상이 정갈하게 차려져 있었다.
 허준과 다솜 부부는 말 그대로 깨가 쏟아지는 듯 즐겁고 정답게 신혼 생활을 해나갔다.
 어느덧 무더운 여름이었다.
 허준이 마루에 앉아 글을 보고 있는데 빨래터에 나갔던 다솜이 백짓장같이 하얀 얼굴로 돌아왔다.
 그런 아내가 걱정스러워 허준이 물었다.
 "무슨 일이오?"
 다솜은 허준을 보자 두 눈에 눈물이 글썽글썽해서 말했다.
 "어머님께서 편찮으시다고 하십니다. 빨리 본댁으로 가보셔야 할 것 같습니다."
 다솜의 말을 듣자 허준의 얼굴도 하얗게 질렸다.
 "아니, 어머니가 편찮으시다구요?"
 "그러하옵니다. 서방님이 걱정하실까봐 일부러 알리지 않으셨다 하옵는데…… 아무리 의원들이 지어준 약을 잡숫고 침을 맞아도 어머님이 자리에서 일어나지 못한다 하옵니다."
 허준은 마음이 급했다. 허준은 그 자리에서 의관을 차려 입고 큰걸음으로 어머니 손씨가 있는 본가를 향해 달렸다.

3
명의 유의태

집안에서는 약 달이는 냄새가 진동하고 있었다.
허준은 집에 도착하자 서둘러 내당 마님에게 인사를 올리고 곧바로 어머니 손씨가 머무는 별당으로 달려갔다.
"어머님……"
허준이 부르자 손씨는 머리를 돌려 허준을 바라보았다. 눈에는 눈곱이 끼여 있었고, 볼은 야위어 홀쭉했다.
허준과 함께 온 다솜도 그 곁에 다소곳하게 앉았다.
"어머님, 어디가 얼마나 편찮으시기에……"
허준은 어머니 손씨의 이마를 짚으며 물었다.
그러자 손씨는 희미하게 웃으며 대답했다.
"걱정할까봐 알리지 않았는데 용케 알고 왔구나."
"어머님……"

말을 잇지 못하는 다솜의 눈자위가 불그레 물들었다.
"괜찮다. 의원들이 지어온 약을 먹고 있으니 곧 나을 것이다."
어머니는 그런 와중에도 자식들이 걱정할까보아 더 걱정을 하고 있었다.
"어머니가 언제부터 이리 편찮으셨소?"
허준은 옆에서 손씨의 시중을 들던 곱단 어미에게 물었다.
"벌써 달포(보름)가 다 되었습니다. 아무리 의원들이 지어온 약을 먹고 침을 맞아도 작은마님의 병에 별 차도가 없으십니다. 게다가 여러 날 미음만 드시어서 기운도 많이 빠진 듯 하옵니다."
"어머님……."
다솜도 걱정스러운 눈으로 손씨를 바라보았다.
"괜찮대도 그러는구나…… 어서 저 사람을 데리고 가시게. 여기 있어봤자 내 병이 낫는 것도 아니니……."
손씨는 다솜의 손을 잡고 힘없이 말했다. 허준은 곁에 있던 곱단 어미에게 안타까운 목소리로 물었다.
"유의태라는 의원이 용하다는데, 그 유의태라는 의원한테 어머니를 보여 봤소?"
"웬걸요. 벌써 몇 번이나 유 의원의 집으로 사람을 보냈지만 번번이 퇴짜만 맞았는걸요."
"아니, 아픈 사람이 의원을 부르는데 왜 퇴짜를 맞는다는 말이오?"

허준은 기가 차서 물었다.
"유 의원에게는 워낙 찾아오는 병자가 많아서 순서가 얼른 돌아오지 않는다고 하옵니다. 게다가 유 의원은 워낙 한다 하는 대갓집에만 불려다니기에⋯⋯."
곱단 어미의 말을 듣자 허준은 소리를 버럭 질렀다.
"지금 어머님이 이렇게 기가 쇠하셨는데 순서가 다 무슨 소용이란 말이오? 내가 가보겠소."
허준이 자리를 박차고 일어나자 곱단 어미가 말렸다.
"그래도 소용이 없을 것입니다. 저희들이 헛걸음친 것만 해도 벌써 열 번이나 되옵니다."
"그래도 갈 것이오. 나는 기어코 유 의원을 모셔 오고야 말겠소."
허준은 한 번도 가본 적이 없는 유의태 의원의 집으로 달렸다. 워낙 빨리 달리다 보니 숨이 찼지만 한시 바삐 의원을 모셔 와야 한다는 생각에 숨을 헐떡이면서도 발길을 조금도 늦추지 않았다.
허준이 유 의원의 집에 도착했을 때는 어느덧 해가 기울어 서산으로 넘어가고 있었다.
유의태의 집은 의원의 집답게 이런저런 약초 냄새가 진동했다. 그뿐 아니라 마당 한 귀퉁이에 마련된 방에는 환자들과 환자 가족들이 차례를 기다리고 있었다.
그것을 보자 허준은 유 의원을 어머니에게로 모셔갈 수 있을까 하는 걱정이 앞섰다.
그곳에서 유 의원을 기다리고 있는 사람들 모두 아픈 사람들이고, 어머니 못지 않게 아픈 사람도 있을 터이기 때문이었다. 그들은 모두 너나 할 것 없이 유의태의 손길을 기다리고 있는 사람들이었던 것이다.
 게다가 유의태가 주유를 떠났다가 돌아온 지 며칠 되지 않아서 환자가 다른 때보다 많이 밀렸고, 그래서 다들 미리부터 순번을 정해 놓고 오랜 시간 기다리는 중이라고 했다.
 허준은 유의태를 기다리는 환자들을 둘러보았다.
 그들도 무관심한 눈빛으로 허준을 바라보았다.
 "저 쪽 맨 끝으로 가 앉으시오."
 하얀 천으로 손을 칭칭 동여맨 남자가 말했다. 허준을 환자로 안 것 같았다.
 "난 유의태 의원을 만나러 왔소."
 "치료를 받으러 온 것이 아니란 말이오?"
 그 때 환자들의 병증을 일일이 적고 있던 청년이 허준에게 물었다. 첫눈에 보기에도 유의태의 제자인 듯싶었다.
 "제가 아픈 게 아니라……."
 허준은 다음 말을 잇지 못했다. 이렇게 많은 사람들이 유의태의 손길을 기다리고 있는데 자신의 어머니만을 위해서 유 의원을 모시고 간다는 것은 말도 안 될 성싶었다.
 "모시러 왔다는 말이오?"
 청년이 말을 맺기도 전에 이마를 하얀 무명수건으로 동여맨 할머니가 허준을 보고 다락다락 악을 썼다.
 "여기 아프지 않은 사람이 누가 있어? 나는 이 자리에서만 꼬박 이틀을 기다렸단 말이야."

허준은 고개를 수그리고 그 방을 빠져나왔다. 저 많은 환자들을 둔 채 유 의원을 모셔간다는 것은 사실상 불가능했다. 그렇다고 며칠째 자리에 누워 꼼짝도 하지 못하는 어머니를 그냥 둘 수도 없었다.

막상 마당으로 나오기는 했지만 허준은 어찌할 방도가 떠오르지 않아 난감했다.

허준은 하늘을 올려다보았다. 별이 총총하게 떠 있었다. 허준의 입에서는 깊은 한숨이 저절로 나왔다.

그 때였다.

"아직 가지 않으셨군요."

허준이 돌아보니 방에서 환자들의 상태를 적고 있던 유의태의 제자였다.

"누가 편찮으십니까?"

그는 매우 부드러운 목소리로 허준에게 물었다.

"저희 어머님입니다."

"걱정이 많으시겠군요."

그는 진심으로 허준을 염려해 주는 듯했다. 허준은 그런 그가 고마운 생각이 들었다. 그래서 어머니 손씨에 관한 이야기를 했다.

"벌써 의원 여럿이 다녀갔는데 누구 하나 어머니의 병을 낫게 하지 못하였습니다. 그래서 유 의원님을 모시러 온 것인데 이렇게 아픈 사람들이 많으니 참 걱정입니다."

그러자 유의태의 제자는 한참 동안 고개를 끄덕이더니 말했다.

"제가 아는 병이면 처방을 일러 드리려고 했는데, 다른 의원들도 고치지 못한 병이라면 아무래도 우리 스승님이 직접 보셔야 할 것 같습니다."
"어떻게 방법이 없겠소?"
허준은 간절한 눈길로 그를 바라보았다.
"조금 더 기다리시면 오늘 진료는 모두 마치게 될 것입니다. 그 때를 기다리고 있다가 스승님을 만나 직접 사정을 말해 보는 것이 어떨까요?"
"그 방법밖에는 없겠지요?"
"스승님이야 환자를 돌보시는 의원이시니 진심으로 부탁을 한다면, 혹시……."
그렇게 말하는 제자도 자신없는 모양이었다.
허준은 그의 말대로 한 번 해보기로 했다. 꼼짝도 못하고 누워 계신 어머니의 모습이 눈에 밟혀 그대로 돌아갈 수가 없었다.
유의태의 제자가 돌아간 뒤에도 허준은 한참을 마당에서 기다려야 했다. 워낙 많은 사람들이 몰려 유의태의 진료가 빨리 끝나지 않았기 때문이다.
하늘에는 온통 별빛이 가득해 쏟아져내릴 듯이 반짝였다. 저녁도 거른 허준은 배 고픈 줄도 모르고 초조하게 유의태의 진료가 끝나기를 기다렸다.
한밤중이 다 되어서야 유의태의 진료가 끝이 난 듯했다. 유의태의 제자들이 나와서 사람들을 돌려보내기도 하고, 멀리서 온 사람들에게는 병자들이 기다리는 방에서 하룻밤

묵으라고 일러주었다.
 허준은 잔뜩 긴장하여 침을 꼴깍 삼키면서 유의태가 나오기를 기다렸다.
 그 때였다. 꼬장꼬장해 보이는 노인이 방문을 열고 나와서 하늘을 올려다보며 기지개를 켜더니 허리를 굽혔다 펴기를 몇 번 하고는 다시 이리저리 목을 움직이며 체조를 했다.
 허준은 직감적으로 그가 유의태라는 것을 알았다. 그 사람의 곁을 지나는 사람마다 고개를 깊이 숙여 예를 갖추는 것만 보아도 알 수 있었다.
 가벼운 운동을 마친 유의태는 먼 하늘에 시선을 두고 뭔가 생각에 잠긴 듯 장승처럼 서 있었다.
 허준은 용기를 내어 유의태에게 성큼성큼 다가섰다.
 "저, 유 의원님이시지요?"
 허준이 다가서자 유의태가 고개를 돌려 허준을 바라보았다. 별빛에 드러난 유의태의 눈에서는 범접하기 어려운 광채가 빛났다.
 "저는 저 건너 마을에 사는 허준이라고 합니다."
 허준은 허리를 굽혀 인사했다.
 "무슨 일로 날 찾는 겐가?"
 유의태는 목소리 역시 만만치 않았다. 굵으면서도 날카로운 면을 함께 갖추고 있었다.
 허준은 마른침을 꼴깍 삼키고 말했다.
 "사실은…… 저희 어머니가 매우 편찮으십니다. 벌써 보름째 자리에 누워 계십니다. 의원님께서 한 번 봐주십사 하고……."
 허준의 말이 채 끝나기도 전에 유의태는 몸을 돌렸다.
 "그 일이라면 굳이 날 찾아올 필요가 없네. 나 말고도 의원이 많으니 다른 의원을 찾아보게."
 "다른 의원들은 벌써 여러 명 다녀갔습니다."
 유의태의 말이 끝나자마자 허준은 재빨리 말을 받았다. 유의태가 그냥 안으로 들어가 버릴까보아 걱정스러웠던 것이다.
 "그러나 아무 소용이 없었습니다. 그들이 처방한 약을 달여 드시게 하고, 그들에게 침을 여러 차례 맞았는데도 저희 어머니의 병세는 차도가 전혀 없습니다. 기력만 더 빠지셨을 뿐……."
 허준이 간곡하게 말했지만 유의태는 요지부동이었다.
 "제 어미를 염려하는 것은 동물들도 하는 일이네. 자네 혼자만 효자가 아니란 말일세. 그리고 나는 환자를 여럿 봐서 지금 몹시 피곤하네. 그만 돌아가도록 하게."
 "하지만 의원님……."
 허준이 막무가내로 매달리려 하자 몸집 좋은 제자가 나서서 제지했다.
 "이것 보시오, 그만 돌아가시오. 스승님께서 지금 피곤하시다고 하시지 않소."
 제자는 허준을 밀쳐냈다.
 "유 의원님, 그럼 저희 어머님의 상태라도 소상히 적어

올 터이니 처방만이라도 내려주십시오."
 허준이 다시 간청했으나 유의태는 뒤도 돌아보지 않고 안으로 들어가려고 했다. 그 순간 허준의 눈에서 불똥이 튀었다.
 허준은 자신을 가로막는 제자를 힘껏 밀친 뒤 소리쳤다.
 "의원의 소임은 아픈 사람을 치료하는 것이 아니오? 움직일 수 없을 만큼 위중해 자리에 누워 있는 병자가 있는데, 피곤하다고 보지 않으면 그것을 어찌 의원의 바른 자세라 하겠소?"
 유의태는 걸음을 멈추고 자리에 섰다. 그리고 천천히 허준을 돌아보았다.
 "지금 무엇이라고 했느냐?"
 유의태는 날카로운 눈빛으로 허준을 쏘아보았다.
 "병든 사람을 치료하는 것이 의원의 소임이라고 했소."
 허준도 지지 않고 유의태의 눈을 마주보며 외쳤다. 그 순간 유의태의 입에 차가운 미소가 슬며시 어리었다.
 "자네가 누구라 했지?"
 유의태가 물었다.
 "허준이라 합니다. 편찮으신 우리 어머니는 용천 현감을 지내신 허륜 대감의 소실이오."
 허준의 대답을 들은 뒤, 유의태는 아무 말도 하지 않고 몸을 돌려 안으로 들어갔다.
 "의원님, 의원님."
 허준이 재차 큰 소리로 불렀지만 유의태는 뒤도 돌아보

지 않았다. 대신 덩치가 큰 유의태의 제자가 허준을 문밖으로 밀어냈다.
 허준은 자신을 밀어낸 그를 홱 밀쳐내고는 집으로 돌아왔다. 마음 같아서는 유의태를 강제로 끌어내 들쳐업고 가고 싶었다. 그러나 그럴 수가 없었다. 아픈 사람이 어디 자신의 어머니뿐이란 말인가. 유의태를 기다리는 병자들이 줄을 서 있는 것을 보고 나니 허준은 자신의 생각만 할 수는 없다 싶었다.
 허준은 늦은 밤길을 혼자 걸어 집으로 돌아왔다. 병환을 앓고 있는 어머니를 생각하니 마음이 무너져내리는 것 같았다. 그러나 달리 방도가 없었다. 그저 다른 의원이 어머니의 병을 고쳐주기를 기대하는 수밖에 없었다.
 허준이 집으로 돌아왔을 때는 다른 식솔들은 모두 잠들어 있고 아내 다솜만이 잠이 든 어머니 곁에 앉아 간호하고 있었다. 허준은 그런 아내가 눈물이 날 만큼 고마웠다.
 허준이 들어서자 다솜이는 자리에서 일어났다.
 "어떻게 되셨어요, 유 의원님은요?"
 남편이 혼자 돌아오자 아내는 금세 눈치를 채는 모양이었다. 허준이 아무 말을 하지 않자 아내가 말을 이었다.
 "역시 모시고 오기가 힘이 드는 모양이군요."
 아내가 마음 상해 할까보아 허준은 자세한 말을 하지 않았다. 그저 피치 못할 사정이 있는 것 같다고만 얼버무려 놓았다.
 "하는 수 없는 일입니다. 서방님과 제가 성심성의껏 어머니를 돌보는 수밖에요. 사람이 정성을 기울이면 하늘도 감동하신다지 않습니까. 저희 아버님이 약초를 캐는 분이시기에 유 의원님에 대한 이야기는 간간이 들었습니다. 저희 아버님은 유 의원님이 사람을 잘 치료하는 것의 반은 정성이라 말씀하셨습니다. 그 정성을 서방님과 제가 기울여 보지요."

허준은 아내의 손을 잡았다. 이럴 때 아내가 얼마나 큰 위로가 되는지 몰랐다.

허준은 목이 메이는 것을 간신히 참았다.

"그렇게 마음써 주다니 정말 고맙소."

허준과 아내 다솜은 그날 밤을 꼬박 새우며 어머니를 간호했다. 눈을 좀 붙이라고 해도 다솜은 그저 웃기만 할 뿐 어머니 손씨의 곁을 떠나지 않았다.

허준이 까무룩 잠이 든 새벽녘이었다. 누군가 자신을 몹시 흔들어 깨우는 것이 느껴졌다.

눈을 떠보니 아내 다솜이 놀란 토끼눈으로 허준을 흔들어 깨우고 있었다. 허준은 눈을 번쩍 떴다.

"서방님, 유 의원님이, 유의태 의원님이 오셨습니다."

"뭐라고?"

허준은 후다닥 자리에서 일어났다. 믿기지 않아 다시 한 번 더 물었다.

"유 의원님이 오셨다고?"

허준은 밖으로 나갔다. 아닌게아니라 유의태가 별당 마당에 떡하니 버티고 서 있는 것이 아닌가.

허준은 황급히 마당으로 내려섰다.
"병자가 이 방에 있는가?"
유의태가 어제처럼 냉담한 얼굴 그대로 물었다.
"어떻게 된 영문인지……."
유의태는 허준이 묻는 말에는 대답하지 않고 안으로 들어갔다. 그런 유의태의 눈초리가 어젯밤보다 더 차갑게 느껴졌다. 유의태의 눈을 보자 허준은 가슴이 내려앉았다.
허준도 유의태의 뒤를 따라 안으로 들어갔다.
유의태는 잠자코 손씨 곁에 앉아 맥을 짚었다.
손씨는 어리둥절한 얼굴로 어쩔 줄 몰라하며 유의태가 하는 양을 지켜보았다. 손씨는 음식물을 잘 먹지 못해서 바싹 말라 있었다. 그런 어머니를 바라보는 허준의 마음은 미어지는 것 같았다. 며칠 만에 어머니는 무척 쇠약해지고 늙어 보였다.
"혹시 숨을 쉴 때 가슴이 답답하지는 않았소?"
"예, 그렇습니다."
손씨는 조심스레 대답했다. 의원이 명의로 소문난 유의태라 손씨도 조금은 긴장하고 있는 듯했다.
"숨을 한 번 크게 내쉬어 보시오."
손씨는 천천히 숨을 내쉬었다.
"어떻소, 숨쉬는 끝에 통증이 느껴지지는 않소?"
"그렇습니다."
유의태가 손씨의 증상을 그대로 짚어내자 옆에서 지켜보던 하인들은 역시 대단한 의원이라며 중얼거렸다. 허준과 아내 다솜은 유의태에게 어머니를 보이는 것만으로도 치료가 되는 것 같아 한숨 놓이는 기분이었다.
　허준은 유의태가 하는 행동을 하나도 놓치지 않고 뚫어질 듯 바라보았다. 허준의 머리 속에는 몇년 전 지리산에서 우연히 보았던 유의태의 모습이 떠올랐다. 그 때 바위처럼 앉아 병자에게 침을 놓던 그 모습이 허준의 머리 속을 가득 채웠다. 그리고 그 때의 감동이 되살아났다.
　"침을 놓아야 하니 모두 나가 있으시오."
　유의태의 말에 의원의 수발을 들어줄 다솜만 남고 모두 밖으로 나왔다.
　허준은 어젯밤 일이 머리 속에 떠올랐다. 유의태는 어제의 태도로 보아서는 도저히 올 사람 같지가 않았다. 그런데 무슨 마음으로 이렇게 아침 일찍 찾아왔는지 모를 일이었다.
　잠시 후 손씨 방의 문이 열리면서 유의태가 나왔다. 그 뒤를 다솜이 바지런한 걸음으로 따라 나왔다.
　유의태는 댓돌 아래에서 기다리고 있는 허준을 힐끗 보고는 한마디 던지듯이 말했다.
　"자네 어머니는 가슴앓이가 심하시네. 모두 자네 때문인 것 같군."
　허준은 고개를 푹 숙였다. 자신 때문에 어머니가 속을 많이 끓이셨다는 것은 누구보다도 허준 자신이 잘 아는 일이었다.
　유의태는 신발을 신으며 말을 이었다.

"침을 놓았으니 곧 괜찮아지실 걸세. 다른 약은 일절 먹이지 말고 우엉 뿌리를 구해다가 즙을 내어 드리시게."
"네?"
약을 처방해 줄 것으로 믿고 있던 허준에게는 뜻밖의 말이었다.
"가슴앓이에는 우엉 뿌리즙이 가장 잘 듣네. 그 동안 드시던 약들도 모두 끊어야 하네. 아깝다고 남은 약을 같이 먹으면 오히려 해롭네. 알아듣겠는가?"
허준은 알았다는 몸짓으로 머리를 주억거렸다.
그런 허준을 물끄러미 바라보던 유의태는 여전히 지나가는 말처럼 한마디 덧붙였다.
"어머니의 가슴을 이토록 아프게 한 자네는 내게 의원의 소임에 대해 말할 자격이 없어."
허준은 부끄러움에 목덜미가 화끈 달아올랐다. 아무 말도 하지 못하고 그저 문밖을 나서는 유의태의 뒷모습만 바라볼 뿐이었다.

유의태가 다녀간 뒤 손씨는 별스런 약을 먹은 것도 아닌데 하루가 다르게 나아갔다. 먹는 것이라고는 유의태가 처방해 준 우엉 뿌리로 만든 즙뿐이었다. 사람들은 그런 유의태를 두고 대단한 의원이라며 찬탄을 아끼지 않았다.
손씨의 병이 나아가는 것과 반대로 이번에는 허준의 마음이 답답해지기 시작했다. 허준은 하던 공부도 치워 놓고 친구들과도 만나지 않고는 차츰 말을 잃어갔다.

유의태 때문이었다. 허준은 의술을 베푸는 유의태의 모습에서 숭고한 그 무엇인가를 느꼈다. 유의태의 행동거지 하나하나가 허준에게 큰 감동이 되었다.

허준은 그런 유의태를 닮고 싶었다. 유의태처럼 꿋꿋하게 자기 길을 지켜 나가는 사람이 되고 싶었다. 그처럼 사람들에게 무언가 베풀면서 살아가고 싶었다.

남을 위하는 길, 의원의 길은 바로 그것이었다. 병든 사람의 아픔을 고치고 죽어가는 사람을 살리는 일, 이만큼 보람된 일이 어디 있겠는가?

며칠 동안 밤낮으로 고민하면서 허준은 비로소 자신이 무엇이 될 것인지 길을 찾을 수 있었다. 의원이었다. 의원이 되어 아픈 사람, 아픈 세상을 구원하는 것이었다.

허준은 드디어 의원이 되겠다고 결심했다.

남편의 이런 생각을 아내 다솜도 알고 있었다. 하지만 다솜은 남편이 결심을 완전히 굳힐 때까지 잠자코 기다렸다. 많은 고민 끝에 결정한 일이면 그것을 지켜 나가는 힘도 더욱 굳어지리라 생각했기 때문이다.

더구나 의원이란 사람의 생명을 다루는 일이었다. 남의 병을 고칠 만큼 의원으로서 실력을 갖추려면 기나긴 기간 동안 의술을 공부해야 했다. 그런 만큼 다른 일보다 더 굳은 결심이 필요했다.

"여보, 나 당신에게 할 말이 있소."

며칠 동안 식음을 전폐하다시피 한 허준은 얼굴이 수척해져 있었다. 그러나 굳게 다문 입술에는 의지가 단단히 담겨 있었다.
"무슨 말씀인데요?"
다솜은 하던 바느질을 조용히 내려놓으며 남편의 얼굴을 바라보았다. 그러나 허준은 쉽게 말을 꺼내지 못한 채 머뭇거렸다.
"무슨 말씀이시든지 해보셔요."
다솜이 싱긋 웃으며 말을 재촉하자, 허준은 힘겹게 입을 열었다.
"이제 나도 내가 무엇을 하고 살아야 하는지 결정할 때가 되었다고 생각하오. 당신도 알다시피 소실의 자식인 나는 서얼이요. 나 같은 중인의 계급이 할 수 있는 일은 몇 가지 되지 않소. 얼마 전까지는 아버님의 도움을 받아서 지방 아전 일을 하면서 한세상 편히 살까 하는 생각도 했지만 마음이 그리 내키지 않아 망설이고 있었소. 부모 덕으로 겨우 낮은 벼슬자리를 얻어 살아간다는 게 어쩐지 대장부의 길이 아닌 것 같아 꺼려졌던 것이오."
허준의 표정은 매우 진지했다. 다솜은 남편의 얼굴을 말끄러미 바라보며 다음 말을 기다렸다.
"그럼 어떤 결정을 하셨다는 말씀이시온지……."
"의원이 되어야겠소. 내 신분으로 할 수 있는 일 가운데 보람을 찾을 수 있는 일이 그 일인 듯싶소."
다솜은 허준의 말에 잠시 생각에 잠겼다가 물었다.
"혹 유의태 의원에게 영향을 받으신 때문입니까?"
허준은 아내의 물음에 얼른 대답하지 않고 한참 생각한

뒤 말했다.

"나는 오래 전부터 무슨 일을 하며 살까 고민해 왔소. 아전을 할까, 아니면 역관이 될까, 의원은 어떨까? 그러나 어느 하나 선뜻 결심할 수 없었소. 아전은 조금 전에도 말했듯이 처음부터 마음에 내키지 않았소. 역관 역시 그랬소. 의원의 길 또한 나한테는 먼 이야기로만 여겨졌었소."

허준은 잠시 말을 멈추었다가 이었다.

"내가 의원이 되려는 생각을 어렴풋이나마 하게 된 것은 지리산에서 내려올 때였소. 어느 마을을 지나가다가 유 의원이 환자를 치료하는 모습을 보았소. 그것도 실물이 아니라 단지 창호지에 비치는 그림자만 보았을 뿐인데, 그 꼿꼿한 자세로 환자를 정성스레 대하는 모습이 오랫동안 머리속에 남았소. 그 때만 해도 단지 그 모습에 감동을 받았을 뿐이었소. 그런데 이번에 유 의원이 어머니의 병환을 감쪽같이 낫게 하는 것을 보고 나도 유 의원 같은 의원이 되자고 결심하게 되었소. 의원이 되어 병들어 아픈 사람을 고쳐 줄 수 있다면 그만큼 보람 있는 일이 어디 있겠소. 일을 하면서 보람을 느낄 수 있다면 그 어찌 세상 사는 기쁨이 아니겠소."

다솜은 남편 허준을 존경스런 눈으로 바라보았다.

"정말 장하십니다. 그런 결심을 하신 서방님이 얼마나 자랑스러운지 모르옵니다. 그러나 한 가지 염려스러운 것이 있습니다."

"그게 무엇이오?"

"의원이란 사람의 생명을 다루는 사람입니다. 그러니 우선 의원이 되기까지 멀고 험난한 길을 걸으셔야 할 것입니다. 학문을 닦는 길도 힘들다지만 의술을 익히는 일도 그에 못지 않게 힘들다고 들었습니다. 아니, 학문보다 오히려 몇 갑절 더 노력을 하셔야 할 것입니다. 훌륭한 의원이 되기까지 서방님이 하셔야 될 고생을 생각하면……."
 다솜은 말끝을 흐렸다. 허준은 다솜의 손을 굳게 잡으며 위로했다.
 "걱정 마시오. 그만한 각오쯤은 이미 하고 있소. 내 한 번 결심한 이상 반드시 목표를 이루어낼 것이오. 어떤 어려움도 견뎌서 반드시 훌륭한 의원이 될 것이오. 반드시……."
 허준은 굳은 결심을 한 눈빛으로 다솜을 응시했다. 다솜은 그런 남편을 자랑스러운 눈으로 바라보았다.

4
의원의 길

 날이 밝자 허준은 유의태의 집으로 찾아갔다. 그의 제자가 되어 의술을 익히기 위해서였다.
 허준은 유의태에게 무엇이라고 말하면 좋을까 하고 많은 생각을 했다. 어머니 손씨의 병을 고쳐 달라고 찾아간 날 밤 큰소리치며 대어들기까지 한 허준을 제자로 받아들여 줄지 걱정이었다. 게다가 그 다음날 아침에 집으로 와서 어머니의 치료를 한 뒤 유의태는 허준에게 이런 말을 하기도 했었다.
 '어머니를 이토록 가슴 아프게 한 자네는 내게 의원의 소임에 대해 말할 자격이 없어.'
 그렇게 말하는 유의태의 눈빛이 얼마나 차가웠던가. 그러나 허준은 용기를 내기로 했다. 이것은 자신의 평생이 걸린 문제였다. 그런 사소한 일로 어렵게 내린 결정을 바꿀 수는 없었다.
　허준은 의원이 되겠다는 결심을 다시 굳게 다지며 발걸음을 빨리 했다. 허준이 유의태의 집 앞에 도착했을 때, 마침 제자 한 명이 집 앞마당을 쓸고 있었다.
　허준은 그에게로 천천히 다가갔다.
　"유 의원님을 만나뵈러 왔는데요."
　제자는 나이가 퍽 어려 보였다. 볼이 발그레하고 아직 수염도 나지 않은 게 소년티가 어렸다.
　제자는 허준을 아래위로 훑어보고 난 뒤 물었다.
　"무슨 일이시온지요?"
　"그냥 좀……."
　허준은 유의태의 문하로 들어가는 허락을 얻기 위해 왔다는 말을 어린 소년에게 하고 싶지는 않았다.
　허준이 얼른 대답을 않자 소년은 퉁명스레 대답했다.
　"지금 의원님은 계시지 않소. 주유를 떠나셨소."
　그 말을 듣자 허준은 눈앞이 캄캄해졌다. 모처럼 다진 결심이 처음부터 커다란 난관에 부딪히는 듯한 기분이 들었다.
　그 때였다. 허준이 유의태를 처음 찾아온 날 허준을 밀어내던 몸집 좋은 남자가 밖으로 나왔다.
　"무슨 일이오?"
　그는 허준을 쳐다보더니 물었다.
　"아니, 일전에 스승님을 찾아왔던……."

허준은 그 앞에 머리를 공손히 숙이며 말했다.
"그렇습니다. 유 의원님을 다시 뵈러 왔습니다."
"스승님을 왜 또 만나려 하오? 그 때 스승님께서 그대의 어머니를 치료해 주신 걸로 알고 있는데……."
제자가 이렇게 말하자, 허준은 자신의 결심을 말할 수밖에 없었다.
"저도 의원이 되고자 합니다. 그래서 유 의원님 문하에서 공부를 하기 위해 이렇게 찾아온 것입니다."
허준의 말을 들은 그는 뜻밖이라는 표정으로 한동안 허준의 얼굴을 바라보았다.
"그것은 지금 이 자리에서 결정할 수 있는 일이 아니오. 스승님이 돌아오시거든 다시 한번 더 찾아오시는 게 좋겠소."
"유 의원님께선 언제 돌아오십니까?"
"글쎄요, 그건 아무도 모르는 일이라오. 한 달이 걸릴 수도 있고, 일년이 걸릴 수도 있소. 아니면 생각보다 빨리 돌아오실 수도 있소."
"알겠습니다."
허준은 힘없이 집으로 돌아왔다. 언제 돌아올는지도 모르는 유의태를 하염없이 기다려야 한다고 생각하자 맥이 빠졌다.
허준이 생각보다 빨리 돌아오자, 아내 다솜이 황급히 뛰어나왔다.
"아니, 왜 이리 빨리 돌아오셨습니까? 유 의원님이 허락을 하지 않으셨나요?"

"그게 아니라……."

허준은 유의태가 주유를 떠나서 만나지도 못하고 돌아왔다는 말을 아내에게 해주었다.

허준의 이야기를 들은 다솜이 말했다.

"서방님의 말씀은 충분히 알아듣겠습니다만, 이렇게 그냥 돌아오시는 게 아니었습니다."

"그게 무슨 말이오?"

허준이 깜짝 놀라 다솜에게 물었다.

"유 의원님이 계시든 계시지 않든 서방님은 그 집에 머물면서 여러 가지를 익혔어야 옳았다는 말씀입니다."

허준은 그제서야 고개를 끄덕였다. 아내의 말을 이해할 수 있었던 것이다.

의원이 되는 공부는 누구에게 배워서가 아니라 스스로 많은 것을 익히는 것이 중요했다. 스승은 다만 길잡이일 뿐이었다. 그런데 유의태가 없다고 그냥 돌아와서 하염없이 기다리려고 한 자신이 아무래도 생각이 모자랐다 싶었다.

"부인의 뜻을 잘 알겠소."

허준이 무겁게 말했다.

"기분이 상하셨다면 죄송스럽습니다. 그런데 한 번 생각을 해보십시오. 병을 치료하는 데 알아야 할 약초가 한두 가지가 아니며, 같은 약초라 하더라도 계절에 따라 그 약성이 달라집니다. 이것은 누가 가르쳐 주어서 아는 게 아닙니다. 저도 저희 아버님의 어깨 너머로 배웠을 뿐이지 누구에게서 설명을 들은 것은 아닙니다. 부디 이 길로 다시 돌아가셔서 그 집 마당을 쓰는 일이라도 하시옵소서."
 허준은 아내 다솜의 말에 고개를 끄덕였다.
 다시 유의태의 집으로 향하는 허준은 의원이 되어 널리 의술을 펴겠다는 결심을 더욱 굳게 다졌다. 그런 남편을 바라보며 다솜은 훌륭한 의원이 되게 해달라고 천지신명에게 빌고 또 빌었다.

 유의태는 허준이 그의 집에서 기다린 지 두 달만에 돌아왔다. 허준이 병자들의 피와 고름이 묻은 옷가지를 빨래하기 위해 막 대문을 나서려는 참이었다.
 유의태를 보고 허준은 허리를 깊숙이 숙였다. 그런 허준을 본 유의태는 이렇다 저렇다 말이 없이 그냥 지나쳤다.
 "저, 의원님······."
 허준이 몸을 돌려 유의태에게 뭔가 말하려 했으나 유의태의 모습은 이미 안으로 사라진 뒤였다. 피고름이 묻은 옷가지를 빨면서 허준의 머리 속은 걱정으로 어지러웠다.
 '의원님은 왜 아는 척을 하지 않았을까? 내가 누군지 기억이 나지 않았던 걸까? 아니면 알면서도 모르는 척하는 걸까? 그렇다면 왜 그랬을까?'
 '커다란 대야에 피고름이 묻은 옷가지를 잔뜩 담아 나오는 걸 봤으면 내가 이곳에서 일을 돕고 있다는 것을 알았을 텐데, 어째 아무런 말도 하지 않는 걸까? 제자가 되기 위해 찾아왔다는 것을 알아차린 것일까, 아니면 잠시 도와주는

걸로 받아들인 것일까?'

　의문은 꼬리에 꼬리를 물고 일어났다. 그러나 허준의 의구심은 곧 풀렸다.

　"하하하, 걱정 말게. 스승님께서 당장 가라는 말을 안 하셨다면 그걸로 자넨 스승님의 제자가 된 걸세."

　덩치 큰 제자가 호쾌하게 웃으며 대답했다. 그의 말에 따르면 유의태가 말이 없다는 것은 자신의 제자로 받아들인다는 뜻이었다. 그러나 허준은 유의태에게서 허락의 말을 들은 것이 아니었기에 여전히 불안했다.

　며칠 후 허준은 향운과 의논했다. 허준이 처음 유의태를 찾아왔을 때 병자들의 상태를 기록하고 있던 유의태의 제자가 바로 향운이었다. 허준이 유의태의 집으로 들어온 뒤 두 사람은 서로의 뜻이 비슷하다는 것을 알았고, 서로를 잘 이해하는 처지가 되었다.

　"자네의 마음이 정 그렇다면 스승님을 한 번 찾아뵙고 말씀을 드려 보게."

　향운은 웃으며 허준에게 말했다.

　"아무래도 그러는 것이 좋을 것 같군. 스승님이 아예 나라는 존재를 모르시는 것 같아."

　"그런 걱정 말게. 스승님은 아무것도 안 보시는 것 같아도 다 보고 계시고, 우리에 관해 아무것도 모르시는 것 같아도 다 알고 계시다네. 특히 열심히 공부하는 제자들을 눈여겨보고 계시다네. 다만 지금은 자네의 뜻이 어느 정도인지 지켜보고 계시는 중이라 생각되는군."

"그래도 나는 스승님의 말씀을 직접 듣지 않으면 시작조차 제대로 된 것 같지 않아 마음이 편칠 못하네. 아무래도 무슨 언질이라도 받아야 마음이 놓일 것 같네."

"자네 뜻이 정 그렇다면 언제 기회를 보아 말씀을 여쭈어 보게. 자네의 뜻이 그렇게 굳은데 설마 내치시기야 하겠는가."

향운도 허준의 마음을 이해하겠다는 듯이 고개를 끄덕였다.

며칠을 벼른 끝에 허준은 마침내 기회를 잡았다. 그날은 마침 환자가 일찍 끊겼다. 덕분에 유의태도 모처럼 일찍감치 저녁을 먹고 쉬고 있었다. 허준은 유의태의 방 앞에 가서 헛기침을 두어 번 하여 인기척을 알렸다.

"누군가?"

안에서 유의태의 나지막한 음성이 들려왔다. 피로에 지쳤는지 목소리에 기운이 없었다. 허준은 그런 스승을 공연히 번거롭게 하는 것이 아닌가 싶어서 망설여졌으나 기왕 내친 걸음, 말을 꺼내야겠다고 생각했다.

"저, 허준입니다."

"허준? 그런데 왜?"

"잠시 들어가 말씀을 여쭈어도 되겠습니까?"

허준의 청에 유의태는 방문을 열어주었다.

방 안에 들어선 허준은 유의태에게 큰절을 올렸다. 그런 허준을 유의태는 무슨 일인가 하는 표정으로 바라보았다.

"저를 의원님의 제자로 받아들여 주십시오."

"자네는 벌써 내 집에 들어와 일을 하고 있지 않은가."
"그러나 저를 제자로 받아들인다는 의원님의 허락을 받지는 못하였습니다."
허준은 머리를 조아리며 말했다.
"허허, 이 사람……."
유의태는 허준의 얼굴을 찬찬히 바라보면서 말을 이었다.
"자네가 의원의 뜻을 가지고 있다면 그것으로 된 것이 아닌가. 이곳에 와서 병자들의 상태를 보고 다른 사람들의 일을 돕고 하다 보면 자연히 의원의 도가 깨우쳐질 것이네."
유의태는 더 이상 허준의 말을 듣지 않으려는 듯 서탁 위의 책을 펼쳤다. 그런 유의태를 보자 허준은 더 조바심이 났다. 유의태가 자신을 제자로 인정하지 않는 것으로 느껴졌다.
"그렇게 말씀하시니 제 마음이 더 아득해집니다. 제가 이곳에 온 두 달 동안 한 일이라고는 병자들이 밥먹은 그릇을 씻고 그들의 피나 고름이 묻은 옷이나 천을 빨래하는 것뿐이었습니다. 그동안 약초 한 번 만져본 일이 없고 침 한 번 제대로 들여다본 일이 없습니다. 그런데 스스로 무엇을 어떻게 배울 수 있다는 말씀입니까?"
허준의 말을 듣고 유의태는 혀를 끌끌 찼다.
"자네가 아직 무엇을 몰라도 한참을 모르는 게로구만. 그런 자네가 내게 의원의 소임에 대해서 말하다니……."
유의태의 말에 허준은 몸둘 바를 모를 지경이었다. 어머니의 병환을 고치겠다는 일념에서 큰소리쳤던 것이 부끄러

왔다.

"의원의 첫번째 조건이 무엇인지 아는가?"

유의태가 목을 가다듬고 말을 이었다.

"그것은 병자들을 진정으로 불쌍히 여기는 마음이네. 그 마음이 없으면 병을 고칠 수가 없고, 설혹 고쳤다손쳐도 그것은 제대로 고친 것이라고 볼 수 없어. 그런 상태로 고친 병이라면 언제든 재발하게 되지. 병자들을 진정으로 안쓰러워한다면 그들의 피고름이 묻은 천을 빠는 일에서 아무것도 배울 게 없다는 말이 나오겠는가?"

유의태의 말을 듣고 허준은 얼굴이 후끈 달아올랐다. 너무 생각 없이 군 자신이 민망했다.

"피고름 천을 빠는 일의 의미가 뭔지 알 때쯤이면 자네는 이미 반의원은 돼 있을 것일세. 즉 이곳에서 보고 듣고 하는 일 모두가 의원 수업에 필수적이라는 사실을 명심하게. 무슨 뜻인지 알겠는가?"

"예, 무슨 말씀인지 알 것 같습니다. 병자들을 진정으로 불쌍히 여기라는 말씀, 마음에 새기고 또 새기겠습니다."

허준은 스승 유의태에게 깊이 절한 다음 물러나왔다.

5
아들 겸이를 낳다

1567년이었다.

허준이 유의태의 제자로 들어온 지 어느덧 두 해가 흘렀다.

그 동안 허준은 많은 것을 배우고 익혔다.

허준이 주로 익힌 것은 약초에 관한 것이었다. 허준은 두 해를 거의 산짐승마냥 지리산 속에서 보냈다. 지리산 깊은 곳을 헤매며 각종 약초가 자라는 모습을 관찰하면서 그 생태를 배웠고, 그 약초를 캐와서 말리거나 쪄서 보관하며 그 성능이 무엇인지 공부했다. 또 약초 상인들에게서 필요한 것을 구입할 때도 건성으로 사지 않고 약초 하나하나의 주요 산지와 특성, 그리고 효능 등을 물어보았다.

허준이 약초에 관한 것을 익히는 데 크게 도움을 준 사람은 아내 다솜이었다. 다솜은 약초꾼의 딸답게 모르는 약초가 없었으며, 같은 약초라 하더라도 꽃, 잎사귀, 줄기, 뿌리, 열매에 따라 효능이 다르고, 또한 자란 시기와 따서 말리는 시기에 따라 쓰임새가 달라진다는 것도 알았다.

"이렇게 약초에 관해 많이 알고 있는 당신이 내 아내라는 게 얼마나 고마운 일인지 모르겠소. 다른 사람이 십년 할 공부를 이렇게 짧은 시일 안에 배우게 되는구려."

허준은 삯바느질과 농사일로 굵어진 아내의 손을 어르만졌다.

의원이 되는 공부를 한다고 해서 누가 돈을 대주거나 먹을 것을 가져다 주는 것도 아니었다.

본가에서 도움을 주려고 하지 않는 것은 아니었지만 허준은 번번이 사양했다. 그래서 다솜은 삯바느질로 살림을 꾸려나갔고, 그나마 일감이 떨어지면 남의 집 농사일을 거들기도 주저하지 않았다.

사는 것이 힘들고 당장 끼니를 걱정해야 할 때는 남편이 원망스럽지 않은 것도 아니었다. 그러나 남편의 뜻이 무엇인지를 아는 다솜으로서는 내색을 할 수가 없었다. 어머니가 소실로 있는 집에 기대어 살지 않겠다는 남편의 고집을 잘 알았던 것이다. 다솜은 남편의 그 마음이 고집이 아니라 자립하려는 굳건한 의지임을 알고 있기에 고생을 고생으로 받아들이지 않고 즐겁게 견뎌나갈 수 있었다.

"모두 서방님이 열심히 익히신 덕입니다. 약초에 관한 것만 하더라도 서방님은 다른 사람에 비해 익히는 속도가 놀라우리만치 빠르옵니다. 저는 그것을 보면서 서방님이 얼마나 많은 노력을 하고 있는가 알게 되었습니다."

다솜은 남편의 얼굴을 보고 부끄러운 듯이 웃었다. 허준은 그런 아내 다솜을 향해 빙긋 웃고는 책상을 앞으로 끌어당겼다.

"오늘도 밤을 새워 책을 읽으실 생각입니까?"

다솜이 안쓰러운 눈빛으로 허준에게 물었다. 의원 수업을 하면서부터 허준의 얼굴은 퍽 까칠해졌다. 쉴새없이 책을 읽고 또 약초를 연구한 때문이었다.

"내일은 스승님이 토사곽란이 있는 사람을 치료한다고 했소. 그 사람에게 침을 놓는다고 했는데, 미리 익혀 두지 않으면 스승님이 사람들을 치료하는 것을 아무리 봐도 소용이 없소."

"그렇다면 지금 서방님이 읽고 계신 것은……."

"침술에 관한 것이오."

"토사곽란에 침을 씁니까?"

"토사곽란이란 먹은 것이 체하여 별안간 토하며, 밑으로는 싸고 참을 수 없는 복통도 생기는 병인데, 이 때 혈관이 막히면 죽기까지 한다오."

남편의 말을 듣고 다솜은 고개를 끄덕였다.

"저는 토사곽란이라고 하면 그저 소금과 생강 한 냥을 아기 오줌에 타서 달여 먹으면 되는 것만으로 알고 있었습니다."

"그것은 토사곽란이 그리 심하지 않을 때의 처방이오. 그것이 심하면 소금, 감료수, 생강, 연록피, 우분 등의 약을 섞어 수없이 달여 먹어야 하오. 그러나 그보다 먼저 막힌 혈관을 뚫어주지 않으면 안 되오."

다솜은 토사곽란에 대해서 설명하는 남편의 얼굴이 자신감으로 빛나고 있는 것을 보았다. 지난 두 해 동안 남편이 얼마나 많은 고생을 하며 의술을 익혀왔는지 짐작하고도 남음이 있었다.

"그만 자리에 드시지요."

등잔에 켜 놓은 불이 문밖을 지나는 바람에 어른거렸다. 문틈으로 서늘한 바람이 새어들어왔다. 어느덧 가을도 깊어가고 있었다.

"먼저 자리에 들구려. 나는 오늘 밤을 새워서라도 이것을 익히고 말 것이오."

다솜은 더 이상 남편을 채근하지 않았다. 그리고 자신도 잠자리에 들지 않았다.

다솜은 바느질거리를 챙겨들고 바늘에 실을 꿰었다. 그리고 부지런히 손을 놀렸다. 그러나 쏟아지는 졸음에 그만 앉아서 꾸벅꾸벅 졸고 말았다.

"부인, 졸린가 보구려. 나 때문에 괜히 생고생하지 말고 누워서 자구려."

허준이 어느결에 아랫목에 이불을 깔아놓고 졸고 있는 다솜을 깨웠다.

"아, 아닙니다. 졸립기는요……."

다솜은 부끄러워서 얼른 떨어뜨렸던 바늘을 집어들었다.

"그러지 말고 어서 잠자리에 들어요. 몸도 무거운 당신이 나 때문에 밤 늦게까지 일하는 모습을 보려니 글이 머리 속에 들어오지 않는구려."

산달이 가까워온 다솜의 배는 꽤 많이 불러 있었다. 다솜은 아이를 가지면서부터 이상스러우리만치 잠이 늘었다. 평소 다솜은 잠이 없고 바지런하기로 유명했다. 그러나 임신한 여자들에게 잠이 많아지는 것은 다솜에게도 예외는 아닌 듯싶었다.

허준은 아내의 손에서 일감을 빼앗아서 한쪽에 치워 놓고 아내를 이부자리에 억지로 눕히고는 찬 가을 바람이라도 새어들세라 이불을 꼭꼭 여며주었다.

미안해서 어쩔 줄 모르던 다솜은 쏟아지는 잠을 감당해낼 수 없었던지 이내 잠에 빠져들었다. 쌕쌕 고른 숨을 쉬며 다솜은 평온하게 잠을 잤다.

허준이 마음 먹은 부분까지 공부를 거의 다 마쳤을 때는 희뿌옇게 날이 밝은 뒤였다.

허준은 문을 열고 밖으로 나갔다.

아직 해가 뜨기 전이었는데도 밖은 제법 밝았다. 삽상한 가을 바람이 상쾌하게 목덜미를 스치고 지나갔다.

허준은 기지개를 크게 켰다.

그 때였다. 허준의 코에서 뭔가 뜨뜻한 것이 흘러내렸다. 손으로 얼른 닦아보니 피였다.

허준은 시냇가로 가서 얼굴을 씻고 입을 헹궈냈다. 비릿한 피내음이 코언저리에 맴돌았지만 마음은 상쾌했다.

허준은 다시 방으로 돌아와 서탁 앞에 앉아서는 나머지 부분을 공부하기 시작했다. 다솜이 잠결에 끄응 하고 몸을 뒤척이는 소리가 났다. 허준은 행여 아내의 단잠에 방해가 될까보아 책장을 소리가 나지 않게 살며시 넘겼다.

유의태는 침을 놓을 때 사람에 따라 시간을 가렸다. 시간에 따라 사람의 급소가 조금씩 이동하기 때문에 그것을 염두에 두지 않으면 병을 제대로 고칠 수 없을 뿐 아니라, 어떤 경우에는 병자의 상태를 오히려 나쁘게 만들기도 하기 때문이었다.

유의태는 침을 놓는 시간으로 아침을 택했다. 아침에는 만물에 생기가 오르고, 침을 놓는 사람의 정기도 맑아져 실수를 하는 경우가 드물었다.

허준이 유의태의 집에 당도하니 정주가 미리 와 있었다. 정주는 허준이 유의태를 처음 만나러 왔을 때, 허준을 밀어내던 덩치 큰 제자 바로 그 사람이었다.

그는 은근히 허준을 멀리 했다. 자신은 유의태의 문하로 들어온 지 오년이 지났는데, 겨우 이년밖에 되지 않은 허준이 금방 많은 것을 익히게 되자, 시기하는 마음이 일었던 것이다.

아직 정주보다 스승의 인정을 더 받는 제자는 없었다. 그런데도 정주는 늘 허준이 마음에 걸렸다. 허준의 실력이 언제 자신보다 앞설는지 모르기 때문이었다. 정주는 늘 그것이 불안해서 견딜 수가 없었다.

허준은 정주를 보자 허리를 굽혀 인사했다.
"웬일로 이토록 이른 시간에 오는가?"
정주가 물었다.
허준이 웃으며 말했다.
"형님은 저보다 먼저 오시질 않았습니까."
정주는 허준보다 세 살이 많았다. 그래서 허준은 늘 깍듯이 형님 대접을 했다.
"나는 엊저녁 집으로 돌아가지 않았네. 집에 갔다간 시간에 맞춰서 올 수 없을 것 같았네."
"정말 대단하십니다."
허준은 존경스러운 눈으로 정주를 바라보았다. 저토록 열심히 의술을 익히니 스승으로부터도 인정을 가장 많이 받는 것이라고 허준은 생각했다.
얼마 있지 않아 향운 등 다른 제자들도 나타났다.
"빨리들 왔군요."
향운이 웃으면서 말했다.
그들은 곧 스승 유의태가 침을 놓기로 한 방으로 갔다.
허준은 토사곽란 환자를 데리고 와서 자리에 눕혔다. 환자는 두려운 듯이 눈을 휘둥그렇게 뜨고 사방을 두리번거렸다.
곧 유의태가 들어왔다.
제자들은 유의태가 침을 놓는 것을 보기 위해서 둘러앉았다.
"토악질은 왜 일어나는 것이냐?"

유의태는 매서운 눈을 하고 제자들을 둘러보았다.
"토악질은 등과 배를 흐르는 혈관이 막혀서 일어나는 현상입니다. 피가 지나가는 길 중 막힌 부분을 열어주면 됩니다."
정주가 대답했다. 그것은 허준도 대답할 수 있는 것이었고, 향운도 대답할 수 있는 것이었다.
"그럼 제일 처음 침을 꽂아야 할 부분은 어디냐?"
유의태는 계속해서 제자들에게 물었다.
"간사(왼쪽 팔 안쪽의 손등보다 조금 윗부분)입니다."
향운이 대답했다. 그러자 유의태는 날이 선 목소리로 말했다.
"다른 사람들은 모두 꿀 먹은 병어리이냐? 정주와 향운을 제외하고 이번엔 다른 사람이 대답해 보아라. 혈문을 여는 차례를 말해 보아라."
혈문을 여는 차례라는 것은 침을 놓는 순서를 말하는 것이었다. 허준은 사람들을 둘러보았다. 정주를 제외하고는 누구 하나 아는 것 같지 않았다. 모두들 대답을 하지 못한 채 고개를 푹 수그렸다.
그러자 허준이 떨리는 목소리로 대답했다.
"맨처음 척택, 태릉, 개영혈을 각각 열고 속으로 600번을 셉니다."
"그 다음은?"
유의태의 눈이 빛났다.
"그 다음은……."

정주가 말하려 했다.
"허준이 계속하여라."
유의태가 잘라 말했다.
"그 다음은 유하, 간사혈을 열고 속으로 1,200번을 셉니다."

유의태는 허준에게 계속 물었고, 허준은 지난밤에 공부한 기억을 더듬으며 자신에 찬 목소리로 대답했다. 스승 유의태의 물음에 모두 답하고 난 허준의 이마에서는 몽글몽글 땀방울이 맺혔다.

허준의 답을 다 듣고 난 유의태는 입가에 슬며시 웃음을 머금었다.

그 순간 정주의 얼굴은 파리해졌다. 그는 허준의 실력이 그만치 높아진 데 대해 놀란 것이 분명했다. 그것은 정주뿐만이 아니었다. 다른 제자들도 마찬가지였다.

유의태는 침을 들어 병자의 왼팔 안쪽에 꽂았다. 병자는 눈을 질끈 감고 유의태에게 모든 것을 맡긴다는 표정으로 누워 있었다.

허준으로서는 스승의 침술을 이처럼 가까이에서 구경하는 것이 처음이었다.

유의태는 침을 놓을 때 모든 제자들에게 다 보이는 것은 아니었다. 그만이 아는 어떤 기준을 정해 놓고 선별을 했다. 어쨌든 일단 침을 놓는 방에 부른다는 것은 제자로서의 가능성을 인정한다는 뜻이었다.

허준은 스승 유의태가 침을 놓는 것을 머리 속에 새겨넣

기라도 하듯 정신을 집중해서 바라보았다. 어젯밤 책에서 보았던 것과 지금 유의태가 침을 놓는 것이 어떻게 다른가 일일이 비교해 보았다.

그런 허준의 가슴 속에는 지리산에서 유의태를 우연히 보았을 때의 감동이 살아나고 있었다.

유의태는 자세 하나 흐트리지 않고, 말 한마디 하지 않고 정신을 모아 침을 놓았다. 의술을 행하는 것이 아니라 마치 참선을 하고 있는 스님이 도를 닦는 것 같았다.

침을 다 놓고 나자 어느덧 점심 때가 되었다. 유의태는 병자의 몸에서 마지막 침을 뽑아 침통에 집어넣었다. 이마에서 땀이 비오듯 흐르고 있었다.

침을 맞은 병자는 기진한 듯 미동도 하지 않고 누워 있었다. 유의태가 말했다.

"이 사람의 경우는 위에 열이 많아서 토사곽란이 일어난 것이다. 토사곽란을 한다고 해서 다 같은 것은 아니다. 지나치게 위가 차가워져서 생기는 경우와 지나치게 위가 약해져서 생기는 경우가 있다. 그것을 잘 구별하지 않으면 큰일이 난다. 위에 열이 많은 사람의 경우는 반하국 2돈, 길경 1돈, 백출, 집피, 후박, 지실, 적복령, 목향, 빈량, 백작약, 황저, 귤피, 갈근, 피, 파염, 곽향, 인삼, 감초를 각 한돈 반씩을 달여 먹어야 한다."

허준은 스승 유의태가 한 말을 몇 번이고 속으로 되뇌었다. 어젯밤에 본 책에는 위가 차가운 것과, 열이 많은 것, 지나치게 약한 것에 관해서는 나와 있지 않았다. 허준은 그에 관한 자료를 찾아다가 잘 외워두어야겠다고 생각했다.
 침을 놓고 난 뒤 유의태는 좀 쉬어야겠다며 안방으로 들어가 버렸다.
 허준은 속으로 좀 서운한 마음이 들었다. 스승은 자신이 그토록 대답을 잘한 것에 대해서는 일언반구의 말도 없었던 것이다. 이런 허준의 마음을 알아차리기라고 한 듯 향운이 말했다.
 "자네 공부가 그 동안 꽤 많이 늘었네. 스승님이 만약 내게 물어보셨으면 난 자네처럼 거침없이 대답하진 못했을 것이네."
 그것은 다른 제자들도 마찬가지였다. 모두들 언제 그토록 공부를 해두었냐며 허준을 추켜세웠다.
 그 때였다.
 "허준이 잘한 것이 아니야."
 정주가 입을 삐죽이고 찡그리며 말했다. 사람들은 일제히 그런 정주를 쳐다보았다.
 "허준이 잘한 것은 아니야. 누구든 그 정도는 대답할 수 있어야 했어. 그렇지 못한 자네들이 오히려 부끄러워해야 할 것이야. 그리고 허준 자네는 그 정도로 으쓱해지면 안 되네."
 정주는 문을 꽝 닫고 나갔다. 모두들 무슨 영문인지 몰라 서로 멀뚱멀뚱 바라보기만 했다. 잠시 후 향운이 말했다.
 "섭섭하게 생각하지 말게. 따지고 보면 정주 형님의 말이 틀린 것도 아니야. 허준 이 친구를 칭찬하기에 앞서 공부를 게을리했던 우리들부터 반성해야 할 것 같애."
　그러자 잠자코 듣고 있던 석숭이 말했다.
　"에잇, 그게 그리 쉬운 일이던가. 그게 그리 쉽게 되는 일이라면 우리가 왜 하지 못했겠나? 해가 있는 동안은 내내 병자들을 돌보기 때문에 집으로 돌아가면 몸이 천근만근이야. 책을 펴면 글자들이 꾸물꾸물 기어가는 것 같다구. 겨우 정신을 차리고 책을 봐도 오래 가지 못해. 이건 누구든 다 마찬가지 아니야?"
　"그래도 우리가 좀더 정신을 차려 공부했어야 했어."
　허준은 대답을 잘한 자신을 두고도 아무런 칭찬의 말을 하지 않은 유의태를 비로소 이해할 것 같았다. 자신이 해온 공부가 잘한 것이 아니라, 의원이 되려는 사람이면 누구든 그만큼 해야 한다는 사실을 깨닫게 되었던 것이다.

　새해가 밝았다.
　허준은 지난해와 다름없이 여전히 유의태에게서 의술을 익히고 있었다.
　정월 대보름이 되자 사람들은 둥근 달에 자신들의 소원을 빌었고, 아이들은 쥐불놀이를 한다고 신나게 뛰어다녔다.
　허준은 둥근 달을 보고 아내 다솜이 건강하게 아이를 출산할 수 있기를 빌었고, 자신이 훌륭한 의원이 될 수 있게 해달라고 빌었다.
　허준 가족도 시래기 나물이며 취나물 등 몇 가지의 나물

반찬과 오곡을 넣은 밥을 지어 먹고, 호두·땅콩·잣 등 부럼도 깨물었다.
 허준은 이제 유의태의 집으로 오는 병자들 중 상태가 가벼운 감기 환자나 체증이 있는 사람들의 맥을 짚고 약을 처방하기도 했다.
 대개의 사람들은 유의태를 믿듯이 유의태의 제자도 믿었으므로 허준이 진맥을 하면 선선히 따랐다. 하지만 꼭 그런 것만도 아니었다.
 어떤 사람은 유의태가 직접 나오지 않는다고 고래고래 고함을 질렀다. 그런 일이 생기면 제자들과 병자들 간에 가벼운 입씨름이 일어났다.
 이런 일 때문에 병자들과 가장 많이 다투는 사람은 정주였다.
 "이 보시오 노인장, 내가 노인장의 병을 다룰 만하니 보자는 것이 아니오?"
 유의태만을 고집하는 노인을 보고 정주는 화를 내고 있었다.
 "유 의원이 아니면 아무한테도 내 병을 보일 수가 없소."
 "글쎄 노인장의 병은 가벼운 천식이오. 그 정도는 유 의원님의 제자인 나도 치료할 수가 있단 말이오."
 정주는 목에 핏발을 세우고 대꾸했다.
 "전에도 댁이 그렇게 해서 지어준 약을 먹었소. 그런데 좀 낫는가 싶더니 말짱 도루묵이더란 말이오. 이것 보시오, 다시 기침이 나오지 않소. 쿨럭쿨럭……."

노인은 일부러 하는 것처럼 말을 끝내기가 무섭게 기침을 심하게 해댔다.

노인의 기침이 어찌나 심했던지 근처에서 병자들을 돌보고 있던 제자들 몇이 모였다.

사람들이 몰려들자 정주는 얼굴이 시뻘겋게 되어서 소리쳤다.

"그러기에 내가 약 먹고 안정을 취하라고 하지 않았소. 그런데 공연히 나돌아다니고, 또 사소한 일에도 분을 내니 병이 도지는 것 아니겠소."

"처방이 잘못된 것 아니오? 콜록콜록. 약처방을 잘못했기 때문에 아무리 약을 먹어도 병에 차도가 없는 것 아니냔 말이오. 콜록콜록."

노인은 밭은 기침을 하면서도 할 말은 다 했다.

"노인장의 병은 천식입니다. 목에 핏줄이 그렇게 부어오른 것이 다 천식 때문이란 말이오. 그 때 내가 인삼과 빈랑, 침향(沈香), 목향(木香), 진피(陳皮), 오미자, 귤피, 감초, 생강즙 등을 각각 2냥씩 해서 하루 세 번에 나누어 한 숟갈 반씩 보름 동안 잡수시라고 하지 않았습니까."

정주가 지지 않고 큰 목소리로 말했다.

"그 때 자네가 처방해 준 대로 먹었어. 그랬더니 조금 낫다가 도로 이렇게 되었단 말이야. 빨리 유 의원님을 불러줘. 자네는 믿을 수가 없어. 그러니 유 의원님한테 직접 보여야겠어."

그 자리에 있던 석숭이 한마디 거들었다.

"아무리 봐도 노인은 천식이십니다. 그렇다면 이 정주 형님이 처방해 준 약이 맞소이다."
"그 약이 맞다면 내가 왜 아직 낫지 않는 거야?"
그러나 허준의 생각은 달랐다.
천식이라면 숨이 차고 가슴이 답답한데다가 몸의 기력이 다 빠질 만큼 기침이 나오는 병이다. 그런 천식에도 종류가 여럿 있었다. 못 견딜 만큼 숨이 찬 증세, 기운이 빠져 숨이 찰 때, 울화병으로 인해 생긴 증세, 오래된 숨찬 병 등등. 따라서 같은 천식이라 해도 처방이 각각 틀렸다. 정주는 그것을 생각하지 않고 천식을 단지 하나의 병으로 보고 처방을 한 것이었다.
지난해 같은 토사곽란 환자라도 원인은 여러 가지란 스승 유의태의 말을 듣고, 그 때부터 허준은 같은 병이라도 나름대로 구별을 해서 공부해 왔다.
유의태는 이런 것들에 관해 제자들에게 조목조목 자세하게 가르쳐 주지는 않았다. 스승이 한 부분에 대해서 설명을 해주면 나머지는 제자들이 알아서 익히고 연구해야 했다. 그것을 잘하지 못하면 낙오되는 것이었다.
허준은 속으로 그 말을 할까말까 망설였다. 자신보다 훨씬 선배인 정주 앞에서 알은 척을 했다가는 미움받기 십상이었다. 그렇지 않아도 자신을 보는 정주의 눈이 곱지 않다는 것을 느껴온 터였다.
"아이고 아이고, 나 죽네……."
늙은 병자는 기어이 앞으로 고꾸라져 죽을 듯이 기침을

해댔다.
 그것을 보자 허준의 마음이 달라졌다. 어쨌든 의원의 소임은 아픈 사람을 치료하는 것이다. 정주한테 미움을 받고 받지 않고는 그 다음 일이었다.
 이윽고 허준은 결심했다.
 "제 생각으로 이 노인은 천식이라 하여도 울화병이 원인인 것 같습니다. 그런 경우에는 약을 달리 써야……."
 허준은 조심스레 자신의 소견을 폈다.
 "무엇이?"
 그 순간 정주의 눈에서는 파란 불꽃이 일었다. 금방이라도 허준을 한대 칠 것 같았다.
 허준은 정주의 눈을 피하지 않고 계속 말했다.
 "이 노인은 홧병이 깊은 탓에 천식이 생겼다는 말씀입니다. 그럴 때는 형님이 처방하신 것과 약이 틀려야 한다고 생각……."
 허준의 말이 채 끝나기도 전에 정주는 허준의 얼굴로 주먹을 날렸다. 곁에서 지켜보고 있던 다른 제자들이 깜짝 놀라 정주를 말렸다. 자리에 넘어진 허준의 입에서 피가 흘렀다.
 "아이고, 나 죽네. 콜록콜록. 사람 죽어 가는데 의원은 안 부르고 지들끼리 싸움질이라니 이게 무슨 경우야. 콜록콜록. 빨리 유 의원을 불러줘. 의원을 불러달란 말이야!"
 정주가 허준을 치자, 노인은 자리에서 대굴대굴 구르며 소리를 지르면서 법석을 피웠다.

"가, 가란 말이오. 가서 내가 처방한 대로 다시 약을 먹고, 그래도 안 나으면 오시오."

정주는 핏발이 가득한 눈으로 노인을 내려다보며 소리쳤다.

"그리고 너."

정주는 손가락으로 허준을 가리켰다. 사람들은 정주의 무서운 기세에 움찔하며 정주를 바라보았다. 허준도 넘어진 채로 정주를 올려다보았다.

"네가 아무리 똑똑하다고 해도, 아직은 내 밑이야. 네가 아무리 많이 안다고 해도 난 너보다 스승님께 삼년을 더 배웠어. 그런 나를 네가 감히 무시하……."

그 때였다.

"무슨 짓들이냐?"

스승 유의태가 들어왔다. 유의태의 허연 수염이 바람에 날렸다. 유의태는 매우 화가 났는지 얼굴 근육이 파르르 떨렸다.

유의태가 들어오자 노인은 유의태의 발밑에 매달렸다.

"살려주시오, 살려주시오. 기침 때문에 죽을 것 같소."

"이 노인을 내가 진료하는 방으로 옮겨라."

유의태가 말하자 석숭은 얼른 노인을 데리고 나갔다.

"지금까지 너희들이 하는 양을 다 보았다."

"소란을 피워 죄송합니다."

정주가 고개를 숙였다. 허준도 얼른 자리에서 일어나 옷매무새를 고치고 허리를 굽혔다.

"못난 것……."

유의태는 누구에게 하는 말인지 모를 소리를 하고는 한동안 침묵했다.

정주도, 허준도 아무 말도 하지 못했다.

"내가 너희들에게 그렇게 가르쳤더냐! 병자를 돌보는 의원의 첫번째 덕목이 뭐라고 했더냐? 병자들을 진정으로 불쌍히 여기는 마음이라고 하지 않았더냐. 그 마음이 없으면 병을 고칠 수가 없고, 설혹 고쳤다손치더라도 제대로 고친 것이라고 볼 수 없다고 하지 않았더냐."

제자들은 조용히 유의태의 말에 귀를 기울였다.

"의원은 고집을 부려서는 안 된다. 자신이 아는 병이라 하더라도 그 병에 고집을 부려서는 안 된다는 말이다. 병을 앓는 사람은 병자이지 의원이 아니기 때문이다. 처음에 환자를 대할 때 신중히 진단을 내려야 하고, 그렇게 내린 진단이라 하더라도 한 번 내린 진단이 맞다고 계속 고집을 피워서는 안 된다. 병자가 하는 말에 귀를 기울여 자신이 내린 진단이 맞는지, 처방이 옳은지 잘 살피라는 말이다. 그런데도 병자의 말은 듣지도 않고 우격다짐으로 자신의 처방만 옳다고 밀고 나가다니, 어찌 참된 의원이라 할 수 있겠느냐!"

"잘못했습니다."

정주는 머리를 수그렸다.

"또 있다. 의원이 병자의 상태를 살필 때는 눈으로만 봐서는 안 된다. 맥도 짚어보고 아픈 부위도 보아야 하지만,

병의 상태를 환자에게 물어보는 문진도 중요하다. 병의 증상에 대해서 병자 자신만큼 잘 아는 사람이 어디 있겠느냐. 그런데 병자에게 평소의 증상이 어떠한지 물어보지도 않고 아픈 사람의 상태를 눈으로만 따져서 진단을 내리려 하다니, 그게 올바른 의원의 태도라 할 수 있겠느냐?"
"잘못했습니다."
이번엔 허준이 머리를 수그렸다.
"보기 싫다."
유의태는 그 자리를 휭하니 나가버렸다.

이 일이 있은 후 정주는 허준을 보려 하지 않았다. 허준이 아무리 먼저 사과를 하고 인사를 해도 정주는 허준을 외면했다. 그 정도에서 끝나는 것이 아니었다. 허준을 철저히 따돌렸다. 그러다 보니 자연 다른 제자들도 허준과는 잘 어울리려 들지 않았다. 유의태한테서 가장 인정받는 제자가 정주였으니 정주의 눈 밖에 나서는 좋지 않았던 것이다. 그랬다가는 일거리도 까다롭고 손이 많이 가는 귀찮은 것만을 맡아야 했고, 병자를 돌보는 기회도 줄어들게 되기 때문이었다.
그런 허준을 위로하고 함께 있어 주는 사람은 오직 향운뿐이었다.
"정주 형님을 이해하게. 그 형님은 아주 한이 많은 사람이야. 세도 있던 양반의 자손이라는 소문이 있는데, 집안이 몰락해서 집안 대대로 초시 한 명 나오지 않았다는군. 그나마 정주 형님은 재능이 있는 모양인데, 요즘 조정에 나가는 일이 얼마나 힘든지 알지? 급제하는 일도 힘이 들지만 급제를 해도 조정에 남아 있으려면 권력 있는 양반들과 줄이 닿아야 한다지 않는가. 그래서 정주 형님은 그 길을 일찌감치 포기하고 다른 길을 찾은 게 의원이라는군. 내의원이 되어서 조정으로 들어갈 생각을 하고 있는 모양이야. 어의만 되어 봐. 권세가 웬만한 양반 뺨친다구."

"어의라고?"

"응, 임금의 건강을 돌보는 어의 말일세."

어의, 임금의 병을 다스리는 직책이다. 명의로서 제대로 인정받아야만 얻을 수 있는 자리였다. 그러므로 의원으로서는 가장 큰 영예를 누리는 자리이기도 했다. 그리고 임금을 늘 가까이에서 모시므로 의원이 아무리 중인의 신분이라 해도 양반들이 무시하지 못했다.

어의가 되면 얼마나 좋을까?

허준은 가만히 생각에 잠겼다.

어의가 된다는 것은 집안의 영광이요, 따라서 부모에게 효도하는 길이기도 했다. 누구보다 소실로서 차별을 받으며 자라온 어머니 손씨가 제일 기뻐할 터였다. 또한 그 동안 자신이 신분 때문에 받았던 설움을 이겨낼 수 있는 길이기도 했다.

그래, 그 길이 있었구나. 어의가 되는 길.

어의라는 말에 허준은 한 가닥 빛이 느껴졌다.

'그래, 어의가 되자. 내의원에 들어가 어의가 되자. 그게

내 길이다.'
 허준은 마음 속으로 결심을 다졌다.
 "하지만 스승님은 정주 형님을 보고 늘 걱정이셔. 훌륭한 의원이 되어야겠다는 생각보다는 출세할 욕심으로 가득 차 있다고 말야. 정주 형님이 조금만 더 어질다면 좋은 의원이 될 수 있다고 생각하고 심려하시는 거지."
 향운이 걱정어린 투로 말했다.
 "자네는 어의가 되고 싶지 않은가?"
 허준이 묻자 향운은 설핏 웃음을 떠올렸다.
 "나는 그런 욕심 없네. 나라님 말고도 아픈 사람은 얼마든지 있어. 나는 정말로 아픈 사람들을 돌보는 의원이 되고 싶네. 하지만 나는 별로 뛰어나지 못해서 훌륭한 의원이 될 수 있을는지 모르겠어. 스승님은 늘 그것을 안타깝게 생각하셔."
 허준은 향운이 우러러보였다. 향운이야말로 진정한 의원이 될 자격이 있는 사람이라는 생각이 들었던 것이다.
 허준은 스스로를 돌이켜보았다. 자신도 어쩌면 정주처럼 출세할 욕심으로 가득 차 있는 것이 아닐까 하는 생각이 들었다. 그러나 허준은 자신의 부귀와 명예를 위해서 어의가 되고 싶은 것은 아니었다. 한평생 소실이라는 멍에를 지고 섧게 살아온 어머니에게 기쁨을 안겨드리고 싶어서, 그리고 아내 다솜을 그 고생에서 벗어나게 해주고 싶어서였다. 하지만 향운의 소박하면서도 진실한 욕망을 알고 나니 자신의 그런 생각조차 남을 핑계댄 욕심이 아닌가 싶었다.

그 때였다. 누군가 허준을 찾아왔다는 전갈이 왔다. 처남이었다. 처남의 얼굴을 보자 허준은 속으로 짚이는 것이 있었다. 아내 다솜이 아이를 낳기 위해 지금 처가에 가 있었던 것이다.
"아이를 낳았는가?"
허준은 처남을 보자 다짜고짜로 그것부터 물었다.
"그렇습니다."
처남은 연신 싱글벙글이었다.
"산모는 건강한가?"
"그러하옵니다."
"무엇을 나았는가?"
"아들입니다."
허준은 입이 함지박만하게 벌어졌다. 아내가 아들을 나았다는 사실이 믿기지 않았다.
"축하하네."
옆에 있던 향운이 웃는 낯으로 말했다.
"스승님께는 내가 말씀드릴 터이니 빨리 가보게. 아들이 보고 싶지 않은가?"
허준은 건너 마을의 처갓집으로 달려가기 시작했다. 차가운 바람이 불어왔지만 얼굴이 시린 것을 느끼지 못할 만큼 기분이 들떴다. 실성한 사람처럼 입에서는 계속 '하하' 하고 웃음이 터져나왔다. 그런 허준의 뒤를 처남이 벙글거리는 얼굴을 하고 따라왔다.
허준이 집에 도착했을 때에는 벌써 아기가 목욕을 마치

고 산모 옆에 누워 잠들어 있었다. 갓난애라서 얼굴이 빨갰지만 이목구비가 수려하고 훤했다.
"수고했소, 정말 수고했소."
허준은 아내 다솜의 손을 어르만지며 말했다.
다솜은 수줍은 듯 미소를 지었다.
"서방님, 들으셨습니까? 아들이옵니다."
"장하오, 정말 장하오."
허준은 그 아들을 위해서라도 열심히 공부해 꼭 훌륭한 의원이 되겠다고 결심했다.
허준은 다솜의 흐트러진 머리를 쓸어주며 말했다.
"당신이 내게 아들을 선물한 것처럼, 나도 당신에게 훌륭한 의원이 된 내 모습을 선물하겠소. 아무리 어렵고 힘이 든다고 해도……."
"고맙습니다."
어느덧 다솜의 눈에는 눈물이 어리었다.

6
시련

봄이 왔다.
실낱같이 가느다랗게 휘늘어진 버드나무 가지에는 연초록빛 이파리들이 피어나고, 들판에는 쑥이며 냉이, 달래가 자라났다. 곧이어 개나리 담장에 노란 개나리꽃이 피어나고, 야산에는 연분홍 진달래꽃이 흐드러졌다.
허준은 아들의 이름을 겸이라 지었다. 아들 겸이는 쑥쑥 잘 자라나서 어느덧 기어다니게 되었다.
겸이가 자라나자 다솜의 일손은 더욱 바빠졌다. 아이를 돌보는 일 이외에 밭일도 해야 하고, 솜씨가 얌전하다고 소문이 나서 삯바느질거리도 많아졌기 때문이다.
그러나 다솜은 남편에게는 절대 힘든 내색을 하지 않았다. 혹시 자신 때문에 마음이 쓰여 하고 있는 의원 공부에

차질이 올까보아 두려웠던 것이다.
 허준은 일을 마치고 돌아오면 자고 있는 아들의 뺨에 자신의 얼굴을 비비며 즐거워했다.
 "서방님, 아이가 깨겠습니다."
 "깨면 좋지요. 같이 놀면 되지요."
 "그럼 서방님의 공부는 어찌하시구요?"
 "겸이랑 조금 논다고 해서 내 공부가 모자라면 얼마나 모자라겠소."
 허준의 꺼칠한 수염이 닿자 자던 아이가 얼굴을 찡그렸다. 찡그린 모습조차 귀여워 견딜 수 없다는 듯 허준은 아이의 볼을 손으로 집었다가 놓았다.
 "형님 계십니까?"
 밖에서 누군가 허준을 부르고 있었다.
 "누가 왔나 봅니다."
 다솜이 말했다.
 "누군가?"
 허준은 문을 열었다. 뜻밖에도 지효였다. 지효는 유의태의 문하로 들어온 지 이제 겨우 석 달이 지난 사람으로, 의지할 곳이 없어서 유의태의 집에서 먹고 자며 일을 거들었다. 지효는 허준을 형님이라 부르며 무척 따랐다.
 "웬일인가, 이 시간에?"
 "스승님께서 부르십니다."
 "아까 내가 집으로 돌아올 때까지 아무런 말씀도 없으셨는데?"

"저야 아는 바가 없습니다만, 스승님께서 형님을 빨리 모셔오라 하십니다."

허준은 옷을 챙겨 입고 지효를 따라 나섰다.

허준이 유의태에게 도착했을 때는 달도 없이 깜깜한 밤이었다.

"스승님."

허준은 문밖에서 스승을 불렀다.

"들어오너라."

방에는 두 사람이 있었다. 한 사람은 유의태였고, 다른 한 사람은 병자로 보였는데 자리에 누워 잠이 들어 있었다.

"무슨 일로 부르셨는지요?"

"자리에 앉거라."

허준은 유의태 앞에 잠자코 무릎을 꿇었다.

"맥을 짚을 줄 아느냐?"

"네?"

유의태는 허준에게 병자의 맥을 짚어보라는 말이었다.

순간 허준은 긴장했다. 자신의 실력을 알아보려는 의도가 분명했던 것이다.

"맥을 짚을 줄 아느냐고 물었다."

유의태는 차가운 목소리로 말했다.

"짚을 줄 아옵니다."

허준이 대답하자 유의태는 잠자코 머리를 끄덕였다.

"이 사람의 맥을 짚어보아라."

허준은 심호흡을 했다. 유의태는 지금까지 단 한번도 제자를 따로 불러 병자를 보게 한 일이 없었다. 정주를 따로 몇 번 불렀다는 소문을 들었지만 진맥을 하게 했다는 말은 듣지 못한 터였다.
　허준은 호흡을 가다듬고 깡마른 병자의 맥을 짚어보았다. 병자의 맥은 가늘었지만 매우 빨랐다. 허준은 누워 있는 병자의 얼굴을 들여다보았다.
　병자의 얼굴은 백짓장처럼 하얗게 질려 있었다. 호흡이 가쁜지 숨쉴 때마다 가르렁거리는 소리가 났다. 폐가 나쁜 것이 분명했다.
　유의태가 물었다.
"무엇이냐?"
　허준은 유의태의 얼굴을 쳐다보며 나지막히 대답했다.
"폐장이 좋지 않사옵니다."
"잘 보았다."
　유의태는 고개를 끄덕이고 다음 질문을 던졌다.
"폐에 병이 있는 사람이 반드시 피해야 할 것이 있다. 무엇이냐?"
"찬 옷과 찬 음식이옵니다."
　허준이 대답하자 유의태는 한동안 잠자코 있다가 입을 열었다.
"폐에 병이 든 사람은 보통 겨울에 낫느니라. 겨울에 낫지 않으면 여름에 심해지고, 여름에 죽지 않으면 한여름까지 지속되고, 가을이면 일어난다."
　허준은 누워 있는 사람의 얼굴을 자세히 들여다보았다.

지난 겨울에 일어나지 못했다면 이 사람은 올 여름에 죽을 것이 분명했다. 그러나 여름 동안 치료를 잘해 가을을 맞는다면, 이 사람은 나아질 수도 있다는 말이 된다. 그러나 그것은 매우 힘이 드는 일이었다.

허준이 이런 생각을 하고 있을 때였다.

"네가 처방을 하여라."

유의태가 무슨 선고를 내리듯 냉엄한 목소리로 분부했다.

허준은 깜짝 놀라 스승의 얼굴을 바라보았다. 유의태는 허준에게 병자를 맡긴다는 뜻이었다.

"제가 어찌 감히……."

허준은 선뜻 제가 해보겠습니다 하고 대답을 하지 못했다.

"할 수 있겠느냐?"

유의태는 다시 한 번 물었다.

허준은 병자의 얼굴을 들여다보았다. 병자는 가끔씩 잔기침을 하면서 무척 고통스러운 표정을 지었다.

허준은 불현듯 그 병자가 견딜 수 없을 만큼 측은한 생각이 들었다. 허준은 심호흡을 한 다음 유의태의 얼굴을 똑바로 쳐다보며 말했다.

"해보겠습니다."

허준이 폐병에 걸린 사람을 도맡아 치료하게 되었다는 소식은 날이 밝자마자 제자들 사이에 퍼졌다.

이 소식에 가장 큰 충격을 받은 사람은 다름 아닌 정주였다. 정주는 낯빛이 하얗게 질렸다. 다리에 힘이 빠져 그 자리에 주저앉고 말았다.

　스승 유의태가 허준을 그토록 믿고 있는 줄은 몰랐다. 자신 이외에는 아직 누구를 따로 불러본 적이 없는 스승이었다. 또한 자신이 따로 불려갔을 때에도 처방을 묻는 것이 고작이었다. 그런데 허준을 불러 병자를 따로 맡겼다지 않은가. 정주는 하늘이 노랬다.

　유의태는 여러 명의 제자들에게 기회를 주지 않았다. 자신이 신임하는 제자 단 한 사람에게만 기회를 주었다. 그렇다면 이제 스승은 허준을 자신보다 더 신임한다는 뜻이었다.

　정주는 참을 수가 없었다. 하지만 자신의 마음이 그렇다고 해서 함부로 내색할 수는 더더구나 없었다.

　정주는 얼음 같은 차가운 눈을 하고 허준의 일거수일투족을 감시했다.

　허준은 유의태로부터 병자를 맡은 다음부터는 일절 다른 일은 하지 않고 그 병자만을 돌보았다.

　병자는 유씨 성을 가진 사람이었는데 작은 규모로 지리산에서 벌을 치기도 하고 소작을 하기도 하며 생활을 꾸려가는 사람이었다.

　그의 큰아들은 열 살로, 집안이 가난한 탓에 일찍 장가를 들지 못했다가 다행히 자신과 비슷한 처지의 여자와 혼인하여 늦게 얻었다.

　그런데 폐에 병이 들어 이런저런 일들을 하지 못하게 되자 무엇보다 남겨진 가족들이 걱정인 사람이었다. 나이 어린 아내와 아들이 마음에 걸려서 아픈 몸을 이끌고 일을 했던 것이 그의 몸을 더욱 나쁘게 하는 원인이 되었다.
 병자는 허준의 말을 잘 들었다.
 유 의원이 처음에 자신을 젊은 의원에게 맡겼을 때에는 혹 자신에게 돈이 없기 때문일까 하는 생각을 했었다. 그러나 그는 곧 그런 의심을 마음 속에서 풀어버렸다. 적어도 그가 믿는 유의태는 그런 사람이 아니었기 때문이다. 그가 어떤 의원인지는 산청에서 모르는 사람이 없었다. 게다가 젊은 의원이 자신을 지극 정성으로 돌보는 것을 보자 한 가닥 품었던 의심조차 말끔히 사라졌다. 농부는 하루 빨리 나아야겠다는 생각밖에 들지 않았다.
 실제로 여름이 오면서부터는 머리도 아프지 않았다. 허준의 지극한 치료로 병세가 많이 호전되었던 것이다.
 사람들은 두 편으로 나뉘어서 내기를 걸었다.
 한편은 허준이 병자를 낫게 할 수 있다는 것이었고, 다른 한편은 폐병이니만큼 그렇지 못할 것이라는 거였다. 하지만 여름이 깊어가면서 사람들은 허준이 그 병자를 틀림없이 낫게 할 것이라고 믿게 되었다. 그 정도로 병자의 상태가 좋아졌던 것이다.
 병자는 가끔씩 자신의 집에 다녀오는 것을 제외하고는 거의 유의태의 집에 머무르며 허준의 치료를 받았다. 가끔씩 가족이 찾아와 만나기도 했지만 그닥 많은 시간을 함께 있지는 않았다.

병자는 시간이 날 때마다 유의태의 집 마당을 쓸기도 하고, 유의태의 제자들과 어울려 새끼를 꼬거나 약초를 말리며 시간을 보냈다.

그러는 동안에도 유의태는 어떻게 치료하고 있는지에 대해서 허준에게 단 한마디도 묻지 않았다.

그러나 허준은 자신이 생겼다.

자신이 처방한 약을 먹고, 자신이 주는 침을 맞으며 차차 기운을 차리는 병자를 보자, 반드시 낫게 할 수 있을 것만 같았다.

허준은 병자의 아들에게 뱀을 잡아오게 하거나 꿀을 가져오도록 해서 병자에게 먹였다. 뱀이나 꿀에는 영양분이 많았는데 폐에 병이 든 사람에게 특히 좋았다. 더구나 병자의 집이 그다지 넉넉한 편이 아니었기 때문에 값비싼 보약을 먹게 할 처지가 못 되었다. 그러니 산에 다니는 뱀을 잡아먹거나, 지리산에서 치는 벌에게서 꿀을 받아먹이는 것이 최선의 방책이었다.

병자의 가족은 허준에게 많은 협조를 했고, 병자의 몸은 하루가 다르게 나아졌다.

어느덧 아침 저녁으로는 찬 바람이 나기 시작했다. 한낮의 기온은 여전히 뜨거웠지만 하늘이 날로 푸르러 가고 곡식이 고개를 숙이기 시작하는 것이 곧 가을이었다. 아무리 불볕으로 더워도 오래 가지 못할 더위였다.

여름이 기울면서 그 병자는 거의 다 나았다.

허준은 자신의 힘으로 병든 사람이 건강해져 가는 모습

을 지켜보는 것이 너무도 감동적이었다. 차츰 핏기가 돌아오는 병자의 얼굴을 보면서 허준은 의원 수업을 받고 있는 자신이 무척 대견스러웠다.

그러나 사건이 생기고 말았다. 삽상한 가을 바람이 부는 어느 날 아침 병자가 피를 토하며 마당에 쓰러진 것이었다.

허준은 얼굴이 하얗게 질렸다. 아무리 맥을 짚어보아도 원인을 알 수가 없었다.

허준이 어쩔 줄 몰라하고 있는 사이, 제자들은 병자를 유의태의 방으로 업고 갔다. 허준은 거의 넋이 나간 상태로 그 뒤를 따랐다.

유의태는 자리에 누운 병자의 맥을 짚어본 다음 허준에게 조용한 목소리로 물었다. 하지만 그 눈빛은 온몸을 얼어붙게 할 만큼 차가운 것이었다.

"이 병자에게 어떤 처방을 내렸는가?"

허준은 마음에 심한 충격을 받은 상태였지만, 자신이 처방한 약과 침을 놓은 과정을 차분하게 말했다.

그러나 허준의 눈에서는 기어코 눈물이 흐르고 말았다. 허준은 스승의 꾸지람이 두려운 것은 아니었다. 자신이 병을 낫게 해줄 수 있다고 믿었던 병자가 쓰러졌다는 사실이 그에게는 너무나도 큰 충격이었다. 몸이 많이 나아졌다며, 곧 가족들에게 돌아가 예전처럼 일할 수 있다고 즐거워하던 병자의 말이 머리 속에 떠오르자 눈물이 났던 것이다.

허준은 고개를 푹 수그리고 눈물을 닦아냈다.

"의원의 실수는 눈물을 흘리는 것으로 용서될 수 있는 것이 아니다."

 유의태는 그 말 이외에 단 한마디도 하지 않았다.
 허준은 그 동안 자신이 병자를 치료하면서 기록한 모든 것을 스승 유의태에게 건넨 다음 조용히 그곳을 물러나왔다.
 "그럼 그렇지, 폐병이 어디 보통 병이던가. 사람의 목숨이 왔다갔다 하는 병인데 그것을 어찌 감히 허준 같은 풋내기가 고칠 수 있겠는가."
 제자들은 허준을 위로하기는커녕 오히려 허준이 그렇게 된 것이 당연하다고 받아들였다.
 "이보게, 너무 실망하지 말게. 사람은 누구든 실수가 있는 법이 아닌가. 그렇다손쳐도 참으로 이상하네. 자네가 그 병자를 치료하는 과정을 내가 곁에서 다 보지 않았나? 내가 아무리 공부가 모자란다고 해도 자네가 병자를 돌보는 과정이 옳은지 그른지는 알 수 있었거든. 분명히 잘하고 있다고 생각했는데······."
 향운은 허준을 위로하면서도 한편으로는 석연찮다는 얼굴로 고개를 갸웃거렸다.
 "그렇게 위로할 것 없네. 나로서는 최선을 다 했지만 내 뜻대로 되지 않은 것은 내가 그 병을 제대로 몰랐기 때문일 걸세."
 허준은 쓸쓸히 웃으며 대답했다.
 허준은 며칠 동안 유의태의 방 앞에서 스승이 자신을 불러주기를 기다렸다. 자신을 불러 무엇이 왜 잘못되어 그리

되었는지 설명을 듣고 싶었다.

허준은 근 사흘 동안 거의 아무것도 먹지 않은 채 유의태의 방문 앞에서 대기했다. 병자를 잘못 돌본 데 대한 죄스러운 마음도 있었지만, 무엇을 잘못해서 그리 되었는지 알지 않고서는 아무 일도 할 수 없을 것 같았기 때문이다. 그래서 이제나 저제나 하고 스승의 부름을 기다렸던 것이다.

그러나 유의태는 허준을 부르지 않았다. 뿐만 아니라 허준을 보고도 본체만체했다. 이제 허준에 대해서는 아무 관심도 없다는 듯한 얼굴이었다.

허준이 유의태의 방 앞에서 스승의 부름을 기다린 지 닷새째가 되는 밤이었다.

정주가 유의태의 방으로 들어가는 것이었다. 정주는 유의태의 방으로 들어가다 허준의 얼굴을 쓱 훑어본 다음 말했다.

"여기서 이럴 것 없네. 그만 돌아가서 쉬게. 스승님은 한 번 실망한 사람을 다시 부르는 법이 없으시다네."

순간 허준은 심장에서 나온 열이 목구멍까지 치받고 올라오는 것을 느꼈다. 하지만 꾹 참았다. 스승의 마음은 그렇다손쳐도 그 병자가 어찌되었는지 알지 않고서는 도저히 물러날 수가 없었기 때문이다.

허준은 정주에게 고개를 숙이는 것으로 그곳을 물러날 뜻이 없다는 것을 알렸다. 정주도 더 이상 말하지 않고 방으로 들어갔다.

"스승님, 이 사람의 얼굴에 핏기가 돌아오고 있습니다."

며칠 전만 해도 곧 죽을 것 같았는데 말입니다."
 정주가 짐짓 과장된 목소리로 말하는 것이 문틈으로 흘러나왔다. 그 말을 듣자 허준은 안도의 한숨을 푹 내쉬었다.
 허준은 혹시라도 그 병자가 죽게 될까보아 마음에 걸렸던 것이다. 혹 숨이라도 거두게 되면 나머지 가족들의 아픈 마음을 어떻게 위로할 수 있다는 말인가. 그러니 병자가 살아날 수 있다는 말이 그토록 반가웠던 것이다.
 그 때 나지막하고 조용한 유의태의 목소리가 흘러나왔다.
 "폐장에 병이 들었을 때는 어떻게 해야 하느냐?"
 정주가 대답했다.
 "폐에 병이 드는 것은 사람의 기운이 뒤틀려 올라오기 때문입니다. 속히 쓴 것을 먹여 다스려야 합니다."
 "그럼 어떤 처방을 내려야 하느냐?"
 "폐가 비어서 생긴 병에는 아교주 2돈과 서점자, 유미초를 각 1돈 2푼, 마두령초 7푼, 감초초 5푼, 행인부초 9푼을 달여 먹입니다."
 정주는 거침없이 대답했다.
 "그리고?"
 유의태는 계속 물었고, 정주는 폐병의 원인에 따라 정확히 구분해서 설명했다. 같은 병이라 해도 원인이 조금씩 다르며 그에 따라 치료 방법도 달라진다는 것을 정주도 분명히 알고 있었다.
 허준은 더 이상 그 자리에 있기가 힘이 들었다. 눈에서는 하염없이 눈물이 흘렀고, 가슴 속은 텅 빈 것처럼 허전했다.

비로소 자신에 대한 스승의 관심이 완전히 사라졌다는 것을 깨달았다. 그리고 그 자리를 정주가 대신 차지했다는 것도 알 수 있었다.

허준은 집으로 돌아와 쉬고 싶었다. 아무 생각도 나지 않았다. 오직 아내 다솜의 무릎에 얼굴을 묻고 좀 쉬고 싶다는 생각만 들 뿐이었다. 생각해 보니 아내와 아들 겸이의 얼굴을 본 지도 까마득했다.

허준은 일단 집으로 돌아가서 좀 쉰 다음, 그 다음 일을 생각하기로 했다.

허준은 휘청거리는 걸음으로 집으로 향했다.

허준은 집으로 돌아온 지 열흘이 지나도록 자리에서 일어나지 않았다. 그렇다고 편히 쉬었던 것도 아니다. 그냥 누워서 시간을 보낸 것 말고는 허준이 열흘 동안 한 일은 아무것도 없었다.

다솜도 남편에게 별다른 말을 하지 않았다. 겸이는 남편 근처에서 얼씬 못하게 했다. 영문도 모르는 어린 아들은 생전 처음 보는 아버지의 화난 얼굴에 어머니의 치마꼬리만 잡고 늘어졌다.

며칠 전 향운이 찾아왔을 때 밤새도록 술을 마신 것 말고는, 허준은 사람을 만나지도 않았고 문밖을 나간 적도 없었다.

시간이 흐를수록 허준은 이래서는 안 된다는 기분이 들었다. 그렇다고 딱히 좋은 방도가 떠오르지도 않았다. 생각하면 할수록 점점 더 난감해질 뿐이었다. 게다가 의원으로

서 가졌던 자신감 따위도 사라진 지 이미 오래였다.
 아무리 생각해 보아도 유의태의 문하로 다시 들어가서 의술을 익히는 것이 옳았다. 그러나 자신의 존재를 완전히 무시하고 있는 스승의 싸늘한 눈빛을 생각하면 오금이 저려 왔다. 그렇다고 예서 그만두기에는 그 동안 들인 시간과 노력이 너무나도 아깝고 억울했다.
 방법이 영 없는 것은 아니었다. 육칠년 동안 그럭저럭 배운 것이 있으니 그것을 가지고 어디 멀리 가서 의원 노릇을 할 수도 있었다. 그러나 그것은 자존심이 허락하지 않았다. 그렇게 되면 진짜 의원이 아니라 겨우 흉내나 내는 가짜 의원이 될 것이 뻔했기 때문이다.
 사람의 생명을 다루는 일에 자신도 없는 의술을 갖고 펼 수는 없는 일이었다. 그것은 돈벌이를 위한 짓밖에는 안 되는 노릇이었다. 적어도 자신이 결심한 일이니만큼 허준은 진짜 번듯한 실력을 갖춘 의원이 되고 싶었다.
 하지만 병자를 제대로 살려내지 못하고 오히려 위급하게 만들었던 것을 생각하면 다시 자신이 없어졌다. 육칠년 동안 배우고 익혔으면서도 스승이 믿고 맡긴 병자를 오히려 위독하게 만든 자신을 용서할 수가 없었다.
 생각 같아서는 의원 일을 그만두고 싶었다. 그러나 지금 와서 자신이 의원이 아니고서는 무엇을 그 일만큼 신명나게 할 수 있겠는가. 적어도 의원이 되고 싶었던 것은 자신이 심사숙고해서 얻은 결론이었던 것이다. 또한 좋은 의원이 되겠다는 맹세를 얼마나 하고 또 했던가. 아내 다솜에게도 맹세를 했고, 어린 아들 겸이에게도 다짐을 거듭하곤 했었다.

며칠 사이에 허준의 얼굴은 많이 수척해졌다. 다시 유의태에게로 돌아가야 한다, 한다 생각하면서도 막상 용기가 나지 않아 망설이고 있는 동안 사나흘이 더 흘렀다.

"누가 찾아왔습니다."

허준이 여전히 결론 내리기 어려운 고민을 하고 있는데, 다솜이 근심스러운 얼굴을 하고 방문을 삐끗이 열었다.

"누구요?"

허준은 다솜의 등뒤에 서 있는 떠꺼머리 총각을 건너다보며 물었다.

"저희 어머니를 좀 살려주십시오."

다솜의 뒤에 있는 떠꺼머리 총각은 거의 울상이었다. 허준을 의원으로 알고 찾아온 것이 분명했다.

"난 의원이 아니오. 진짜 의원에게로 찾아가 보시오."

허준이 말을 마치고 방문을 닫으려고 하자, 총각은 울음을 터뜨리고 말았다.

"그럴 돈이 없습니다."

허준은 다시 방문을 열고 그를 바라보았다.

총각은 말을 이었다.

"저희는 당장 끼니를 걱정해야 할 만큼 가난합니다. 그러니 의원을 모실 형편이 못 됩니다. 그렇다고 저희 어머니를 저대로 돌아가게 해서는 제 맘에 한이 쌓여 살 수 없을 것 같습니다."

허준은 떠꺼머리 총각의 눈을 바라보았다. 허준을 바라보는 그의 눈은 간절한 빛을 담고 있었다.
이윽고 허준은 결심했다.
"집이 어디오?"
허준의 말을 들은 총각은 손등으로 눈물을 훔치고 앞장섰다. 허준은 말없이 그를 따라 나섰다.
다솜은 침통을 챙겨주며 남편의 손을 두 손으로 꼭 쥐었다 놓는 것으로 자신의 마음을 전했다.
떠꺼머리 총각의 집은 생각보다 훨씬 가난했다.
산비탈에 자리한 집은 다 쓰러져 가고 있었는데, 벽에 발라놓은 흙이 방바닥으로 떨어져 있었고, 떠꺼머리 총각의 어머니는 가마니를 깐 바닥에 누워 있었다.
"여깁니다요."
울음을 완전히 그친 총각은 허준을 방 안으로 안내했다.
허준이 방 안으로 들어서자 자리에 누워 있던 할머니는 눈동자를 휘둥그렇게 뜨고 허준을 바라보았다.
"어머니, 이제 걱정하지 마세요. 의원님을 모시고 왔으니 곧 나아지실 겁니다."
아들의 말을 들은 어머니는 두 눈을 질끈 감고 고개를 끄덕끄덕했다.
허준은 그 할머니를 보자 반드시 살려내야겠다는 결심이 섰다. 그 결심으로 온몸이 갑자기 뜨거워져 왔다. 스승인 유의태나 정주 등 이런저런 어지러운 생각들이 하나도 머리 속에 떠오르지 않았다. 병자를 살려내겠다는 일심만 있었다.
 허준은 병자의 깡마른 팔을 들어 맥을 짚고 눈을 감았다.
 잠시 후 눈을 뜬 허준은 총각에게 물었다.
 "어머니가 이렇게 편찮으신 것이 적어도 몇 년 정도 되었겠구려."
 "그렇습니다요. 근 삼년 전부터 철이 바뀌면 자리에 앓아 누으셨습니다요. 하지만 곧 일어나시고는 해서 괜찮아지려니 생각만 했습니다요."
 "어머니는 호흡기가 매우 좋지 않소. 그래서 숨을 쉬면 가래 끓는 소리가 나고, 그것 때문에 이렇게 야위신 것이오. 어머니를 꼭 살려내고 싶소?"
 허준은 진지한 눈으로 총각을 바라보았다.
 "제가 죽더라도 한평생 고생만 하신 저희 어머님을 꼭 살려 드리고 싶습니다."
 총각은 말을 하며 눈물을 흘렸다.
 "그렇다면 우선 어머니 방을 좀 깨끗하게 치우시오. 이렇게 먼지가 떠다녀서야 어찌 숨인들 제대로 쉴 수 있겠소? 그렇지 않아도 기관지가 좋지 않은데 말이오."
 "그리고요?"
 "그리고 마황과 백작약 반하를 각 한 돈 반씩, 상백피, 방풍, 과루인, 행인, 계지, 건강, 세신, 감초 각 한 돈과 오미자 반 돈을 구해 오시오."
 그러자 총각은 난감한 표정으로 우물쭈물하더니 기어들어가는 소리로 말했다.

"돈이 없습니다."

허준은 한숨을 쉰 다음 말했다.

"내가 처방전을 적어줄 것이니, 우리 집으로 가서 내 아내에게 말하시오. 그러면 이 약들을 챙겨줄 것이오."

허준의 아내가 틈틈이 약초들을 캐다가 말려두었기 때문에 그리 어렵지 않게 구할 수 있을 것이다.

총각이 다솜에게서 약재를 받아오자 허준은 약을 달였다. 허준이 약을 달이는 동안 총각은 병자가 기거하는 방을 깨끗이 치웠다. 이불도 새 것을 꺼내 덮어주었다.

약을 달이면서 허준은 코끝이 찡했다. 약봉지를 받아들면서부터 그것을 준비해 준 다솜의 정성이 가슴을 아리게 했던 것이다.

허준은 며칠 동안 그 집에 머물며 병자를 돌보았다.

원래 병이 든 할머니는 기관지가 약한 사람이었다. 그런데다 감기가 들었는데 집안의 더러운 공기와 과로가 원인이 되어 이토록 몸이 심하게 상하게 된 것이었다. 한 가지 다행스러운 것은 다른 병이 함께 오지는 않았다는 점이다. 기관지가 좋지 않은 사람이 합병증에 걸리면 거의 치명적이었다.

허준은 할머니가 다른 합병증을 가지고 있지 않은 것을 보자 자신감이 생겼다. 하지만 결코 내색하지 않았다. 폐장에 병이 든 병자를 치료하다 실패한 경험이 생각날 때마다 뼈저리게 느껴지는 것이 있었다. 그것은 병자가 완쾌될 때까지 의원은 절대로 마음을 놓아서는 안 된다는 것이었다.

병자가 마당을 이리저리 걸어다닐 수 있을 정도로 회복되자, 총각은 기쁜 빛을 감추지 못했다.
"어머니가 아주 좋아지셨습니다요."
기뻐하는 총각의 얼굴을 보며 허준은 결심했다. 이 길로 유의태의 집으로 돌아가서 의원 수업을 계속하리라. 스승이 인정을 해주지 않아도 할 수 없다. 스스로 익히는 것이다. 의원의 기쁨은 누구에게서 인정을 받는 데 있는 것이 아니라, 병자가 나아가는 것을 지켜보는 데 있다. 의원에게는 그것 이상의 기쁨이 있을 수 없다.
허준은 떠꺼머리 총각에게 주의점 몇 가지만 일러준 뒤 짐을 챙겼다.
막상 허준이 돌아간다고 하자 총각은 당황해했다. 어머니를 치료해 준 의원이니만큼 남처럼 하지는 못해도 할 도리는 해야겠다는 생각 때문이었다. 하지만 그것은 어디까지나 마음뿐이었다. 당장 먹을 쌀 한 톨도 걱정해야 하는 살림에 의원에게 줄 것이 뭐가 있겠는가.
"의원님의 은혜는 결코 잊지 못할 것입니다. 그런데 아시다시피 저희 집은 드릴 것이 없습니다. 그래서 한 가지 약속을 드리겠습니다. 앞으로 평생 의원님의 댁에서 쓰실 나무는 제가 해다 드리겠습니다."
땔감을 대겠다는 것이다.
허준이 그럴 필요 없다고 여러 번 사양했지만 떠꺼머리 총각은 막무가내였다. 그렇게라도 하지 않으면 평생 은혜도 갚지 못하는 놈이 될 것이라며 고집을 꺾지 않았다.

그 때였다.
"의원님."
총각의 어머니가 허준을 불렀다. 이제 완전히 나은 모습이었다.
"이것을 가져가십시오."
할머니가 내놓은 것은 뜻밖에 은반지였다. 오랫동안 햇볕을 보지 못한 것인 양 중간중간에 푸르스름한 녹이 슬어 있었다.
"이것은?"
허준이 놀란 눈을 하고 할머니를 쳐다보았다.
"가지고 가시오. 내 생명을 구해 주신 분에게 드리는 마음의 표시입니다."
"받을 수가 없습니다."
허준은 단호하게 거절했다. 허준이 거절한 데에는 그만한 이유가 있었다. 그 할머니를 치료하는 동안 허준은 떠꺼머리 총각에게서 들은 말이 있었다. 자신이 장가갈 때 쓰려고 어머니가 은반지를 간직하고 계시다는 것이었다.
비록 가난한 탓에 아무도 시집을 오려고 하지 않지만 막상 시집 오면 귀한 은반지를 얻게 될 것이라며 웃던 총각의 모습이 떠올랐다.
결국 허준은 그 모자에게서 아무것도 받지 않고 돌아왔다. 하지만 허준은 그들 모자에게서 아주 귀중한 것을 얻었다. 그것은 자신이 치료하는 병자가 나아가는 모습을 지켜보는 것이 의원에게 가장 큰 기쁨이라는 것을. 의원은 물질을 위해서, 명예를 위해서 일하는 것이 아니라 바로 환자가 나아가는 모습을 바라보는 보람, 바로 그 댓가를 위해서 일하는 것이었다. 그 생각만 하면 허준의 가슴은 뿌듯해졌다.
 허준이 그렇게 말렸는데도 허준에 대한 고마움을 잊지 못한 총각은 그 뒤로 나무를 한 짐씩 해서 허준의 집 마당에 부려놓았다.

 허준이 굳은 결심으로 돌아오자, 가장 반긴 사람은 항상 막역하게 지냈던 향운이다. 그러나 정주를 비롯한 몇몇은 싸늘한 눈으로 허준을 바라볼 뿐 이렇다저렇다 말하지 않았다.
 허준은 의원 수업을 받는 동료들이 꺼려하는 일부터 다시 시작했다. 청소와 빨래 등 잡일부터 환자들 뒤치닥거리까지 맡았다. 새로운 마음으로 시작하고 싶었던 것이다.
 하루는 물을 길어오다가 마당에서 유의태와 마주쳤다. 스승을 뵙자 가슴이 미칠 듯이 뛰었다. 그러나 허준이 할 수 있는 일은 깊이 머리 숙여 예를 갖추는 것뿐이었다.
 "못난 것."
 허준을 보자 유의태는 지나가던 길을 멈추고 한마디 한 뒤 휑하니 사라져 버렸다.
 스승의 말을 들은 허준의 마음은 다시 뛰기 시작했다. 스승이 자신을 완전히 무시하지 않고 자신에게 알은 척을 해왔기 때문이다. 허준은 그것만으로도 감지덕지했다.
 허준은 계속해서 유의태의 제자들이 가장 꺼려하는 일을

묵묵히 해냈다. 피고름이 묻은 옷 따위를 빠는 일은 누구든지 하기 싫어하는 일이었다. 어떤 경우 옷 뭉치에는 병자들의 배설물까지 묻어 있기도 했다. 하지만 허준은 그 일들을 불평없이 해치웠다. 허준이 아무 불만 없이 그런 일들을 맡자 자연 허준에게 그런 일감들만 늘어났다.
 이런 일들을 하는 허준의 마음이 마냥 편하기만 한 것은 아니었다. 하지만 허준은 참고 참고 또 참았다. 좋은 의원이 되려면 일을 가려 해서는 안 된다는 생각 때문이었다.
 시간이 흐를수록 허준은 점점 더 말을 잃어갔다.
 어느덧 가을이 깊어지는가 싶더니 겨울이 찾아왔다. 냇가에는 살얼음이 얇게 깔렸다.
 그날도 허준은 환자들 방에서 나온 피고름의 옷가지를 냇가에서 빨고 있었다. 손이 시려우면 쭈구려 앉은 자세로 종아리와 허벅지 사이에 손을 넣었다가 어느 정도 녹으면 다시 빨래를 했다.
 "형님, 허준 형님……."
 그 때 누군가가 허준을 소리 높여 부르며 달려오고 있었다. 허준은 하던 일을 멈추고 소리나는 쪽을 바라보았다.
 지효였다. 지효는 허준이 허드렛일하는 것을 무척 마음 아파했다. 그래서 시간이 날 때마다 허준을 도왔고, 허준에게 이런 따위의 일을 맡기는 사람들을 나무라기도 해오던 터였다.
 "무슨 일이냐?"
 허준은 지효의 얼굴을 보고 심상치 않은 일이 일어났음

을 직감했다.
"형님, 스승님이 찾으십니다."
"무슨 일로?"
지효의 말을 듣자 허준은 가슴이 철렁 내려앉았다. 다시 돌아온 자신을 본 유의태는 '못난 놈' 이외의 말을 하지 않았다. 그리고는 내내 다시 모르는 척해 왔다. 그런 스승이 왜 자신을 찾는지 허준으로서는 짐작 가는 바가 없었다.
어쨌든 스승이 자신을 찾는다지 않는가.
허준은 빨고 있던 옷가지를 서둘러 담았다.
"급합니다요. 그런 것들은 이따 아이들을 시켜 챙겨오게 하고 빨리 가자니까요."
허준은 황급히 유의태의 집으로 돌아왔다.
막상 집안으로 들어서자 떠들썩할 것이라 생각됐던 집안이 무척 조용했다. 늙은 개는 양지 바른 처마 밑에서 졸고 있고, 다른 제자들은 예전처럼 병자들을 돌보고 있다.
허준은 빠른 걸음으로 유의태의 방으로 들어갔다. 방에는 정주와 향운이 납처럼 굳은 얼굴을 하고 앉아 있었다. 그 앞에는 약초가 한 무더기 쌓여 있었다.
허준이 보기에 그 약초는 고삼이 분명했다. 쓴 너삼이라고도 불리는 고삼은 어떤 경우 약재로 쓰기도 하지만, 워낙 약성이 독해 그것을 진하게 달여 밭의 해충을 없애는 데도 쓰였다. 그런데 그것이 폐병을 앓는 사람의 약에 함께 들어가면 독약이 되기도 했다. 심상치 않은 일이 틀림없었다.
허준이 들어서는 것을 보고 유의태가 말했다.

"게 앉거라."

허준은 가만히 자리에 앉았다.

"네가 폐에 병이 든 사람에게 처방했던 약들을 말해 보아라."

매우 낮고 차가운 목소리였다.

허준은 천천히 처방했던 약 이름들을 말했다. 굳이 기억을 더듬지 않아도 알 수 있는 이름들이었다. 폐병 환자를 치료하면서 혹시 실수할까보아 몇 번이고 찾아 외우던 약초들이었다. 그럼에도 그 처방이 왜 잘못되었는지 지금껏 모르던 터라 허준의 목소리에는 자신감이 없었다.

"그 처방이 어디가 틀려 병자의 상태가 나빠졌다고 생각하느냐?"

유의태의 목소리는 약간 떨렸다. 허준은 한동안 대답을 하지 못하다가 이윽고 입을 열었다.

"병자가 쓰러진 뒤 저는 여러 의학서를 뒤져보았습니다만, 아직 그 연유를 알지 못하고 있습니다. 그래서 지금은 그 병자의 병을 처음부터 잘못 알고 치료를 시작한 것이 아니었던가 생각하고 있습니다."

"그 사람의 병은 네가 처음 본 것이 맞다."

유의태의 말을 듣고 허준은 고개를 숙였다. 그렇다면 자신의 실력이 모자라는 것이 분명했다. 병자에게 약을 잘못 처방해 주고 그것이 왜 잘못되었는지도 모르고 있다는 생각을 하자, 허준은 부끄러워서 쥐구멍이라도 찾고 싶었다.

"그리고 네가 처방한 것도 맞다."

유의태의 말을 듣자 허준은 깜짝 놀라 고개를 들었다.
"향운이 말해 보아라. 이 고삼이 어디에 있었다고?"
이번에 유의태는 향운을 바라보았다. 향운은 낮은 목소리였지만 분명하게 대답했다.
"정주 형님이 머물던 방입니다."
유의태의 집안에는 제자들이 머물던 방이 따로 있었는데, 정주는 혼자서 그 방을 쓰고 있었다.
향운이 대답하자 정주는 고개를 푹 수그렸다.
"허준이 처방하는 동안 병자가 먹던 약을 보았다. 그런데 그 안에는 허준이 처방하지 않은 고삼이 들어 있었다. 어떻게 된 것이냐?"
아무도 말하는 사람이 없었다.
허준은 가슴이 뛰기 시작했다. 그렇다면 누군가가 자신이 달이던 약에 고삼을 넣었다는 말이다.
유의태는 더욱 차갑고 낮은 목소리로 말했다.
"그 약초가 왜 네 방에 있었느냐?"
유의태는 정주를 똑바로 바라보며 물었다. 정주는 머리를 숙인 채 대답을 하지 못했다.
유의태는 한동안 눈을 감고 아무 말도 하지 않았다. 허준은 정주를 곁눈으로 보았다. 정주의 얼굴은 백짓장처럼 하얗게 질려 있었다.
"보기 싫다, 모두 나가라."
유의태가 낮은 목소리로 말했다. 세 사람은 조용히 방을 나왔다.

허준과 향운은 그 길로 함께 주막으로 갔다. 자리를 잡자 허준은 향운에게 물었다.
"정주 형님이 내가 처방한 약에다 고삼을 넣었나?"
허준이 묻자 향운은 긴 한숨을 쉬었다.
"그렇다는군."
막상 향운이 그렇게 말하자, 허준은 가슴이 무너져내리는 것 같았다. 어떻게 이런 일이 있을 수 있다는 말인가. 다른 일도 아니고 사람의 생명을 다루는 일에.
"어떻게 이런 일이……."
허준은 다음 말을 잇지 못했다. 정주가 원망스럽다는 생각은 들지 않았다. 그렇게라도 스승의 눈에 뜨이고 싶어한 정주의 욕심이 측은하기만 했다.
허준은 묵묵히 술만 마셨다.
"자네가 처방한 약이 틀리지 않은데 병자의 상태가 나아지지 않은 것이 아무래도 이상했어. 그래서 관심을 가지고 지켜봤지. 그러다 우연히 약 달이던 석숭이 잠시 자리를 비운 사이, 정주 형님이 그 속에다 뭔가 넣는 것을 보게 되었어. 처음에는 그것이 자네가 처방한 약을 달이는 약탕관인 줄 몰랐어. 그런데 그 후에도 두어 번 그런 일을 보게 되었지. 그러던 중 자네가 보던 사람이 쓰러졌던 거야. 그래서 나는 더욱 의혹을 가지고 정주 형님을 살피던 중 우연히 정주 형님의 방에서 고삼을 보게 된 것이야."
"그렇게 된 일이군."
허준은 슬픈 생각이 들었다. 뿐만 아니라 하고 있는 일에 자신감이 없어졌다. 도대체 의원이 뭔가 하는 회의감에 술만 거푸 마셨다. 그런 허준을 지켜보며 향운이 말을 이었다.

"그 사실을 알고 난 다음 나는 무척 고심했네. 그 동안 정주 형님과 맺었던 개인적인 의리를 생각한다면 이 일을 덮어주어야 옳았네."

향운은 허준의 빈 잔에 술을 따랐다.

"그러나 진실을 밝혀야겠다고 결심했네. 하지만 내가 이 일을 스승님께 알린 것은 자네와 맺은 친분 때문이 결코 아니네. 그와는 상관없는 일이네. 정주 형님의 그 같은 행동은 의원의 자격이 없는 짓이라고 판단했네."

향운은 마음이 괴롭다는 듯 스스로 자신의 잔에 술을 따라 단숨에 벌컥벌컥 들이마셨다.

"의원으로서 가장 중요한 것이 뭔가? 자네도 알다시피 그것은 사람의 생명을 귀중하게 여기는 일이네."

허준은 향운의 얼굴을 올려다보았다. 향운의 얼굴은 깊게 그늘져 있었다. 그 동안 고민했던 흔적이 역력히 드러났다.

허준은 향운의 손을 꼭 쥐었다. 향운의 볼 위로 굵은 눈물 줄기가 흘러내리고 있었다.

7
돌림병

1570년이었다.

허준은 스물다섯의 건장한 나이가 되었다.

허준이 달이던 약에 독초를 넣은 사실이 발각되자, 정주는 그 길로 유의태의 집을 떠났다. 유의태 또한 정주를 찾지 않았고, 누구 하나 유의태 앞에서 정주 이야기를 꺼내지 않았다.

정주가 충청도 어디쯤에 정착해서 이름 있는 의원이 되었다고 말하는 사람도 있었고, 아예 지리산으로 들어가서 스님이 되었다고 말하는 사람도 있었다. 그러나 그것은 어디까지나 흘러다니는 소문이었다.

1570년 봄은 다른 해에 비해 보릿고개가 유독 심했다. 지난해에 흉년이 들어 곡식이 일찍 떨어진데다가 봄가뭄까지 심해 새로 심은 밭작물마저 제대로 자라지 않았기 때문이다.

밥때가 되어도 밥짓는 연기가 피어오르는 집이 드물었다. 대부분 산이나 들로 나가서 쑥이나 냉이, 싸리순, 미역취 등 먹을 수 있는 나물이란 나물은 다 뜯어먹으며 연명을 했다. 그도 여의치 못하여 칡뿌리 등 나무 뿌리를 캐먹는 사람이 있는가 하면, 어떤 사람들은 나무 껍질을 벗겨다 삶아먹기도 했다.

그러다 보니 허준의 아내 다솜의 고생도 이만저만이 아니었다. 곡식이 모자라자 삯바느질거리도 줄어들어 끼니를 잇기 어려운 때가 많았다. 그러나 다솜은 허준 앞에서 이런 것들을 절대 내색하지 않고 먹을 것을 구하기 위해 산이며 들을 헤집고 다녔다. 그래서 다른 사람들이 미처 캐가지 않아 그 때까지 남아 있는 나물이며 나무 뿌리 등을 겨우 찾아내곤 했다.

정주가 떠난 뒤로 허준은 유의태의 집에서 거의 살다시피 했다. 그렇다고 가족들을 먹여살릴 돈이 나오는 것도 아니었다. 아직도 배우는 입장이니만큼 아무런 수입도 없는 것이 당연했다.

허준은 고생하는 아내를 생각하면 몹시 안쓰러웠다. 그러나 아내 다솜은 오히려 그런 허준을 위로해 주었다.

보릿고개가 심할 때 찾아오는 병자의 대부분은 부황 든 사람들이었다. 그들은 한결같이 못 먹은 탓에 피부가 누렇게 떠 있고, 물에 불은 사람처럼 퉁퉁 부어 있었다. 너무 못 먹어 부황이 든 탓에 올챙이처럼 배가 부른 아이들을 보면 허준은 무척 마음이 아팠다.
　그런 환자들에게 내릴 수 있는 처방은 간단했다. 고루고루 영양을 섭취하고 잘 쉬면 되는 것이었다. 그러나 그런 말을 차마 할 수가 없었다. 먹을 것이 없어서 병이 든 사람들에게 잘만 먹으면 나을 수 있다는 말을 어떻게 하겠는가.

　허준이 괴로운 마음으로 병자들을 돌보고 있던 어느 날이었다.
　"서방님……."
　사색이 된 얼굴로 다솜이 유의태의 집으로 허준을 찾아왔다.
　다솜의 얼굴을 보자 허준은 심상치 않은 일이 일어났음을 직감할 수 있었다. 어지간해서는 남편이 일하는 곳에 뛰어들 아내가 아니었기 때문이다. 비록 양반 가문은 아니지만 아내 다솜의 몸가짐은 어느 대갓집 규수 못지 않게 정숙하고 예절 발랐던 것이다.
　"무슨 일이오?"
　허준은 뛰어나가 아내를 맞으며 물었다.
　"겸이가, 우리 겸이가……."
　다솜은 그만 울음을 터뜨리고 말았다.
　"아니, 겸이가 왜?"
　남편의 손을 잡고 다솜은 겨우 울음을 진정했다.
　"어디서 무얼 먹었는지 토하고 나서 자리에 눕더니 온 몸에 열이 오르고…….”
 허준은 집으로 달렸다. 뒤에서 아내 다솜도 울면서 따라왔다.
 허준의 눈에는 보이는 것이 없었다. 하나밖에 없는 아들이었다. 남들처럼 잘 먹이지도, 잘 입히지도 못한 아들이었다. 그러나 얼마나 영특하고 착한 아들인가.
 허준의 입술이 바싹바싹 타들어갔다. 겸이가 무엇을 잘못 먹은 것이었다. 배가 고픈 김에 산으로 가서 독초를 먹을 것으로 잘못 알고 먹은 것이 분명했다.
 “불쌍한 놈…….”
 허준의 눈에서 눈물이 흘렀다.
 어떻게 집에까지 왔는지 알지 못했다.
 “겸아…….”
 허준이 집에 도착했을 때 겸이는 죽은 듯이 늘어져 있었다. 그 옆에서 옆집 아낙이 팔다리를 주무르고 있었으나 아무 효과가 없었다.
 “아이고, 겸아!”
 아내 다솜은 겸이를 붙잡고 몸부림쳤다.
 허준은 얼른 방으로 들어가서 겸이의 맥을 짚었다.
 톡톡톡.
 미약하게나마 뛰고 있는 겸이의 맥이 손끝에 잡혔다.
 허준은 몸을 낮추어 겸이의 코에 귀를 댔다. 숨소리가 끊어질 듯 말 듯 가늘게 이어지고 있었다.
 “아버지…….”

허준의 기척을 느꼈는지 겸이가 눈을 가느스름하게 뜨고 힘없이 말했다.
"그래 그래, 아비다."
허준의 볼 위로 눈물이 주르륵 흘렀다.
"정신이 조금 들다가 또 까무러치다 그럽니다요."
옆집 아낙이 근심스러운 목소리로 말했다.
그 아낙을 힘없이 쳐다보다가 겸이가 말했다.
"배가 너무 고파서……."
"산에서 무얼 먹었구나. 그렇지?"
"예……."
겸이가 무엇을 잘못 먹었다면 우선은 그것을 토해내야 했다.
"고삼이 있소?"
허준은 아내 다솜을 쳐다보았다. 허준의 말을 듣고 아내는 겨우 머리를 끄덕였다. 다솜의 얼굴은 눈물로 범벅이 되어 있었다.
"말리려고 광에 몇 뿌리 두었습니다."
"그걸 얼른 꺼내와 즙을 짜오시오."
"예?"
다솜은 깜짝 놀랐다. 이렇게 어린아이에게 고삼을 먹인다니…….
고삼 뿌리는 약초로 쓰이지만 때에 따라서 치명적인 독초가 된다는 것을 약초꾼의 딸인 다솜은 익히 알고 있었다. 게다가 뿌리는 소태처럼 써서 어른도 참고 먹기 어려웠다.

그런 것을 겸이한테 먹이다니.
"어쩌시려구요……?"
다솜은 핏기가 가신 얼굴로 남편을 바라보았다. 다솜의 생각을 알아차렸는지 허준이 설명했다.
"걱정하지 마시오. 지금 겸이는 먹은 것을 모두 토해내지 않으면 안 되오. 그러기에는 고삼만한 것이 없소."
"하지만, 하지만……."
"겸이를 보시오. 어떤 것을 먹었는지는 모르겠지만, 간단히 넘어갈 수 있는 게 아니오. 아주 독한 것을 먹은 게 틀림없소. 이렇게 온몸이 뻣뻣해지고 혀가 굳어가지 않소."
다솜은 남편의 말을 따랐다. 명의 유의태 밑에서 몇 년째 의원 수업을 닦고 있는 사람이 아닌가. 지금 상황에서 믿을 사람은 오직 남편밖에 없었다.
다솜은 고삼즙을 짜가지고 왔다.
"자, 겸아, 이걸 먹어라."
허준은 숟가락으로 즙을 떠서 천천히 겸이의 입에 넣었다. 겸이는 완전히 정신을 잃지 않았으므로 허준이 숟가락으로 떠넣어주는 즙을 받아먹었다. 가끔 입가로 흘리기도 했지만 허준은 숟가락으로 그것까지 떠서 겸이의 입에 넣었다.
"맛이 많이 쓸 게다. 그래도 참고 먹어야 한다."
허준은 자상하고 침착한 목소리로 아들에게 말했다.
허준의 이마에서는 진땀이 배어나오고 있었다.
고삼이라면 얼마 전 정주가 자신이 처방한 약에 몰래 넣었던 약초였다. 약초이면서도 독초이기도 한 무서운 풀이 고삼인 것이다. 허준은 게다가 아직 사람을 치료하면서 독초를 먹은 사람에게 고삼을 먹여본 적이 없었다. 겸이가 처음이었다.
 만약 겸이의 위가 쓴 고삼을 뱉어낼 수 없을 만큼 기력이 쇠해져 있다면, 그렇게 되면 겸이는…….
 허준은 고개를 저었다. 지금 상황에서 겸이한테 할 수 있는 치료는 먹은 것을 토하게 하는 방법 말고는 다른 것이 없었다.
 허준은 입술이 바싹바싹 타들어갔다.
 "읍, 너무 써요."
 겸이는 쓰다고 오만상을 찌푸리면서도 아버지가 주는 고삼즙 한 사발을 다 마셨다.
 "웩, 웩……."
 한 사발을 다 마신 겸이는 헛구역질을 하다가 기어이 자리에서 일어나 먹은 것을 모두 토해냈다.
 허준은 겸이가 토한 것을 보았다. 산에서 나는 독풀이 분명했다. 한 가지 다행스러운 것은 그것이 완전히 소화가 되지 않았다는 것이다. 독초를 잘못 먹으면 눈이 멀기도 하고 심하면 목숨을 잃기도 한다.
 뱃속의 것을 다 토해낸 겸이는 힘이 **빠졌**는지 스르르 눈을 감고 잠이 들었다.
 "휴……."
 허준은 그제서야 긴 한숨을 내쉬며 이마에 흐른 땀을 손등으로 훔쳤다.
 허준은 아내에게 고삼을 달이게 했다. 고삼은 잘못 먹은 음식을 토하게도 했지만, 약해진 위를 보호하는 작용도 했다.
 허준의 집에서는 저녁이 이슥하도록 고삼 달이는 냄새가 진동했다.
 어느덧 밤이 이슥해졌다. 허준 부부는 겸이의 곁을 떠나지 않고 간호했다.
 "쌕쌕."
 겸이의 잠자는 숨소리가 고르게 났다. 일단 위험한 고비를 넘긴 듯 잠자는 모습이 평화로워 보였다.
 "서방님, 정말 죄송합니다. 겸이가 이렇게 된 것은 모두 저의 잘못입니다."
 다솜이 울먹였다.
 허준은 다솜의 손을 꼭 쥐었다.
 "부인의 잘못이 아니오. 모두 내가 못난 탓이지…… 얼마나 배가 고팠으면 겸이가 무엇인지도 모르는 풀을 뜯어먹었겠소."
 "그 생각만 하면 겸이가 불쌍해서 가슴이 미어지는 것 같습니다. 어린 것이 얼마나 배가 고팠으면……."
 다솜은 기어이 눈물을 주르륵 흘리고야 말았다.
 "그래도 이만하기 다행이오. 보시오, 겸이의 숨소리가 점점 고르게 나지 않소. 독초를 잘못 먹으면 죽는 경우도 많은데……."

허준이 죽는 경우도 있다는 말을 하자, 다솜은 깜짝 놀란 얼굴로 바라보았다.
 "걱정하지 마시오. 이제 겸이는 다 나아가오. 괜찮을 테니 염려 마시오."
 허준은 아내의 등을 다독이며 위로했다.
 다음날 아침이 되자 겸이의 얼굴에 조금씩 핏기가 돌아왔다.
 허준은 무소의 뿔을 구해다가 갈아서 물에 타 먹였다. 일단 위장에서 나쁜 기는 뽑아냈으니 열을 내리게 할 차례였다. 무소의 뿔을 갈아 마시는 것은 열을 내리게 하는 데 좋았다.
 점심 때가 되자 겸이는 원기를 많이 회복했다. 정신도 맑아졌고, 배가 아픈 증세도 사라졌다.
 그런 겸이를 보고 다솜은 감격스러운 듯이 말했다.
 "겸이가 이제 다 나았는가 봐요. 우리 겸이가……."
 다솜의 눈에서는 기쁨에 겨운 눈물이 흘렀다.
 "허허허. 다행이오, 정말 다행이오."
 허준은 그제서야 안심하고 웃음을 터뜨렸다.
 허준은 아들을 치료하는 도중 얼마나 숨이 막혔는지 모른다. 온몸이 뻣뻣해지도록 긴장이 되었다. 그러나 아이를 치료하는 동안 자신이 어떤 상태였는지 자각하지 못했다. 이제 아이가 안정된 상태에 이르자 허준은 그간 얼마나 긴장했는지 온몸에서 힘이 쭉 빠져나가는 듯 기진맥진했다.
 그러고 보니 허준 부부는 어제부터 먹은 것이 아무것도 없었다. 사실 무엇을 먹자고 해도 변변히 먹을 것이 없기도 했지만 끼니 때가 되면 멀건 죽으로라도 때우긴 했었다.
 어디서 구해 왔는지 다솜은 감자를 구해다가 삶아왔다.
 "웬 감자요?"
 "텃밭에 심었던 감자가 제법 여물었습니다. 맛이 들었는지 모르겠습니다."
 허준은 한 개를 맛있게 먹었다. 그런데 허준이 하나를 다 먹을 때까지 다솜은 하나도 먹지를 않았다.
 "아니, 왜 먹지 않소? 같이 먹읍시다."
 허준이 묻자 다솜은 빙긋이 웃기만 했다. 그러고 보니 삶아온 감자가 몇 개 되지 않았다. 다솜은 지아비가 하나라도 더 먹게 하기 위해 자신은 먹지 않는 것이 분명했다.
 "그러지 마시오. 사람이라는 것은 남자나 여자나 마찬가지요. 배가 고플 때는 똑같다는 말이오. 어서 드시오."
 다솜은 그제서야 마지 못한 표정으로 한 개를 집어들었다. 아내의 그런 모습을 보자 허준은 마음이 아팠다. 못난 남편을 만나 고생한다는 생각을 하자, 아내에게 무척 미안한 생각이 들었다.
 허준은 먹던 감자를 내려놓고 다솜의 손을 꼭 쥐었다.
 "반드시 훌륭한 의원이 되어 당신과 겸이의 고생을 덜어주겠소."
 아내는 남편의 말을 확실하게 믿는다는 듯 고개를 깊이 끄덕였다.

"무슨 비가 이렇게 온담······."

다솜은 원망스러운 얼굴을 하고 하늘을 올려다보았다.

여름이 되자 많은 비가 내렸다. 햇볕을 받아 벼가 한참 익어가야 할 무렵에 비가 계속 오자, 채 여물지 못한 벼들이 쭉정이가 되어 논바닥으로 떨어졌다. 걱정이 아닐 수 없었다.

다솜은 도롱이를 쓰고 논으로 나갔다. 그리고 논에 물이 가득 차자 물길을 열어주기 위해 논두렁을 조금 허물었다.

지난 봄 된통 앓은 겸이는 그 이후 조금씩 몸을 회복해 갔다. 허준의 극진한 보살핌이 없었다면 아이는 죽었거나, 눈이 멀거나 했을 것이라는 것이 사람들의 말이었다. 다솜은 남편이 의원이 되려는 사람이라는 사실이 지난 봄처럼 가슴 뿌듯했던 적이 없었다.

허준은 겸이가 몸을 회복하자 다시 유의태의 집에서 의원 공부를 계속했다.

허준이 독초를 먹은 아들을 낫게 했다는 소문이 퍼져서 간혹 아이를 업고 허준의 집으로 찾아오는 사람들도 있었다. 그러나 허준이 대부분의 시간을 유의태의 집에서 보냈으므로 허준을 만나지 못하고 돌아가기가 일쑤였다. 그럴 때면 다솜은 남편이 겸이를 치료할 때 옆에서 지켜본 방법을 나름대로 기억해내어 상세히 일러주었다. 다행히 무엇을 잘못 먹어 배앓이를 한 경우면 대개 나았다.

물이 가득 찬 논으로 빗방울이 떨어져 동그라미를 그렸다. 논두렁에서 개구리 한 마리가 펄쩍 뛰어나와 논에서 유

유히 헤엄쳤다.
다솜은 하늘을 올려다보았다. 어느새 어슴푸레한 땅거미가 내려앉고 있었다.
다솜은 마음이 바빠졌다.
남편이 집으로 오는 날이기 때문이었다. 남편이 집으로 오는 날이면 다솜은 집안을 말끔히 치우고, 정성을 들여 저녁상을 준비해 놓았다. 논으로 나오기 전에 집안을 깨끗이 정돈해 두었지만, 아직 가마솥의 보리쌀은 삶지 않았다. 보리를 미리 빻아두기를 잘했다고 생각하며 다솜은 집으로 돌아왔다.

"허준 형님."
석숭이었다.
정주가 그런 일로 유의태의 곁을 떠나자, 이제 허준과 향운은 그림자처럼 유의태를 따르며 일을 도왔다.
허준은 매일매일 눈코 뜰 새 없이 바빴다. 겨우 하루 일과를 마치고 우물 곁에서 소세(세수)를 하는데 석숭이 불렀다.
"무슨 일이냐?"
"급한 병자이옵니다."
"급한 병자가 있으면 스승님에게 먼저 데리고 갈 일이 아니냐?"
"스승님은 지금 진주 정참판 댁에 불려갔습니다. 오늘 내일 오실 것 같지가 않습니다. 그 집 마님이 늑막염이 깊다 해서……."

늑막염이라면 하루 이틀 안에 치료될 수 있는 병이 아니었다. 침을 놓으면서 며칠을 곁에서 지켜보아야 하는 병이었다.

허준은 자리에서 일어났다.

"무슨 병같이 보이더냐?"

"글쎄올습니다. 열이 많은 것으로 봐서는 감기 같기도 한데……."

석숭은 병자의 상태를 짚어낼 수 없는 듯했다. 허준은 서둘러 병자가 기다리고 있는 방으로 갔다.

진료 시간이 지나서는 병자를 보지 않는 것이 일반적인 예였다. 그러나 환자의 병세가 워낙 위독하다든가 하는 부득이한 경우도 있었는데, 그럴 때 주로 떠맡는 사람이 허준이었다. 허준은 병자의 진료를 거부하는 적이 없기 때문에 시간이 지나서 온 사람들의 대부분을 맡아서 진료했다.

허준이 안으로 들자 다른 제자들은 주막으로 몰려들 갔는지 석숭 이외에는 아무도 눈에 들지 않았다. 그나마 석숭도 병자를 허준에게 떠넘기고 다른 제자들이 기다리고 있는 주막으로 달려갔다. 병자는 젊은 농부였다.

허준이 들어오자 농부의 아내로 보이는 여자가 걱정스러운 얼굴로 자리에서 일어났다.

"그저께부터 열이 높아 자리에 누웠습니다. 저는 감기인 줄로만 알았는데 설사까지 하지 뭡니까. 어제 하루 동안에만도 근 서른 번이나 뒷간엘 다녀왔습니다."

허준은 잠자코 병자의 맥을 짚었다. 맥이 무척 빠르고 급했다. 그뿐 아니라 머리는 불기가 많은 숯덩어리를 얹어놓은 듯 뜨거웠다.

'이질이 아닐까?'

허준은 아직 이질에 걸린 병자를 다루어본 적이 없었다. 이질은 소화기 계통의 전염성 질환이었다. 지나치게 열이 높거나 설사가 많으면 목숨을 잃는 위험한 병이었다. 게다가 이질은 사람의 변을 통해 파리나 바퀴벌레 등에 의해 병균이 옮았다. 따라서 전염 속도가 무섭도록 빨랐다.

"혹시 앓아눕기 며칠 전에 찬 음식이나 날음식을 먹지 않았소?"

농부의 아내는 한동안 찬찬히 무엇인가 생각하는 눈치였다.

"글쎄요, 기억이 잘 나지……."

"잘 생각해 보시오."

"아, 그러고 보니 밭에서 무를 뽑아 먹었습니다."

농부의 아내는 그제서야 생각난다는 듯이 말했다.

"무를 뽑아 먹어서 탈이 났다는 말씀이신지요? 밭에서 무를 뽑아 먹은 것이 어제 오늘의 일도 아닌데."

그렇다면 이질이 틀림없었다. 밭에서 무를 뽑아 먹었다면 거름으로 뿌린 인분이 원인일 것이다. 게다가 비까지 많이 왔으니.

"혹시 변에 피고름이 섞여 있지 않았소?"

아내의 얼굴은 벌겋게 상기되어 어느새 눈물이 맺혔. 비로소 예사스런 병이 아니라는 생각을 한 모양이었다.

"예, 늘 뒤가 묵지근하다며 뒷간을 들락거리더니 피가 나왔다 하더군요. 저희는 그게 앓고 있던 치질 때문이라 여겼는데……."

의심할 필요 없는 이질이었다. 허준은 대답하지 않고 한동안 묵묵히 있었다.

이질이라면 갑자기 38도에서 39도에 이르는 고열이 나고 구역질과 구토가 일어날 뿐만 아니라, 설사가 줄줄이 나지만 시원하게 배설되는 것은 아니었다. 그러다 그것이 심해지면 목숨을 잃는다.

이 환자는 이질 중에서도 적리(赤痢)라고 허준은 생각했다. 적리라면 소장에 탈이 난 것이 원인이었다.

허준은 도적지유산을 처방했다. 도적지유산이면 지유나 당귀신주세, 아교주 등을 섞어 달인 약으로 적리에는 특효였다.

다솜이 집안 일을 모두 끝내고 저녁상을 다 보아놓도록 허준은 오지 않았다.

이미 사방은 완전히 어두워졌다. 배고프다며 칭얼거리는 아들 겸이를 달래다 먼저 밥을 먹이고 재운 지도 한참되었다. 그런데도 남편은 오지 않았다.

다솜은 더럭 겁이 났다. 혹시 무슨 잘못을 저질러서 늦어지는 것이 아닐까 걱정스러웠다.

다솜은 문을 열고 밖으로 나갔다. 비 때문인지 여름답지 않게 서늘한 기운이 돌았다. 하늘에는 별 하나도 없었다. 개구리 소리만 귀가 아프도록 울려왔다.
 그러고도 한참이 지나서였다.
 "서방님……."
 어두워서 얼굴을 알아볼 수는 없었지만 남편이 분명했다. 자신이 바느질해 입혀 준 저고리를 입고 집 쪽으로 걸어오고 있는 사람은 분명히 허준이었다. 다솜은 반가운 마음에 뛰어나가 남편의 손을 잡았다.
 허준은 아내의 어깨에 손을 얹고 집으로 들어왔다. 그런데 허준에게서 약한 술냄새가 났다.
 다솜은 깜짝 놀랐다.
 "약주를 드셨습니까?"
 "아니오, 소주를 만들어 병자의 환부를 소독하던 중 내게 냄새가 밴 것이오."
 낮에 허준은 발목에 종기가 난 병자의 고름을 짜고 그것을 소주로 소독을 했었다.
 "예, 그랬군요."
 다솜은 얼른 더운 밥을 퍼왔다. 불빛에서 본 허준은 무척 지친 기색이었다.
 "얼굴이 많이 까칠해지셨사옵니다."
 허준은 다솜의 말을 들었는지 말았는지 한동안 묵묵히 밥만 먹었다.
 "겸이한테 열이 나거나 하지는 않소?"
 난데없이 겸이에게 열이 없느냐고 묻는 남편이 이상스러워 다솜은 남편의 얼굴을 찬찬히 살폈다.

"무슨 일이 있었는지요?"
허준은 심각한 얼굴로 말했다.
"아무래도 돌림병이 번질 것 같소. 심상치가 않아…… 오늘도 오기 어려운 걸음을 겨우 한 것이오. 나를 기다리고 있을 당신과 겸이를 생각해서……."
"돌림병이라니요? 그럼 우리 겸이도 위험한가요?"
"내 말만 잘 따르면 겸이도 부인도 별탈 없을 것이오. 무엇보다도 먼저 물은 반드시 끓여 먹어야 하오."
"예? 이 여름에 물을 끓여 먹다니요. 여름에 물을 끓여 먹는 사람이 어디 있습니까? 겨울에도 그냥 마시는 사람이 많은데."
다솜이 대답하자 허준은 굳은 표정으로 말했다.
"돌림병이 돌고 있다고 하지 않았소. 물을 끓이면 그 속의 병균이 죽어서 돌림병을 막을 수 있소."
"예, 명심하겠습니다."
"그리고 음식은 될 수 있는 한 익혀서 먹도록 하시오."
"예, 말씀대로 따르겠습니다."
"음식 먹기 전에는 반드시 손을 깨끗이 씻고."
"예."
"잘못하면 목숨이 위태롭소. 아직 많이 퍼지지는 않았지만 이런 상태로라면 많은 사람들이……."
허준은 말끝을 흐렸다. 남편의 말을 듣자 다솜은 소름이 오싹 돋았다.
"왜 돌림병이?"

"지난해 겨울이 이상하게 따뜻하지 않았소. 겨울에 얼어 죽어야 할 병균이 있고, 여름 햇볕에 죽어야 할 병균이 있소. 그런데 지난 겨울이 춥지 않았으니 그 병균이 땅 속에 그대로 숨어 있다가 여름이 되면 나오게 되오. 게다가 올 여름처럼 덥지 않은 철이면 여름에 생기는 해충까지 극성을 부리지. 그런 병균들은 물을 통해서나 가축들의 배설물을 통해서 옮겨지오. 그러니 내가 앞서 말한 대로 반드시 물은 끓여 마시고, 음식은 익혀서 먹으며, 집안을 깨끗하게 치우시오. 돌림병에 걸리지 않으려면 그 방법 말고는 없소."

다솜은 잠든 아들의 머리를 쓰다듬으면서 반드시 그렇게 하리라 마음을 먹었다.

허준은 저녁을 먹고 씻은 뒤 자리에 눕자마자 잠에 빠져 들었다. 온몸이 노곤해서 오랜만에 편안한 자리에 누우니 장마철 장대비 쏟아붓듯 졸음이 몰려왔다. 그러나 허준은 긴 잠을 잘 수가 없었다. 날이 밝기 전에 유의태의 집에 가 있어야 했다. 짧은 여름 밤은 허무하게 빨리 지나갔다. 눈을 붙였는가 싶었는데 금세 밖이 훤히 밝아왔다.

"벌써 일어나셨어요?"

곤히 잠든 아내가 깰세라 조심조심 움직였건만 다솜은 허준이 일어난 것을 어느새 알아차리고 눈을 떴다.

"좀더 주무시오. 나야 환자 때문에 일찍 가야 하지만 부인까지 잠을 설칠 필요 있겠소?"

허준은 일어나 옷을 입으려는 다솜을 억지로 눕혔다.

"아무리 급해도 아침 진지는 잡숫고 가셔야지요."

다솜은 허준이 말리는 대로 따르면서도 미안해서 어쩔 줄 몰라했다.
"아니오, 입 안이 껄끄러운 게 먹히지도 않을 것 같소. 자, 고집피우지 말고 조금이라도 더 자두시오."
다솜은 바쁜 걸음으로 집을 빠져나가는 남편을 안타까운 얼굴로 배웅했다.

"왜 이제야 오십니까?"
허준이 유의태의 집으로 들어가자, 어젯밤 농부의 아내가 달려나왔다. 그 얼굴은 눈물로 번들거렸다. 간밤에 무슨 일이 일어났음에 틀림없었다.
이른 아침부터 옷을 챙겨입고 나오는 양이 아무래도 불길했다.
"무슨 일이오?"
"우리 남편 잡겠소. 살려내시오. 온몸이 벌써 싸늘하게 식었소."
농부의 아내는 허준을 보자 울음을 터뜨리며 허준의 멱살을 잡고 패악을 부렸다.
"온몸이 식었다면?"
허준은 목덜미로 얼음물을 붓는 듯 섬뜩한 느낌이 들었다. 적리에 걸린 사람이라면 몸이 차가워질 수가 없는 일이었다.
허준은 급히 병자가 누워 있는 방으로 뛰어갔다. 그 뒤를 농부의 아내가 울면서 따라 들어왔다.

소식을 들었는지 향운이 미리 와서 병자의 맥을 짚고 있었다. 허준이 들어서자 향운은 난감한 얼굴로 허준을 바라보았다. 아닌게아니라 병자의 몸은 차가웠다.
'그렇다면 이건 적리가 아니라 적백리?'
허준의 이마에 땀방울이 맺혔다. 적백리라면 이질과 같은 증상이지만 이질과는 구별해야 하는 병이었다. 적백리는 온몸에 냉기와 열기가 고르지 않다. 적리가 열이 나는 병이라고 할 때 적백리의 경우는 온몸이 차가워지기도 하기 때문에, 의원이 항시 병자 곁에 앉아 병자의 상태를 지키고 있어야 하는 병이었던 것이다.
"참 이상하지 않은가. 이 병자의 배설물이나 병 상태로 봐서는 적리가 맞는 것 같은데······."
향운은 머리를 갸웃갸웃하며 허준을 바라보았다.
"적백리······."
"적백리라고?"
향운은 놀랍다는 듯 허준의 얼굴을 들여다보았다.
"아니, 그럼 적백리인 사람에게 도적지유산을 처방했단 말인가?"
적리인 병자와 적백리인 병자는 처방하는 약초부터 달랐다. 도적지유산에 들어가는 몇몇의 풀은 적백리인 사람에게는 치명적일 수도 있었다. 그제서야 사태의 심각성을 알았는지 향운의 얼굴에도 땀이 비쳤다.
두 사람의 눈치가 심상치 않자, 농부의 아내는 자리에 엎어져서 데굴데굴 구르며 울부짖었다.

"아이고, 이 놈이 사람 잡네. 아이고, 내 남편 살려내라, 내 남편. 그렇지 않으면 너 죽고 나 죽는다."

주위에 있던 사람들이 가까스로 농부의 아내를 달래서 밖으로 데리고 나갔다.

허준은 마음이 착잡했다. 지난밤 집으로 바로 갈 것이 아니라 병자의 곁에 지키고 있다가 차도를 본 다음에 돌아갔어야 했는데…… 하는 후회가 가슴을 쳤다.

허준은 병자의 눈을 뒤집어보았다. 동공이 힘없이 퍼져 있지 않은가. 그렇다면 생명이 위태로운 것이다. 허준은 떨리는 손을 부여잡고 간신히 맥을 짚었다. 맥은 가느다랗지만 고르게 뛰고 있었다. 맥이 고르다는 것이 허준에게 한 가닥 다행스러운 징조였다.

"아침에 무엇을 먹은 게 있나?"

허준은 걱정스러운 눈을 하고 향운에게 물었다.

"아니, 먹은 것은 아무것도 없어."

뱃속에 든 것이 많으면 맥을 제대로 짚을 수가 없었다. 허준은 고장탕을 처방했다. 고장탕이란 백작약, 당귀, 감초구 등을 달여서 공복에 먹는 약이었는데, 적백리에 잘 들었다. 고장탕을 처방하고 허준은 오랫동안 병자의 곁을 떠나지 않았다.

"어떻게 할 생각인가?"

향운이 물었다.

"살릴 것이네."

허준은 자신의 결심을 다시 한 번 확인하는 듯 이를 앙다

물고 힘주어 말했다.
"이 사람은 반드시 내가 살려내고야 말 것이네."

허준이 이질에 걸린 사람을 치료하고 있다는 것을 알자, 유의태의 집에 있던 제자 몇몇이 술렁거리기 시작했다.
이질이라면 돌림병이었다. 그런 환자와 가까이 하다가는 자칫하면 전염되어 목숨을 잃을 수도 있었다.
"젠장할, 의원도 사람 아닌가. 이질이라면 그 전염 속도가 무섭도록 빠른 병이 아닌가 말이야. 그런데 그 균이 득실거리는 집에 있다가 내가 죽는 일이 생기지 말라고 누가 장담하겠느냐 말야."
석숭이 불만을 터뜨리자 여기저기서 다른 제자들의 불만도 터져나왔다.
"아무리 물을 끓여 먹고 조심을 해도 무슨 소용인가 말야. 스승님도 계시지 않은데다가, 허준 형님은 하루 종일 이질 병자만 붙잡고 있으니……."
"소문 들었는가? 이곳 산청 곳곳에서 심심치 않게 이질에 걸린 사람들이 생긴다더군."
제자 가운데 한 사람이 정색을 하고 말했다. 그러자 다른 제자가 불안스런 목소리로 대꾸했다.
"그렇다면 벌써 퍼지고 있다는 말 아닌가!"
"요앞 버드나무집 말야, 이번에 그 집 둘째가 죽어 나가지 않았나, 그게 바로 이질 때문이라는군."
석숭이 낮은 목소리로 속삭였다. 사람이 죽어 나갔다는

말에 다들 얼굴이 파랗게 질렸다.
"스승님도 계시지 않은데, 정말 큰일이야."
제자들은 불안한 마음이 들어 계속 수군거렸다.

이런 말을 나눈 지 며칠 지나지 않아 유의태의 집에 머물던 제자들이 하나 둘 자취를 감추었다. 전염병을 피해 도망을 간 것이 분명했다.
도망간 사람들은 그들뿐만이 아니었다. 이질이 퍼지고 있다는 소문이 나자 며칠 새 많은 사람들이 산청 지방을 떠났다. 그들은 날씨가 선선해져서 돌림병이 어느 정도 가라앉으면 돌아올 터였다. 호패가 없는 미천한 신분의 백성인 경우는 이런 때 아예 떠돌이가 되는 경우도 많았다.
석숭을 비롯하여 유의태의 집에 머물던 제자들 중 많은 수가 도망을 쳤다. 그들은 의원이 되어서 의술을 펴려는 생각으로 의원이 되려 했던 것이 아니었다. 용하다는 소문만 나면 비교적 돈벌이가 쉽고, 대우도 잘 받는 의원이 되고 싶었던 것뿐이다. 그런 마음을 가지고 있었던 탓에 그들은 목숨을 걸고 의원이 되려는 마음은 없었던 것이다.
허준은 이틀 동안 거의 자리를 비우지 않고 병자의 곁을 지켰다. 병자가 차도를 보인 것은 사흘이 경과하면서부터였다.
허준은 이틀째 되는 날부터 병자에게 미음을 먹게 하고, 고장탕 대신 강묵환을 먹게 했다. 강묵환이란 적백리에 좋은 약으로 건강초와 송연묵화를 가루로 하여 알약처럼 만든 다음, 공복에 미음과 함께 하루 세 번 서른 알에서 쉰 알씩 먹이는 것이었다.

병자는 이레가 지나자 몸을 추스릴 수 있을 정도로 차도를 보였고, 열흘이 경과하자 집으로 돌아갈 수 있게 되었다. 그러나 병자와 부인은 허준에게 감사하기는커녕 빨리 낫게 하지 못했다며 건짜증을 부렸다. 뿐만 아니라 농부의 아내는 약을 잘못 처방해 죽을 뻔했다고 소문을 내고 다녔다.

소문이 나자 사람들은 허준을 손가락질했다. 이질로 찾아온 병자라 해도 허준의 처방을 믿지 않았을 뿐 아니라, 가끔씩 허준의 처방에 의문을 달았다. 병자가 믿어주지 않으면 병을 치료하기가 무척 어려웠다.

그 소문을 듣자 다솜은 무척 가슴이 아팠다. 다솜은 오랜만에 남편이 집으로 오자 정성을 들여 밥상을 차리고 남편을 위로했다.

"세상 인심이 너무도 야속하기만 합니다."

다솜은 얼굴이 수척한 남편을 안쓰러운 눈으로 바라보았다.

"잘못은 내가 먼저 한 것이오. 병자의 상태를 끝까지 지켜보지도 않고 경솔하게 약을 처방한 생각을 하면 부끄러워서 몸둘 바를 모르겠소."

허준은 괴로운 표정으로 고개를 푹 숙였다.

"어서 저녁 진지부터 잡수셔요."

다솜은 숟가락과 젓가락을 허준 앞으로 놓았다.

다솜은 남편의 성격을 잘 알았다. 의원의 일에 한평생을 걸기로 한 이상, 남편은 자신의 실수를 용서하지 않으려 할 것이다. 왜냐하면 사람의 생명을 다루는 일이기 때문에 실수가 있어서는 절대 안 되는 것이 의원이었다. 신중하고, 신중하고, 또 신중해야만 사람의 생명을 다룰 수 있는 자격이 있다고 허준은 믿었다.

그런 남편을 지켜보며 다솜은 굳이 남편을 위로하려 들지 않았다. 자신이 위로한다고 해서 위로를 받을 허준이 아니기 때문이었다. 그렇기에 혼신의 힘을 기울여 완쾌시킨 농부 부부가 자신을 욕하고 다녀도 묵묵히 그 소리를 감당했던 것이다.

"관아에서 이질에 걸린 병자들을 따로 모아두고 있다고 합니다. 그리고 돌림병을 피해 이 고장을 뜬 사람들도 많구요."

"병에 걸린 사람마다 체질이 다 다르고, 이질도 적리, 백리, 적백리 등 종류도 여럿이어서 같은 방법으로 치유할 수 있는 것이 아닌데……."

"그렇다고 각각에 맞는 뚜렷한 치료법이 있는 것도 아니지 않습니까. 벌써 목숨을 잃은 사람이 한둘이 아니라던데요……."

허준은 한숨을 푹 쉬며 밥상을 물렸다.

다솜은 그런 남편을 안타까운 마음으로 바라볼 뿐이었다.

다음날 허준은 평소보다 빨리 유의태의 집으로 갔다. 이제 유의태의 집에는 병자들이 별로 없었다. 전염병이 창궐하자 환자들은 의욕을 잃은 듯, 그저 맥을 놓고 죽을 날을 기다리고 있었다.
　유의태도 없는 집에 머물면서 끝까지 돌림병에 걸린 사람들을 돌본 사람은 허준과 향운을 비롯하여 불과 서넛에 불과했다.
　산청에 돌림병이 돈다면 진주까지 소문이 났을 터인데도 유의태는 돌아오지 않았다. 몇 번 기별을 보냈으나 유의태는 차일피일 미루다가, 지리산으로 주유를 떠났다는 전갈만을 보내왔을 뿐이었다.
　허준은 그런 스승이 무척 야속했다. 모름지기 의원이란 병자가 있는 곳이면 어디든 있어야 하지 않는가. 그럼에도 돌아오지 않는 스승이 무척 원망스럽기만 했다. 그러나 허준과 향운 두 사람은 스승이 있건 없건 이런저런 약을 처방하며 하나씩 기록을 만들어 나갔다.
　변에도 여러 종류가 있었다. 오리똥과 같은 것, 게의 똥과 같은 것, 생선의 내장과 같은 것, 닭의 간과 같은 것…… 그리고 똥에 따라 이질의 증상도 다 달랐다.
　두 사람은 단 한 명의 병자를 돌보더라도 열과 성의를 다했다. 차츰 이질이라는 병에 대해서 알게 되었고, 정확한 치료법도 찾게 되었다.
　산청 지방 사람들은 조금씩 두 사람을 믿게 되었고, 허준과 향운에게 감사의 뜻을 전하기도 했다. 병자들이 회복되어가는 모습을 바라보는 것이 허준과 향운 두 사람에게는 큰 기쁨이요 보람이었다.

산청 지방에 돌림병이 사라진 가을이었다.
"아니, 스승님!"
허준이 집으로 막 들어서는 유의태를 본 것은 저녁 어스름녘이었다. 유의태는 막 지는 붉은 해를 어깨에 걸머지고 집으로 들어서고 있었다. 지리산을 주유하고 왔다는 유의태의 얼굴은 초췌했다.
유의태는 허준에게 이렇다 말 한마디 없이 바로 방으로 들어가려 했다.
"피곤하니 쉬고 싶다."
유의태는 허준에게 그 말 한마디만 하고 방 안으로 들어섰다. 그러자 갑자기 허준의 가슴에 꽉 막혔던 것이 한꺼번에 터지는 듯했다. 그 순간 이질에 걸려 죽어간 많은 사람들의 애처로운 얼굴이 가슴을 아프게 했던 것이다.
"스승님!"
허준은 격한 목소리로 유의태를 불렀다.
"이 지방에 돌림병이 있었다는 것 모르셨습니까?"
허준은 꽉 쥔 두 주먹을 부르르 떨었다. 스승 앞에서 보여야 할 태도가 아니었다. 그러나 허준은 이미 이성을 잃고 있었다. 돌림병으로 죽어간 많은 사람들을 생각하면 스승의 이런 행동이 도무지 납득이 가지 않았던 것이다.
허준의 물음에 유의태는 천천히 몸을 돌렸다. 그리고 지그시 허준을 바라보았다.
"너는 내 손으로 몇 명의 사람을 살려낼 수 있다고 생각하느냐?"

유의태는 뜻밖에 고요한 얼굴로 허준에게 물었다.
"스승님, 질병에 시달리는 사람이라면 단 한 명이라도 더 돌보아야 하는 것이 의원의 할 일이 아닙니까!"
"의원이라고 모든 사람의 병을 낫게 할 수는 없다. 그것보다 좀더 큰 것에 뜻을 두는 것이 현명하지."
"그게 무슨 말씀입니까?"
"병이 나서 치료를 하는 게 아니라, 미리 알아 섭생(병이 나기 전에 미리 예방하는 것)하는 것이 더욱 중요한 일이다. 그것이 바로 의원의 바른 길이요, 그 옛날 신농씨(중국의 전설적인 인물로 백성들에게 의학과 농사법을 가르쳤다는 인물)의 뜻이다."
허준은 스승의 뜻을 알 듯 모를 듯했다. 돌림병으로 그 많은 사람들이 죽어간 것을 외면한 스승이 이제 와서 신농씨의 뜻을 말하다니.
허준은 가슴이 답답했다.
"도대체 무슨 말씀을 하시는 건지, 저는 당최 알아들을 수가 없습니다."
"너는 의원 몇 사람이 병에 허덕이는 백성들 모두를 구할 수 있다고 생각하느냐?"
순간 허준은 대답할 말을 잃었다. 사실 의원 몇몇이 질병에 허덕이는 백성들 모두를 구할 수는 없는 일이었다.
허준이 한동안 가만히 서 있자, 유의태는 조용히 덧붙였다.
"내가 없는 동안 병자들을 어떻게 돌보았는지 이미 들어 알고 있다."

 순간 허준의 머리를 쾅 하고 때리는 것이 있었다. 어쩌면 스승은 자신을 시험하고 있었던 게 아닌가 하는 생각이 들었던 것이다.
 허준이 그 생각을 하면서 한동안 멍하니 있자, 유의태는 말을 이었다.
 "나는 네가 단지 사람만을 치료하는 의원으로 주저앉길 바라지 않는다. 좀더 넓게 공부하여라."
 "그것이 무슨 뜻이온지……?"
 "내 말뜻을 곰곰이 생각해 보아라."
 말을 마친 유의태는 뒤도 돌아보지 않고 안으로 들어가 버렸다. 그런 유의태를 허준이 불렀다.
 "스승님."
 그러자 유의태는 잠시 멈추어서서 말했다.
 "잠시 쉬고 싶다. 나중에 이야기하자."

8
뜻을 세우다

　허준이 내의원 취재에 응하기로 결심한 것은 이질이 산청 지방을 휘몰고 지나간 그 이듬해부터였다.
　'좀더 넓게 공부하라'고 한 유의태의 말이 머리 속에 박힌 뒤, 허준은 좀더 넓은 세계에 나가서 공부하는 방법의 하나로 내의원을 생각했다.
　내의원이라면 정주 형님이 뜻을 두고 있는 곳이기도 했다. 그런 생각을 하면 허준은 가슴이 울렁거렸다.
　내의원이 된다는 것은 의원으로서 최고의 명예를 누리는 것이었다. 게다가 내의원에 들어가면 조선에 필요한 희귀한 책이란 책은 다 있다는 대궐 서고에서 책을 볼 수도 있다지 않는가. 그곳에는 사람들이 손도 대지 않은 귀중한 책들이 넘친다고 했다. 뿐만 아니라 명나라는 물론 서역에서 들여

온 진귀한 의학서적도 많다고 했다.
 허준은 너른 세계로 나가 의학 공부를 좀더 많이 하고 싶었다. 유의태의 밑에서 실제적인 경험을 쌓았다면, 이제는 학문으로 그것을 체계화하고 싶었던 것이다.
 이왕 의원의 길로 발을 들여놓았으니 허준은 여느 학문 못지 않게 의학 공부를 제대로 깊이 공부하고 싶었다. 의학에 관한 책이나 자료가 태부족한 산청보다는 진귀한 책이 가득한 대궐 안에 들어가 공부하면 얼마나 좋겠는가. 마음 먹은 대로 자료를 찾아 공부할 수 있지 않겠는가.
 허준이 돌림병을 겪으면서 가장 가슴 아프게 느낀 사실이 있었다. 그것은 백성들이 질병에 대해 조금만 신경을 써서 예방을 하면 많은 목숨을 그렇게 허무하게 잃지 않을 수 있다는 점이다.
 허준은「황제내경」이라는 책에 관해서 들은 적이 있었다.「황제내경」이란 중국에서 가장 오래된 의학서였다. 복희씨 신농씨와 더불어 중국의 신화적 인물인 황제(皇帝)가 그의 신하들과 함께 의학에 관해서 나눈 이야기를 정리해 놓은 책이라고 했다.
 조선의 많은 의원들이「황제내경」을 참고한다고 했다. 그러나 유의태는 그것이 조선 백성에게는 맞지 않는다고 했다. 왜냐하면 각 나라마다 음식과 기후가 다르기 때문에 그 나라 사람에게 맞는 치료법이 따로 있다는 주장이었다. 어떻게 기름진 음식을 많이 먹는 중국인과 담백한 곡물을 많이 먹는 조선인의 체질이 같을 수가 있으며, 그런 사람들을 치료하는 방법이 같을 수 있느냐는 것이 유의태의 말이었다. 그 점에 대해서는 허준도 동감이었다. 그러나 허준의 생각은 대부분 유의태의 것이지 허준 자신의 것은 아니었다.
　허준은 자신의 생각을 가지고 싶었다. 그러기 위해서는 더 넓은 세상으로 나가서 더 많이 배우고 익혀야 했다.
　'그래, 더 많이 배우고 더 깊이 알자.'
　허준은 혼자 있을 때마다 이렇게 다짐하고 또 다짐했다.
　이런 허준에게 용기를 준 사람은 스승 유의태였다. 그는 허준이 내의원 취재에 임하는 것을 격려하기는 했지만, 의원으로서 일신의 영화만을 꿈꾸지는 말아야 한다고 늘 타일렀다. 유의태로서는 그것이 가장 큰 근심거리였다. 자신의 재주만 믿고 사람을 귀히 여기는 마음이 없다가, 결국 자신의 곁을 떠난 제자 정주를 생각하면 더욱 그러했다.
　내의원에 들어간다는 것은 하늘의 별을 따오는 일만큼이나 어려운 일이었다.
　우선 내의원의 시험이란 것이 양반들이 치르는 대과 식년시처럼 3년마다 한 번씩 정기적으로 있는 것이 아니었다. 내의원에 자리가 생겨 조정에서 내의원 시험을 치르겠다고 공고를 낼 때까지 작정 없이 기다리는 수밖에 없었다.
　언제 있을지도 모르는 시험을 염두에 두고 공부한다는 것은 어지간한 결심 없이는 어려운 일이었다. 당장 날짜를 받아놓은 시험이 아니므로 자칫 태만해지기 십상이었던 것이다.
　게다가 몇년 만에 한 차례 내의원 시험이 있을 때는 전국의 내로라 하는 의원, 이름 있는 의원들은 다 모였다. 그들이 내의원에서 계속 일을 하든 하지 않든, 일단 내의원을 거쳐간 의원이라고 이름만 나면 병자들이 줄을 이을 정도로 명성이 저절로 높아졌으므로 의원이면 누구나 내의원에 들고 싶어했다.

이런 상황이고 보니 내의원 경력이 있는 의원은 웬만한 사대부집보다 살기가 훨씬 윤택했다. 따라서 보통 실력으로는 내의원 시험에 합격하기가 어려웠고, 또 실력이 있다 하더라도 시험 당일에 운이 좋지 않으면 떨어지기 십상이었다. 어떻게 보면 양반들이 치르는 식년시보다 훨씬 더 어려운 것이 내의원이 되는 시험이기도 했다.

1573년 겨울이었다. 이듬해 봄에 내의원 시험이 있었다. 그 시험을 준비하기 위해 전국의 의원들은 눈에 보이지는 않았지만 치열한 싸움을 했다.

일단 내의원 시험 과목인「동인경」이나「득효방」,「구급방」,「부인대전」등의 책들을 구하기가 여간 어려운 것이 아니었다. 일찌감치 필사(베껴놓은 것)해 두지 않았던 사람은 웃돈을 주어 그 책들을 구해다가 달달달 외웠다. 그러나 그것들은 외운다고 해서 하루 아침에 외워지는 것들이 아니었다. 그 양이 워낙 엄청나기 때문에 많은 사람들은 몇 부분만을 골라 외워서 그것이 시험에 나오는 요행을 바라기도 했다.

다행히도 허준은 그런 책들을 일찌감치 필사해 두었기

때문에 그닥 큰 어려움을 겪지 않았다. 그러나 시험 공부에 전념할 수 있는 형편이 아니라는 것이 어려운 점이었다. 하루하루가 매양 바쁜 나날이어서 허준은 하루 일과를 마치면 몸의 이곳저곳에 무거운 추를 매달아놓은 듯 몸이 축 늘어졌다.

유의태는 내의원 시험이 머지 않았다고 해서 허준의 일을 덜어주지는 않았다. 평소와 똑같이 병자들을 돌보게 했다. 더구나 겨울이 깊어가면서 고뿔(감기)에 걸린 병자들이 늘어 유의태의 집은 평소보다 더 많은 병자들로 북적였다. 집에서 생강 두어 쪽을 달여 먹는 것으로도 충분한데 굳이 의원을 찾아오는 사람들도 많았다. 연전에 산청을 휩쓸었던 돌림병에 관한 기억 때문에 사람들은 웬만큼만 몸이 찌뿌둥해도 의원을 찾았다. 그러다 보니 일은 해도해도 끊이지 않고 늘었다. 그렇다고 해서 허준이 공부를 소홀히 할 수는 없었다.

겨울 해는 짧았다. 유의태의 집을 나설 때만 해도 마을 앞 당산나무 가지에 걸려 있던 해가, 허준이 집으로 돌아오자 그만 서산으로 꼴깍 넘어가 천지가 캄캄해졌다.

"겸아……."

집에 도착한 허준은 아들의 이름을 불렀다. 그러자 방문이 왈칵 열리면서 겸이가 마루로 뛰어나와 꾸벅 절을 했다.

"아버님, 다녀오셨습니까?"

"오냐, 별일 없었느냐?"

"예, 아버님."

허준은 의젓하게 대답하는 아들을 흐뭇한 눈으로 바라보았다.
아들 겸이는 완연한 개구쟁이 모습이었다. 쫑쫑 땋아내린 머리 끝에 매달린 댕기 한쪽이 흘러내려 있었다. 허준은 그 댕기를 바로 잡아매어 주었다.
"천자문은 다 읽었느냐?"
"예."
겸이는 씩씩하게 대답했다.
"어서 들어가자."
다솜은 얼른 저녁상을 보아 왔다.
허준이 늦은 저녁을 먹고 책을 펼치자, 아내 다솜도 바느질거리를 들었다. 겸이는 아버지가 저녁 식사 마치기를 기다렸다가 곧 잠이 들었다. 낮에 종일 뛰어논 듯 잠자리에 들더니 이내 고른 숨소리가 들렸다.
"웬 것이오?"
"판관을 지내신 윤 대감의 집에서 곧 혼례가 있다 하옵니다. 그래서 바느질거리를 좀 얻어왔습니다."
판관이라면 종 5품에 해당되는 벼슬로 꽤 높은 편에 속했다.
"고생이 많구려."
"저야 원래 이런 일을 하고 자라난걸요. 한 번도 고생이라고 생각해 본 적이 없습니다. 그나마 할 일이 생겨 얼마나 다행스러운지 모릅니다."
"내, 반드시 훌륭하게 되어 당신의 고생을 덜어줄 것이오."

 허준은 내의원에 들어가서 호강을 시켜 주겠다는 말은 하지 않았다. 그런 것은 함부로 입빠른 말을 할 수 있는 성질이 아니었다.

 "맹세코 서방님께서 의원으로 출세해 호강시켜 주기를 바란 적은 없습니다. 다만 제가 바라는 것이 있다면 한 번 세운 뜻 꼭 이루셨으면 하는 것입니다."

 다솜이 아무리 그렇게 생각한다고 해도 허준의 마음이 편할 리 없었다. 다솜만큼 솜씨가 좋은 여자들은 넉넉한 집안에 시집 가서 편히 살 수도 있었다. 그런데 자신에게 시집 와서 갖은 고생을 하면서도 군말없이 살아주는 아내가 무척 고마웠다.

 허준은 몰려오는 졸음을 참으며 책을 읽었다. 몸은 자꾸 눕고 싶고 눈꺼풀은 천근만근 무거웠지만 꾹 참고 공부했다. 허준이 잠자리에 들지 않자, 다솜도 잠을 자지 않고 바느질을 했다.

 허준이 하루에 공부하기로 계획한 양을 마치자, 어느새 창호지를 바른 문밖이 희붐하게 밝아왔다. 허준은 기지개를 켠 뒤, 잠시라도 눈을 붙이기 위해 자리에 누웠다.

 다솜은 밥을 지으러 나가는 듯 밖으로 나갔다. 그런데 밖으로 나간 다솜이 보리쌀을 빻는 소리가 들려오지 않았다. 어제 저녁에 미리 빻아둔 것도 아닌데 아무 기척도 없었다.

 허준은 불현듯 걱정되었다. 혹시 아내가 피곤을 이기지 못하여 쓰러진 것이 아닌가 하는 생각이 들었던 것이다.

허준은 자리에서 일어나 밖으로 나갔다.
새벽 바람은 무척 매웠다. 허준은 몸을 옹송거리며 부엌으로 갔다. 그런데 부엌에는 아내가 없었다.
'어디로 간 걸까?'
허준은 고개를 갸웃거리며 장작을 쌓아둔 뒤꼍으로 갔다.
아, 그런데 이게 웬일인가. 아내 다솜이 우물 곁에 있는 장독 위에다 정한수를 떠놓고 빌고 있었다.
"우리 서방님 하시는 공부 잘되게 해주시옵소서. 우리 서방님 훌륭한 의원 되게 해주시옵소서."
다솜은 허준이 곁에 오는 것도 모르고 있었다.
새벽 바람은 사람의 몸에다 얼음을 채워넣는 듯 차가웠다. 자세히 보니 다솜의 볼이 퍼렇게 얼어 있었다. 흘러내려온 머리에 얇게 얼음이 맺혀 있는 것이 보였다. 다솜은 정성을 다하기 위해 이렇게 추운 날에 목욕까지 한 것이 분명했다. 다솜은 오는 봄에 있을 내의원 시험에서 허준이 좋은 성적을 거둘 수 있기를 비는 것이었다.
순간 허준의 가슴에는 뜨거운 것 한 줄기가 쏴아 하니 올라왔다. 그것은 눈에까지 올라와 허준의 눈시울을 뜨겁게 데웠다.
'고맙소, 부인. 내, 부인의 기원이 헛되지 않도록 열심히 공부하리다.'
허준은 이렇게 속으로 되뇌이며 방으로 돌아와 다시 책을 펼쳤다. 눈물이 앞을 가려 책 속의 글씨가 잘 보이지 않았다. 허준은 눈물을 닦아내며 책장을 넘겼다.

9
내의원 시험

1575년이었다.

허준은 부지런한 걸음으로 한양을 향했다. 등에 짊어진 괴나리봇짐에는 짚신이 매달려 달랑거렸다.

유의태의 제자들 중 이번 내의원 시험은 허준 단 한 사람만이 치르게 되었다. 허준은 향운에게도 시험을 치를 것을 권했지만 그는 내의원이 되어 대궐에 들어가고 싶은 마음이 없다며 거절했다.

허준은 내의원 시험이 있기 하루 전날 한양에 당도했다. 주머니 사정이 좋은 사람들은 미리 와서 달포(보름)간 머무르며 마음을 가라앉히고, 그 동안 내의원 시험에 어떤 문제가 나왔는가 등등 이런저런 소문을 채집했다. 그런 정보를 미리 알게 되면 시험 보는 데 매우 유리했다.

그러나 그런 것은 사정이 넉넉한 사람만 가능했다. 허준처럼 가난한 의원들에게는 그조차도 어려운 일이었다. 한양에 하루 더 묵으면 먹고 자는 데 그만큼 경비가 많이 나가므로, 될 수 있으면 한양에 머무는 기간을 줄여야 했다. 그래서 허준도 시험 날짜에 임박해서 도착했던 것이다.
 허준은 되도록 값이 싼 곳을 찾아 허름한 주막에다 숙소를 정했다. 아내가 힘들여 마련해 준 여비인지라 엽전 한닢이라도 소홀히 할 수 없었던 것이다.
 한양은 내의원 시험을 보기 위해 전국 각지에서 몰려든 의원들로 북적거렸다. 그중에는 나이가 많은 사람들도 꽤 되었는데, 그들은 내의원 시험이 있을 때마다 한양으로 왔다고 했다.
 허준은 충청도에서 왔다는 한 늙은 의원과 같은 방에 묵게 되었다. 그는 허준이 경상도 산청에서 올라왔다고 하자, 대뜸 유의태를 아느냐고 물었다. 허준은 그 늙은 의원이 어떻게 먼 지방에 사는 자기 스승을 알까 하는 의아스러운 눈빛으로 대답했다.
 "저희 스승님이긴 합니다만……."
 그러자 그는 존경이 담긴 눈으로 허준을 바라보았다.
 "그렇다면 그 분의 침술이 신의 솜씨와 가깝다는 것도 알고 있으시겠군요."
 허준은 산청에서 태어나 거의 산청을 떠나본 적이 없었다. 그래서 스승 유의태가 뛰어난 의원인 줄은 알고 있었지만, 경상도 뿐만 아니라 충청도에까지 소문나 있는 줄은 몰랐다.
 그런데 그 의원이 하는 말은 더욱더 놀라운 것이었다.
 "조선땅에서 유의태 의원을 알지 못한다면, 그 사람은 의원이랄 수도 없지요. 그 정도의 의술을 가지고 있음에도 불구하고 자리에 연연해 하지 않는 자세는 모든 의원의 귀감이 되고 있습니다."
 허준은 고개를 끄덕였다. 허준은 새삼스럽게 스승 유의태가 아주 커다란 고목처럼 느껴졌다. 허준은 자신 앞에 당당하게 버티고 선 스승 유의태를 느끼자 마음이 든든해졌다.
 "그런데 유의태 의원한테서 의술을 배웠다는 젊은이가 충청도에 있다는 소문을 들었습니다."
 늙은 의원이 말했다. 그 말을 듣자 허준에게 얼른 떠오르는 이름이 있었다.
 정주…….
 "혹시 이름이……."
 "성은 모르겠고, 정 뭐라는 것 같았소. 참, 같이 유의태 의원에게서 의술을 익혔다면 서로 잘 아시겠구려."
 역시 정주가 맞는 듯했다. 정주에 관한 소식을 듣자 허준은 가슴 속으로 먹구름이 한꺼번에 몰려오는 듯한 느낌이 들었다.
 "예."
 허준은 천천히 고개를 끄덕였다.
 "그 사람도 이번 시험을 치른다는 소문을 들었소만, 만나 보았소?"

허준은 머리를 가로 저었다. 아직 만나보지는 않았지만, 정주도 한양땅 어디선가 다음날 있을 시험을 준비하고 있을지도 모른다고 짐작은 하고 있었다. 이번에 올라왔다니, 어쩌면 다음날 시험장에서 만날지도 모를 일이었다.
 허준은 정주의 실력이 어느 정도인지 잘 알고 있었다. 유의태도 정주의 의술만은 인정하고 있지 않은가. 정주는 의원으로서는 뛰어난 실력을 가지고 있었다. 비록 자신을 모함해서 스승의 곁을 떠나긴 했지만.
 그 생각을 하면 허준은 마음이 아팠다.

 내의원 시험이 있는 날은 아침부터 날씨가 맑았다. 허준은 아침 일찍 일어나 마음을 가다듬은 뒤 시험장으로 향했다. 내의원으로 들어가는 골목 어귀마다 시험을 치르려는 사람들로 북새통을 이루었다.
 허준은 내의원 시험장으로 들어가서 자리를 잡고 앉았다. 사방을 둘러보니 많은 응시자가 상기된 얼굴로 서성거리거나 자리에서 마음을 가라앉히고 있었다.
 "아니, 저 사람은……."
 허준은 자신이 앉은 자리에서 열 사람 정도 앞줄에서 먹을 갈고 있는 의원에게 시선이 닿았다. 틀림없는 정주였다.
 순간 허준의 가슴은 크게 방망이질했다. 허준은 다가서서 알은 척을 할까, 아니면 그대로 시험을 치르는 것이 좋을까 망설였다.
 그 때였다. 정주가 무심코 머리를 돌리다가 허준과 눈이 마주쳤다. 허준은 펄떡이던 가슴이 바닥으로 '쿵'하고 곤두박질치는 것을 느꼈다. 정주도 놀란 듯 눈이 둥그래졌다. 그러나 그것도 잠시뿐 정주는 허준을 보았으면서도 모르는 사람이라는 듯 무표정한 얼굴로 이내 바뀌어 고개를 돌려 버렸다.

허준은 정주가 여전히 자신을 거북하게 생각하고 있음을 알 수 있었다. 그게 마음에 걸렸으나 허준은 일단 내의원 시험에만 최선을 다하기로 했다.

이윽고 시험이 시작되었다. 허준은 담담한 마음으로 답안을 써내려가기 시작했다. 문제는 생각보다 어려웠다. 그러나 허준이 이미 공부해 두었던 부분이므로 답을 쓰기는 어렵지 않았다. 허준은 공부했던 바를 차분히 생각해내며 정성껏 답안을 작성했다.

이틀 뒤 합격자를 적은 방이 나붙었다. 관리가 방을 붙이는 모습을 보자, 발표를 기다리고 있던 많은 사람들이 와 하고 몰려들었다. 얼마나 많은 사람들이 한꺼번에 몰려들었는지 방이 잘 보이지 않았다.

허준도 사람들 틈에 끼여 방에서 자신의 이름을 찾았다. 허준은 맨 아래칸부터 천천히 보아 올라갔다. 자신의 이름이 금방 눈에 뜨이지 않아 조바심이 생길 때였다.

"이번에 일등으로 붙은 사람은 경상도 산청 사람이라는군."

누군가가 한마디하는 소리를 듣는 순간, 허준은 갑자기

온몸에 쩌릿하게 전율이 전해 오는 것이 느껴졌다.
 허준은 얼른 맨 윗부분을 바라보았다.
 〈일등 합격자 허준.〉
 거기에는 허준의 이름이 선명하게 씌어져 있었다.
 그것을 보는 순간, 허준의 눈에서는 눈물이 주르르 흘러내렸다. 선조 7년인 1574년, 허준의 나이 스물아홉이었다.

10
내의원 생활

허준이 일등으로 합격하자, 내의원에서는 허준에게 관심을 가지는 사람이 많은 반면 시기하는 사람도 적지 않았다.
내의원은 임금을 비롯한 왕족들의 건강을 책임지는 곳일 뿐 아니라, 끊임없이 의학을 연구하는 곳이었다. 정주처럼 실력이 있는 사람도 시험에서 떨어질 정도라면, 내의원에 모인 의원들의 실력이 어느 정도인지 미루어 짐작할 수 있다.
허준이 내의원에 들어가서 처음 한 일은 궁중 용어를 익히는 것이었다. 궁궐 안에서 쓰는 말은 일반 백성들이 쓰는 것과 좀 틀렸다. 임금의 얼굴은 용안이라고 했으며, 손은 어수, 밥은 수라라고 했다.
또한 궁궐 안에서는 아무리 바쁜 일이 있어도 체신 없이 뛰어다닐 수가 없었다. 뿐만 아니라 이곳저곳 마음이 내킨다고 해서 아무 곳이나 함부로 다닐 수도 없었다. 특히 임금이 머무는 대전은 물론이고, 중전, 비빈들, 그리고 왕자궁이나 공주궁은 출입이 엄격히 통제되어 있었다.

그런 것들이 허준에게는 무척 생소했다. 그도 그럴 것이, 허준이 근 삼십년 동안 살아온 곳은 일반 백성들이 사는 궐 밖이었기 때문이다. 궐 안과 궐 밖은 모든 면에서 매우 달랐던 것이다.

어쨌든 궁궐 안에 들어와서 임금을 비롯한 왕족의 건강을 돌보는 것이 내의원의 일이라고 할 때, 궁궐 안에서 쓰는 말들을 익히는 것도 내의원 의원이 해야 할 일이었다.

얼마 가지 않아 허준은 궁궐 안의 용어와 행동에 익숙해졌다. 무엇보다도 허준은 내의원에 소장되어 있는 많은 책들을 보게 되어 보물을 찾은 듯 가슴이 벅차올랐다.

허준이 궁궐의 법도를 익히고, 바쁜 내의원 생활에 적응해 가는 동안 해가 바뀌었다. 바람 끝은 매웠지만 궁궐 안에 있는 나무들에서는 봉긋하게 새싹을 내밀 작은 봉우리가 맺혀 있는 초봄이었다.

막 점심을 끝낸 허준이 내의원 판관 정작의 부름을 받았다.

"어인 일이시온지요?"

허준은 정작에게 공손히 인사한 뒤 물었다. 정작의 얼굴에는 어두운 그림자가 드리워져 있었다.

"주상전하의 옥체에 조금 이상이 생긴 것 같으이."

"이상이라니요?"

허준은 가슴이 철렁 내려앉는 것을 느꼈다. 임금이 건강하지 못하다는 것은 내의원의 의원들에게 매우 불충한 일이었다. 그들의 소임이 뭔가. 임금의 건강을 책임지는 일이 아니던가.

허준이 지나치게 놀라자, 정작은 수염을 쓰다듬으며 웃는 낯을 지었다.

"그렇게 근심할 것 없네. 장에 탈이 나신 듯하네."

"장에 탈이 나셨다 하셨사옵니까?"

허준이 재우쳐 묻자 정작은 머리를 끄덕였다.

"마침 중국의 의원 안광익과 어의 양예수가 주상전하를 배알할 터인데, 내의원의 젊은 의원 몇 사람도 함께 입진하라는 분부가 있으셨네. 자네가 함께 가주었으면 하고……."

허준은 가슴이 뛰었다.

내의원이 임금과 왕족의 건강을 돌보는 임무를 갖고 있긴 하지만, 내의원의 의원이라고 하여 다 임금을 가까이 할 수는 없었다. 내의원의 그 많은 의원들 중에서 임금의 얼굴을 가까이서 본 사람은 얼마 되지 않았다.

"감사하옵니다."

허준은 정작 앞에 머리를 수그렸다. 허준에게 이런 기회가 온 것은 지난번 내의원 시험에서 가장 좋은 성적을 거두었기 때문이다.

"서두르시게."

허준은 서둘러 어의 양예수가 채비를 하고 있는 곳으로

갔다.
 그곳에는 허준뿐 아니라 내의원 주부로 있는 김현택도 와 있었다. 김현택이라면 허준이 내의원으로 들어오기 전에 가장 촉망을 받아오던 젊은 의원이었다. 그래서인지 허준에 대한 질시가 유독 강했다.
 김현택은 매서운 눈으로 허준을 바라보았다. 그 눈길을 보자 허준은 마음이 불편했다.
 "모두 모였소?"
 어의 양예수였다. 임금의 옥체를 돌보는 어의답게 양예수의 눈은 근엄한 빛을 띠고 있었다. 그 옆으로는 명나라에서 왔다는 안광익이 있었다.
 허준은 호기심어린 눈으로 안광익을 보았다. 안광익은 중국에서도 알아주는 명의라고 했다. 이마가 퍽 넓고 어진 눈빛을 갖고 있었다. 허준은 그 안광익에게서 중국 의학에 관해서 듣고 싶은 충동을 느꼈다.
 어전 내시가 어의 양예수 일행이 왔다는 사실을 알리자, 자리에 누워 있던 임금 선조가 일어나 앉았다. 임금 곁에는 중전인 의인왕후와 공빈 김씨가 걱정스러운 얼굴로 앉아 있었다.
 일행은 선조에게 큰절을 했다. 어의가 진맥을 하는 동안 허준은 곁에 앉아 찬찬히 살펴보았다. 선조의 얼굴빛은 푸석푸석하고 눈자위가 조금 부어 있었다. 대장에 탈이 난 것이 분명했다.
 어의인 양예수도 허준과 같은 생각인 모양이었다.

"전하, 지난밤 수라 이외에 밤참으로 무엇을 드셨사옵니까?"
양예수가 물었다.
"수정과를 조금 먹었을 뿐이오."
선조의 대답을 듣자 양예수는 조용히 웃었다. 그 웃음은 꽤 자신감에 차 있었다.
곁에 있던 안광익이 말했다.
"위장은 따뜻한 것을 싫어하고, 시원한 것을 좋아합니다. 그러나 대장은 시원한 것을 싫어하고, 따뜻한 것을 좋아하지요. 양쪽이 조화를 이루는 것이 건강에 무엇보다 중요한 일입니다. 이 조화는 음식물이나 의복으로 맞추어야 합니다. 너무 차가운 것도 좋지 않고, 너무 따뜻한 것도 몸에는 해롭습니다."
"그러면 과인이 어제 밤참으로 먹은 수정과가 화근이었다는 것이오?"
선조가 물었다.
"어제 잡수신 수정과는 아주 차가운 것이었을 겁니다."
안광익이 말했다.
"그렇습니다. 제가 어제 갑자기 찬 수정과가 먹고 싶었사옵니다. 주상전하의 옥체에 탈이 난 것도 모두 저의 불찰인 것 같사옵니다."
곁에 앉아 있던 공빈이 어쩔 줄 몰라하며 말했다. 공빈은 임신 중이어서 이런저런 음식들을 즐겨 먹었던 것이다.
"상감마마께서는 대장에 탈이 난 것이오니, 공빈마마께

서는 크게 심려치 않으셔도 될 듯하옵니다."
  양예수가 너그러운 눈빛으로 공빈을 바라보았다. 그도 그럴 것이, 웬일인지 중전인 의인왕후에게는 후사(왕의 대를 이을 자식)가 없었다. 그 때문에 왕실의 걱정은 이만저만이 아니었다. 그런데 공빈은 턱하니 아들 임해군을 낳았고, 둘째까지 잉태하고 있었다. 만약 앞으로도 중전인 의인왕후가 아이를 낳지 못하면 공빈이 낳은 왕자가 왕위를 이을 것이다. 게다가 선조는 공빈 김씨를 총애했다. 그 때문인지 양예수는 공빈의 비위를 잘 맞추었다.
  허준은 그것이 못마땅하게 느껴졌다. 임금의 옥체를 돌보는 어의라면 권력에 관심을 갖기보다 조금이라도 자신의 의술을 높이는 일에 신경을 써야 할 것이다. 그런데 어의 양예수는 어쩐지 그렇지 않은 듯했다. 안타까운 일이었다.
  "내의원에서 곧 탕제를 지어 올릴 것이옵니다. 약을 드신 뒤 하루 정도 따뜻한 방에서 쉬시면 쾌차(병이 나음)하실 것이옵니다."
  "주상전하께서는 오래 서 있지 못하실 만큼 복통이 심하시다 하오. 어서 나으실 수 있게 해주시오. 그대들만 믿소."
  중전인 의인왕후는 못내 걱정스러운 얼굴로 양예수에게 한번 더 다짐했다.
  "심려치 마시옵소서."
  양예수가 말을 마치고 자리에서 일어나자, 함께 배알했던 내의원의 다른 의원들도 일어났다. 의원들은 선조에게 절을 한 뒤 물러나왔다.

내의원으로 돌아오자 양예수가 말했다.
"내국에 있는 이명원을 부르시오."
내국이란 내의원에서 지은 약을 달이는 일을 맡아 하는 곳이었다.
곧 이명원이 왔다.
"실장산을 준비하시오. 시탕(약 시중을 드는 일)은 내가 직접 할 것이오."
실장산이란 가자피, 진피, 감초구 등을 달여서 만드는 약으로, 지나치게 차가운 음식을 먹어서 대장에 탈이 났을 때 효험이 컸다.
허준은 이명원이 물러나올 때 함께 자리에서 일어났다. 양예수는 중국에서 온 안광익과 계속 이야기를 나누고 있었다.
내국으로 가면서 이명원은 머리를 절레절레 흔들었다.
"어의는 너무 욕심이 많으셔."
허준도 이명원과 같은 생각이었다. 적어도 어의라면 내의원의 젊은 의원들의 재능을 키워주는 것이 옳았다. 이번 경우만 해도 그랬다. 임금의 병이 위중한 것이 아닐 때라면 함께 자리한 다른 젊은 의원들의 의향 정도는 물어보아 주는 것이 내의원의 사기를 돋우는 일이었다.
그런데 혼자서만 진맥하고 약까지 처방했으니, 그야말로 양예수를 제외한 의원들은 꾸어다 놓은 보릿자루나 다름없었던 것이다.
약을 처방할 때만 해도 그랬다. 양예수는 혼자 결정으로 실장산을 처방했다. 게다가 그는 의녀(의술을 배워 궁궐 안에서 일하던 여자)들을 제쳐두고 시탕까지 하겠다고 나서지 않는가. 그것은 임금에게 자신의 공을 크게 보이려는 욕심 때문이었다.

"물이 너무 오래 고여 있으면 썩는 법인데……."

이명원이 볼멘 소리를 했다. 사실 그랬다. 내의원의 많은 의원들은 열심히 공부해서 자신의 의술을 높이기보다는 양예수에게 잘 보여 좋은 곳에 배치받고 싶어했다. 특히 주부 김현택 같은 경우는 좀 심한 편이었다. 그는 무슨 때만 되면 양예수에게 선물을 해서 환심을 살 뿐 아니라 양예수의 처방이면 무조건 옳다고 나섰다. 그런 생각을 하면 허준도 이명원도 마음이 씁쓸해졌다.

허준은 이명원과 헤어져 바로 서고로 갔다. 허준의 머리 속은 좀전에 만났던 안광익에 관한 생각으로 가득 차 있었다. 안광익이 좀전에 선조에게 한 말은 중국의 의학서「황제내경」에 나오는 말이었다.「황제내경」은 중국뿐 아니라 조선에서도 의학을 공부하는 사람들이 반드시 익혀야 할 책이었다.

안광익의 말을 듣던 중, 허준은 조선에는 어떤 의학서들이 있는지 무척 궁금했다.

내의원 서고에는 의원 몇이 책을 보고 있었다.

"오랜만이군."

허준은 책을 보고 있는 이공기에게 말했다. 이공기는 성품이 호탕하여 허준과 친히 지내는 사이였다.

"주상전하의 입진을 함께 했다는 말을 들었네."
"너무 찬 음식을 드셔서 대장에 탈이 나신 것 같았네. 어의께서 실장산을 처방하셨네."
이공기는 고개를 끄덕였다.
"그런데 말일세, 중국에서 왔다는 그 안광익이라는 사람……?"
이공기는 허준과 같은 생각을 하고 있는 듯했다. 허준의 말이 끝나기도 전에 이공기가 물었다.
"자네도 의학서에 관심이 많은 모양이군. 그래서 서고를 찾아온 것이지?"
허준이 빙긋이 웃었다.
"그렇네. 중국에는 그토록 의학서가 많다고 하던데, 조선에는 어떤 의학서가 있는지……."
"자네도 보다시피 별로 많지 않다네."
두 사람은 똑같이 안타까운 얼굴을 했다. 조선의 의학서는 대개 중국의 것을 본으로 삼고 있었던 것이다.
"조선 사람들의 체질은 중국 사람들과 다르네. 약초의 성분도 전혀 다르고. 그럼에도 중국의 의학서를 본으로 삼고 있으니……."
"내 생각도 그렇다네. 자네 혹「본초강목」이라는 책에 관해서 들어본 적이 있는가?"
이공기가 허준에게 물었다.
「본초강목」이라면 중국 명나라 때의 본초학자 이시진이 엮은 의학서로 모두 52권에 달하는 방대한 책이었다. 이시진은 자그마치 30년에 걸쳐서「본초강목」을 집필했다고 했다.
　허준은 고개를 끄덕였다.
　"들어본 적이 있네. 그 방대한 분량, 정말 대단하지 않은가. 나는 우리 조선에도 조선인의 체질에 맞는 의학서가 한 권쯤 있어야 한다고 생각하네. 그래서 저 안광익이라는 사람을 더욱 만나고 싶은 것이네. 대체 중국의 의술은 어느 정도이고, 조선과 얼마나 다른지 알고 싶네."
　"나와 생각이 똑같네그려."
　이공기가 반가운 사람을 만난 듯 새삼 허준의 손을 덥석 잡았다.
　그 때였다. 김현택이 헐레벌떡 달려왔다.
　"어의께서 찾으시네."
　"무슨 일로?"
　"낸들 아나?"
　허준은 이공기와 헤어져 양예수가 있다는 곳으로 달려갔다.
　허준이 그곳에 도착하자, 왕의 입진을 함께 했던 사람들이 모두 한자리에 모여 있었다. 다들 근심스러운 얼굴을 하고 있었다. 특히 어의 양예수는 얼굴빛이 매우 좋지 않았다.
　허준은 감히 무슨 일인지 묻지 못한 채 자리에 앉아 양예수의 말을 기다렸다.
　이윽고 양예수가 무겁게 입을 열었다.
　"주상전하의 옥체에 아직 차도가 없소. 무언가 잘못된 게 틀림없소. 여러분도 알다시피 주상전하는 대장에 탈이 난 것으로 흔히 있는 배탈 정도라 생각되오. 그러나 아직 차도가 없는 것으로 봐서는……."

양예수가 진단한 정도의 예사로운 배탈이 난 것이라면 실장산의 처방으로 벌써 다 나았어야 했다. 그 정도면 굳이 실장산을 처방하지 않더라도 단방(여러 약초를 섞지 않고 하나의 약초를 쓰는 것)으로도 나을 수 있었다. 그러나 아직 낫지 않았다는 것은 위험하다는 뜻이었다.

만약 이 시점에서 장염이 낫지 않아 대장의 기가 끊어지면 목숨이 위태로웠다. 신하로서, 특히 내의원의 의원으로서는 왕의 목숨이 위태롭다는 말은 감히 입에 담을 수조차 없을 뿐 아니라, 그들의 목숨까지 위험해지는 일이었다. 다행히 선조는 돔이 더 나빠진 것이 아니라, 크게 차도를 보이지 않은 것뿐이니, 대장의 기가 끊어지기 전에 빨리 치료를 하면 나을 수 있었다.

양예수와 함께 입진했던 내의원의 의원들은 어디가 잘못되었는지 알아내기 위해 서둘렀다.

허준도 차근히 생각해 보았다. 자신이 보기에도 선조는 대장에 탈이 난 것이 분명했다. 대장에 탈이 났다고 해서 금방 위태로울 만큼 선조가 병약한 사람은 아니었다. 그렇다고 선조의 건강만 믿을 수는 없는 노릇이었다. 더 나빠지기 전에 서둘러서 원인을 알아내야 했다.

그 때 허준에게 불현듯 짚이는 것이 있었다. 어의가 처방한 약이 틀린 것이 아니라, 내국에서 약을 지어 달일 때 처방한 약재의 함량이 자칫 틀릴 수도 있다는 데 생각이 미쳤던 것이다.

 실장산을 예로 들자면 감초구 각 5푼을 썰어 강(약초 이름) 3편, 조(약초 이름) 2개를 넣는다는 것을 강 2편과 조 3개를 넣는 식으로 잘못될 수 있다는 것이다. 그것은 있을 수 없는 실수였다. 내국 뿐만 아니라 모든 내의원이 책임을 져야 할 일이었다. 밝혀진다면 어의의 자리마저 위태로운 일이었다. 그러나 빨리 발견되어 일이 수습되면 내의원 안에서 몇 명을 징계하는 것으로 끝날 수 있었다.

 아니나다를까 허준이 확인해 본 결과 내국의 잘못이었다. 양예수는 수염을 부들부들 떨면서 담당자를 징계했고, 부랴부랴 임금의 탕제를 다시 준비했다.

 이 일로 공이 가장 큰 사람은 누구보다 허준이었다. 그러나 이 공은 내세울 수 있는 것이 아니었다. 내의원 안에서만 쉬쉬 하고 말 일이었다.

 어쨌든 양예수는 이 일로 허준의 능력을 인정하게 되었다. 경험이 많지 않은 젊은 의원이 그런 것을 단박에 알 수 있다는 것은 그만큼 병자를 다루어본 경험이 많다는 뜻이었다. 결코 의학서적에 나오는 것을 달달 외워서 알 수 있는 것이 아니었던 것이다.

 선조는 곧 자리를 털고 일어났다. 완쾌한 선조는 흐뭇한 마음으로 자신의 병에 입진한 내의원들에게 어사주(임금이 내리는 술)를 내렸다. 이것은 내의원의 의원들에게 아주 영광스러운 일이었다. 내의원에 있으면서도 일년 가야 임금의 얼굴 한번 보지 못하는 사람들이 많다고 할 때, 허준으로서는 이번 일이 매우 드물고 아주 영광스러운 경험이었다.
 허준이 내의원으로 들어간 지 일년만인 1575년 2월의 일이었다.

11
전염병

　허준이 내의원으로 들어온 지 15년이 지난 1589년 봄이었다.
　"아무래도 공기가 심상치 않아."
　퇴궐 후 한잔 술을 하면서 남응명이 말했다. 남응명은 2년 전 양예수, 허준, 이공기 등과 함께 임금의 병을 치료한 공로로 호랑이 가죽을 하사받은 일이 있었다. 꼭 그런 일이 아니라 하더라도 허준은 남응명, 이공기와 친히 지냈다. 내의원 안에서 뜻이 가장 잘 맞는 사람들이었다.
　"지난 겨울이 유난히 따뜻하지 않았나."
　허준이 남응명의 말을 받았다. 남응명이 무슨 말을 하려는지 금세 알아차렸던 것이다. 허준은 예전에 산청에서 겪은 이질이 생각나서 한숨을 길게 내쉬었다.

"그렇다면 평안도 쪽에서 온 장계(임금에게만 올리는 글)가 혹시 온역(장티푸스)이라도 된다는 말인가?"

이공기도 걱정스러운 빛을 감추지 못하고 있었다. 이공기의 말을 듣고 허준과 남웅명은 다시 한숨을 쉬었다. 온역이라면 빠르게는 사나흘, 늦어도 15일에서 17일이면 목숨을 잃게 되는 병이었다. 뿐만 아니라 한 번 번지면 마을 하나가 몰살할 정도로 무서운 돌림병이었다.

유난히 따뜻한 겨울이 지난 뒤 이듬해 여름에 시작되곤 하는 병이었다. 겨우내 얼어죽지 않은 병균들이 날씨가 풀리며 활동을 시작하면서 맹렬히 위력을 떨치곤 했다.

사람들은 온역을 염병이라고도 불렀다. 염병이 얼마나 지긋지긋하고 두려운 병인지, 사람들은 미운 놈에게 욕을 할 때 '염병할'이라고 할 정도였다.

"병자들의 상태를 아직 보지 않았으니 함부로 말할 수는 없지 않겠는가. 다른 병이 일시적으로 도는지도 모르는 일이지."

허준은 신중하게 말했다. 그러나 그것은 허준의 바람일 뿐이었다. 평안도 쪽의 돌림병이 아무래도 염병인 것 같은 예감이 자꾸 들어 걱정이 가슴을 짓눌렀다.

"돌림병이 돌아도 약 한 번 써보지 못하고 목숨을 잃게 될 백성들이 정말 불쌍하이."

허준은 천근만근 무거운 목소리로 말했다. 허준은 몇년 전 한방서인「태산요록」을 부녀자들도 읽기 쉽게 한글로 새롭게 고쳐서「태산집요」라는 책으로 엮어냈다. 그리고 한글로 된 의학서인「구급방」을 집필하기도 했다. 이는 모두 가난한 백성들을 위한 것이었다. 의원을 찾을 형편이 못되거나 찾더라도 큰 마음을 먹어야 하는 가난한 백성들이 읽어서 스스로 건강을 지키게끔 하기 위한 것이었다.

그 때 주변에서는 허준이 백성들을 위해 책을 펴낸 일이 쓸데없는 짓이라며 비웃는 사람들이 있었다. 그 가운데 김현택이 손가락질하며 비양거리던 얼굴이 허준은 지금도 잊을 수가 없었다.

"백성들이 굶주리든 전염병에 신음하든 아랑곳하지 않고 서로 네가 옳으니 내가 옳으니 하며 다투는 조정 대신들을 보면 한심하기 그지없네. 도대체 백성들이 안중에 있는 건지 없는 건지 모르겠어."

남응명이 주막의 마당에 흐드러지게 피어 있는 배꽃을 보면서 말했다.

그도 그럴 것이, 조정은 동인과 서인으로 나뉘어서 당쟁이 격렬했다. 동인과 서인으로 나뉘게 된 것은 김효원이 전랑으로 추대되면서부터였다. 전랑이란 이조의 정랑과 좌랑을 합하여 일컫는 벼슬이었는데, 인사권을 쥐고 있었으므로 매우 중요한 자리였다. 하지만 심의겸이 이에 반대해서 김효원은 전랑 자리를 사퇴했다. 그런데 공교롭게도 김효원이 사퇴한 자리에 심의겸의 동생인 충겸이 앉게 되었다. 이에 김효원은 심의겸이 외척이라는 이유를 들어 이 인사를 반대했다.

이후 김효원을 추대하는 세력은 김효원의 집이 한양의

동쪽에 있다 하여 동인, 심의겸을 따르는 무리는 심의겸의
집이 서쪽에 있다 하여 서인이라 불렀다. 이들 사이에 눈에
보이지 않는 권력 다툼은 치열했다.
 "우리들이야 왕실의 건강을 지키면 되는 입장이지만, 나
라를 돌본다는 사람들이 자신들의 입장만 내세우고 있으니,
그 와중에 백성들만 곯지 않겠는가. 큰일일세."
 허준은 평안도에서 번지고 있다는 돌림병이 제발 온역이
아니기를, 그리고 그것이 온역이라 하더라도 백성들이 많이
희생되지 않기를 빌었다.
 허준이 집으로 돌아왔을 때는 꽤 늦은 밤이었다. 한양으
로 이사온 뒤 다솜은 바느질 일을 하지 않았다. 허준의 녹봉
이 그다지 많은 편이 아니어서 산청 살림에 비해 크게 나아
진 편은 아니었다. 그러나 다솜이 텃밭에다 콩, 옥수수 등을
심고, 채마밭에다는 채소를 가꾸어 이것들로 찬거리를 대신
해서 굳이 바느질 일을 하지 않아도 허준의 녹봉만으로 그
럭저럭 살아갈 수 있었던 것이다.
 명색이 내의원의 의원집인데 살림살이가 가난하다고 해
서 다솜이 불평을 하거나 부끄러워한 적은 한 번도 없었다.
남편 허준이 내의원이 되고서도 의학 공부를 게을리 하지
않는 모습을 지켜보며, 다솜은 그저 그런 남편이 존경스러
워 언제나 그 뜻을 공손히 받들고 따랐다.
 "어서 들어오시어요, 많이 피곤하셨지요?"
 다솜이 비틀거리고 들어서는 허준의 팔을 부축하자, 술
냄새가 풍겼다.

"약주를 드셨는지요?"
"많이 먹지는 않았소. 퇴궐을 한 뒤 동료들과 할 이야기가 있어서……."
허준은 방 안으로 들어가자마자 쓰러지듯 자리에 누웠다. 감당하지 못할 피로감이 몰려와 허준은 이내 잠에 빠져들었다.

다음날 입궐 시간이 되자, 허준은 어김없이 내의원으로 향했다. 봄이 한창 무르익어가는 때였지만, 날씨는 아침부터 찌뿌둥했다.
허준이 내의원에 당도해서 그날 일을 준비하고 있는데, 어의 양예수와 내의원 판관 정작이 내의원의 의원들을 불러모았다.
"돌림병 때문일 거야."
어젯밤 술을 마신 탓으로 얼굴이 푸석푸석한 이공기가 말했다. 허준도 말을 하지는 않았지만, 그러리라는 짐작을 하고 있었다. 평안도에서 돌림병에 관한 장계가 왔을 때부터 내의원에서는 벌써부터 온역이 아닐까 하고 수군거렸기 때문이다.
내의원의 의원들은 모두 양예수에게로 모여들었다. 다들 얼굴빛에 걱정이 잔뜩 서려 있었다. 먹구름장이 몰려든 것 같았다.
"나라가 병마로부터 평안할 때는 주상전하를 비롯한 왕실의 건강을 책임지지만, 나라가 돌림병으로 위태로울 때는 그 원인도 밝혀내는 것이 내의원의 소임이오."
 양예수는 얼굴빛을 근엄하게 하고, 그 자리에 모인 내의원의 의원들을 둘러보았다. 그 눈빛은 자리에 모인 의원들을 긴장시켰다. 양예수가 전염병이 도는 지역으로 파견할 의원을 뽑으려고 내의원 의원들을 집합시켰다는 것을 알고 있기 때문이었다.
 전염병이 창궐한 곳으로 간다는 것은 목숨을 건 모험이었다. 내의원에 있는 의원들은 아무도 그곳으로 가기를 원하지 않았다. 그러나 임무가 주어지면 따르는 것이 도리였다.
 "아직 이 돌림병이 무엇인지 밝혀지지는 않았소. 이 자리에 모인 여러분들은 각각 조를 나누어 평안도로 가야 할 것이오. 가서 병명을 알고 그에 맞는 약을 밝히는 것만이 주상 전하의 은혜에 보답하는 길이오."
 양예수의 말을 듣고 있는 동안 허준은 내가 뽑혀 가면 어찌하나 하는 생각에 손에서 땀이 배어났다. 그러면서도 한편으로 온갖 복잡한 생각이 다 떠올라 머리 속을 어지럽혔다. 권력 있고 지체 높은 사람들에게만 병이 찾아드는 것이 아니었다. 오히려 가난하고 힘없는 백성들에게 병이 훨씬 더 많았다. 거주하는 곳이 깨끗하지 못하고 먹는 것이 부실하니 당연한 이치였다. 따라서 잘 사는 양반보다 못사는 일반 백성들에게 의술이 더 필요했다. 그럼에도 어찌된 영문인지 의술은 힘 있고 권력 있는 사람들에게만 베풀어지고 있었다.

여기까지 생각이 미치자 허준은 마음이 아팠다. 이 순간에도 평안도의 많은 백성들이 돌림병에 시달리며 죽어가고 있을 터였다. 허준은 의술을 처음 배울 때 스승 유의태가 해준 말이 머리 속에 떠올랐다.
　'병자들을 진정으로 불쌍히 여기는 것, 그것이 의원의 첫번째 덕목이니라.'
　스승 유의태를 생각하자, 허준은 처음 의원이 되고자 했을 때의 다짐이 되살아났다. 권력이나 개인의 영달을 좇는 의원이 아니라 진정한 의술을 베푸는 의원이 되겠다던…….
　허준은 아랫니를 꾹 깨문 뒤 자리에서 나섰다.
　"내가 먼저 갈 것이오. 날 일조로 뽑아주시오."
　내의원 의원들의 눈이 일제히 허준에게 쏠렸다. 그 때였다.
　"나도 갈 것이오. 나도 일조로 뽑아주시오."
　허준은 깜짝 놀라 뒤를 돌아보았다. 그곳에는 이공기가 약간 굳기는 했지만, 결연한 표정으로 서 있었다.

　허준과 이공기는 황해도 사리원을 지나 송림을 거쳐 평안도에 들어설 때부터 심상치 않은 기운을 느낄 수 있었다. 평안도와 인접해 있는 황해도의 마을은 텅 비어 있는 곳이 많았다. 가재도구가 그대로 있는 것을 보아 대부분 돌림병을 피해 황급히 도망간 것이 분명했다.
　관아에 도착해 보았으나 관리들은 의원들을 맞을 준비를 조금도 하지 않고 있었다. 조정으로부터 내의원에서 의원들을 보낸다는 전갈을 보냈을 터인데도 무대책으로 있었다. 지방 아전들조차 전염병을 피하지 못해 태반은 죽거나 도망친 형편이니 그럴 만도 했다.

 허준과 이공기는 될 수 있으면 병자들을 직접 살펴보고 싶었다. 그러나 관아에서 협조하려 들지 않았다. 돌림병에 걸린 사람들과 접촉했다가는 자칫 자신들의 목숨마저 위태로워질지도 모른다는 생각 때문이었다. 허준은 그런 지방의 관속들을 원망하거나 나무랄 마음이 없었다. 목숨이 좌우되는 일에 선뜻 나선다는 것이 쉬운 일이 아님을 알기 때문이었다.

 허준과 이공기가 평안도에 들어선 지 어언 보름이 흘러갔다. 두 사람은 묘향산 자락에 있는 구장이라는 지방에서 연 나흘째 머무르고 있었다. 허준과 이공기는 황해도에 들어서자마자, 이번 돌림병이 온역이라는 확신을 얻었고 이에 관한 상세한 내용을 적어 조정에 장계를 보냈었다.

 문 앞에다 닭의 피를 발라놓으면 온역 균이 침입하지 못한다는 전설 때문인지 집집마다 문 앞에 닭의 피를 발라놓았다. 그러나 이는 그냥 속설일 뿐 닭의 피가 온역의 침입을 막지는 못했다. 닭의 피를 바른 집이건 안 바른 집이건, 온역은 한 번 한 집에 침입하면 집안 사람들의 생명을 모조리 앗아가 버렸다. 그리하여 온 마을 사람들이 하나도 살아 남지 못하고 몰살을 당한 경우도 있었다.

 돌림병에 걸린 사람들은 한결같이 머리에 부스럼이 나 있었을 뿐 아니라, 머리카락이 듬성듬성 빠져 있거나 고열에 시달리고 있었다.
 전염병이 돌자 평안도 일대는 민심이 매우 흉흉해졌다. 여기저기서 도적이 들끓어 백성들의 재산을 약탈했다. 그래도 관아는 제구실을 못하고 이들을 방치했다. 그도 그럴 것이, 당장 눈앞에 닥친 죽음과 싸우는 것이 급선무였던 것이다.
 황해도에서는 요동에서 왔다는 중 의연이 전라도 땅 전주 남문 밖으로 왕의 기운이 뻗쳐 있다는 소문을 퍼뜨리고 다닌다는 이야기까지 들려왔다. 왕은 한양에 있는데, 전라도 땅에 왕의 기운이 뻗쳐 있다고 하는 것은 현재의 임금 선조 이외에 다른 왕을 옹립할 수도 있다는 뜻이었다. 그러니 자연 민심이 불안해질 수밖에 없었다. 게다가 온역까지 퍼졌으니, 백성들의 살림은 더더욱 고달파질 수밖에 없었다.
 "아니, 이게 무슨 냄새인가?"
 이공기가 눈쌀을 찌푸리면서 물었다. 또 마을 근처에서 온역으로 죽은 사람들의 시체를 모아다 태우는 모양이었다. 허준은 얼른 무명수건을 꺼내 이공기와 자신의 입과 코를 막았다. 사람의 살이 타는 내음은 맡을 수 없을 만큼 역겨워서 내장을 뒤집어놓는 것 같았다.
 이공기가 얼른 뒤꼍으로 뛰어나갔다. 토악질을 하러 가는 것이 분명했다. 허준은 매우 난감했다. 도대체 어떻게 하면 병을 물리칠 수 있을지 알 수 없었기 때문이다.
 잠시 후 이공기가 들어왔다. 얼굴빛이 핼쑥했다.

"아무리 온역으로 죽은 사람의 병균이 산 사람을 덮친다고 해서 시신을 태워 없앤다지만, 나는 이 놈의 사람 살 타는 냄새는 도무지 참을 수가 없어."

얼마나 토악질을 심하게 했던지 이공기의 눈가에는 눈물이 질금질금 흘러나와 있었다.

"겨울에 춥지 않으면 봄에 반드시 온역을 앓는다는 말이 「황제내경」에 나와 있네. 지난 겨울이 따뜻했다면 미리미리 닥쳐올 우환에 대비해야 했어."

"그런데 도무지 병의 정체를 알 수 없지 않은가. 열이 나고 목이 마른 것을 치료하기 위해 몇 가지 약재를 써봤지만 크게 효험을 보지는 못했어."

"내 생각에는 말일세, 칡뿌리나 마황 작약, 감초 등을 쓰면 목이 마르거나 열을 내리게 할 수 있을 것 같아. 그 약재들 안에는 그런 성분이 있지 않은가."

"글쎄……."

"아니, 자네!"

허준은 이공기의 얼굴을 보고 소스라치게 놀랐다. 이공기의 귀 윗부분으로 분명 부스럼이 허옇게 퍼져 상투 끝으로 삐져나와 있었다. 그렇다면…….

"이게 웬일인가?"

"글쎄 몸에 열이 나고, 목이 뻣뻣해서 침을 삼키기도 힘들어."

허준은 잠자코 이공기의 맥을 짚어보았다. 맥이 빠르기도 하다가 느리기도 해 도무지 종잡을 수 없었다. 바로 온역의 증상이었다.
"아니, 자네 혹……."
허준은 뒷말을 계속하지 못했다.
"자네, 향소산을 마시지 않았는가?"
향소산은 온역을 예방하는 효과가 있었다. 그래서 온역에 걸리지 않은 사람들은 이 약을 마시고 있었던 것이다.
"자네 생각에도 온역이 맞다고 보는가?"
이공기가 물었다.
"언제부터 이랬나? 얼굴을 보니 그리 오래 된 것 같지는 않은데……."
허준은 목이 메었다.
"아무래도 온역에 걸려든 것 같네. 그러니 이제부터 나를 멀리 하게. 자네까지 전염시킬 수는 없네."
이공기가 맥을 짚고 있는 허준의 손을 떼어내면서 말했다.
"그게 무슨 소린가!"
허준은 짐짓 화를 냈다.
"나를 두고 자네는 그냥 가게. 그게 두 사람을 위하는 길일세."
이공기가 다시 한 번 말했다.
"그럴 수는 없네."
허준의 목소리는 단호했다.
"고집 피울 일이 아닐세. 자네라도 살아서 백성들을 병마로부터 구해야 하지 않겠는가. 내의원의 의원이 자신의 몸을 함부로 하는 것도 크나큰 불충이라는 것을 알아야지."
"내, 자네를 반드시 살리겠네."
 허준은 이공기의 두 손을 꽉 잡았다. 이공기의 손은 땀으로 축축했다.
"아니?"
 허준은 이공기의 얼굴을 자세히 바라보았다.
"자네의 손에서 땀이 나지 않는가. 아무리 온역에 걸린 사람이라 하더라도 몸에서 땀이 난다는 것은 몸의 기가 흐르고 있다는 뜻이라고 했어."
 허준은 일단 이공기를 자리에 눕힌 뒤 쉬게 했다. 온역에 걸리면 빠르게는 사나흘 안에, 늦어도 17일이면 목숨이 끊어졌다. 따라서 되도록이면 쉬게 하여 병균이 몸 안에서 급속도로 퍼지는 것을 막아야 했다.
 허준은 자신이 생각한 대로 약을 처방하기로 했다. 망설일 틈이 없었다. 이대로라면 이공기는 언제 죽을지 모르는 일이었다. 허준은 준비해 온 칡뿌리와 마황 등을 꺼냈다. 특히 허준이 처방하는 약이 칡뿌리의 효능을 위주로 하는 것인 만큼 어떤 것을 선택하느냐는 매우 중요했다.
 허준은 단오날에 채취하여 잘 말린 것으로 흙 속에 깊이 묻혀 있는 것을 택했다. 그렇게 만든 칡뿌리는 약효로서 가장 효험이 컸다.
 이공기가 자리에 누운 지 어느덧 열흘이 지났다. 처음 한동안 이공기는 허준을 보내려고만 했다. 그러다 무슨 생각을 했는지 허준이 처방한 약을 성실하게 먹었다.

허준의 정성에도 불구하고 이공기는 자리에서 일어날 수
없을 만큼 몸이 나빠졌다. 하지만 어느 순간에 이르자 더 이
상 낫지도 나빠지지도 않았다.
 허준은 애가 탔다. 허준은 매 시간마다 이공기의 맥을 짚
었다. 여전히 맥은 제대로 짚이지 않았다. 종잡을 수가 없었
다. 몸은 계속 고열로 시달려 이마가 불로 달구어진 숯덩이
를 올려 놓은 것만큼 펄펄 끓었다.
 보름이 지나자 이공기는 의식마저 오락가락했다. 의식이
있다가 없다가를 반복했다. 허준은 이공기의 곁을 떠나지
않고 진료했다. 그런 허준에게 아무도 가까이 오려 하지 않
았다. 온역에 걸린 사람과 함께 먹고 자고 했으니, 허준 역
시 위험할 것이라는 생각 때문이었다.
 허준은 밖으로 나와 툇마루에 걸터앉았다. 서산으로 노을
이 붉게 물들어 있었다. 많은 사람들이 병마에 신음하고 있
는데 하늘은 무심하게도 아름다운 저녁노을로 곱게 치장하
고 있었다.
 허준은 문득 한양에 있는 가족들의 소식이 궁금했다. 온
역이 벌써 멀리 남쪽까지 퍼지고 있다는 소문이고 보니 아
무래도 안심이 되지 않았다. 게다가 조정에서는 온역을 물
리칠 약을 찾으라는 성화가 대단했다.
 그 때였다.
 "이보게."
 의식이 돌아왔는지 이공기가 허준을 불렀다. 허준은 용수
철이 튕기듯 벌떡 일어나 방 안으로 들어갔다.

볼이 움푹 패인 이공기가 허준이 들어오는 것을 보며 말했다.
"자네의 생각대로 칡뿌리가 온역에 도움이 되는 것 같은가? 이토록 회복이 더딘 것을 보면……."
허준은 피골이 상접해진 이공기의 손을 꽉 잡았다.
"아무리 온역이라 해도 계절마다 쓰는 약이 다 다르지 않은가. 봄에는 칡뿌리만큼 효험을 보는 약이 없어."
"병에 걸린 지 이십일이 지나도록 내가 죽지 않은 것을 보면 그 칡뿌리가 효험이 있는 것도 같고, 그렇다고 낫지도 않는 걸 보면 별 효과가 없는 것도 같고……."
병마와 싸우느라 기력이 많이 빠진 이공기는 힘겹게 말을 이었다.
"어떤 약을 써도 좋네. 내 몸이 시험 대상이라고 생각하고, 온역을 이길 수 있는 약을 꼭 찾아내게."
말을 마친 이공기의 눈에서 눈물이 주르륵 흘러내렸다.
잠시 후 이공기는 다시 의식을 잃고 혼수상태에 빠져들었다. 허준은 꼼짝하지 않고 이공기 곁에 앉아 그의 병세를 지켜보았다.
허준은 가슴이 터질 것만 같았다. 자신에게 생명을 맡기고 속수무책으로 누워 있는 친구를 생각하자 어찌할 방도를 찾지 못하고 있는 자신의 무능력에 가슴이 답답했다.
어느새 통행 금지를 알리는 인경이 울렸다. 허준은 어둠 속에서 이공기를 바라보았다. 창호지로 엷게 흘러드는 달빛에 비친 이공기의 모습은 퍽 평화스러워 보였다. 하지만 조금만 자세히 살펴보면 그게 전혀 아니었다.
 그렇지 않아도 숱이 많지 않던 그의 머리는 온역을 앓아 듬성듬성 빠진 것이 상투를 틀어올리기도 힘들 정도였다. 그리고 몸에서 나는 열 때문에 입술이 허옇게 타서 보풀이 일어 꺼칠꺼칠했다. 입술 양쪽 끝에는 크고 작은 물집이 잡혀 있기도 했다.
 "아니!"
 한순간 허준은 호흡이 멎는 것만 같았다. 이공기가 숨을 쉬지 않는 것 같았기 때문이다.
 허준은 떨리는 가슴을 진정시키며 이공기 곁으로 가서 맥을 짚었다.
 아, 이게 웬일인가. 이공기의 맥이 규칙적이고 힘차게 뛰고 있었다.
 허준은 몸을 낮추어 이공기의 코에 귀를 가져다 댔다. 호흡소리가 고르고 평화로웠다.
 허준은 이공기의 이마에 손을 갖다 대어 보았다. 어느새 열이 내려 있었다.
 허준은 이공기의 발을 만져 보았다. 온역에 걸려도 나을 수 있는 사람은 발에까지 땀이 났다. 그것은 온몸에 기가 통한다는 증거였다. 아니나다를까 이공기의 발도 땀으로 축축했다.
 어느덧 허준의 눈에서는 기쁨의 눈물이 흘러나오고 있었다. 그 눈물 한 방울이 이공기의 얼굴 위로 떨어졌다. 이공기는 그것도 모르고 깊은 잠에 빠져 있었다.

이공기는 허준의 극진한 보살핌으로 몸을 회복했고, 허준의 치료를 통해 칡뿌리가 온역에 효험이 있다는 것이 밝혀진 것은 온역의 기세가 한풀 꺾였을 때였다.
조선 팔도를 강타했던 온역은 많은 사상자를 내고 서서히 수그러들었다.

12
임금에게서 인정을 받다

 온역을 겪은 뒤 허준은 큰 깨달음을 얻었다. 질병을 얻어서 그것을 치료하는 것보다 미리미리 예방하여 아예 병이 생길 근원을 없애는 것이 가장 좋은 치료법이라는 것을.
 온역만 하더라도 그랬다. 지난해 겨울이 춥지 않으면 나쁜 균들이 죽지 않고 겨울을 났을 것이 틀림없었다. 「황제내경」에도 지나간 겨울이 춥지 않으면 이듬해 봄에는 반드시 온역이 유행한다고 나와 있지 않은가. 물 같은 것은 미리미리 끓여 마시고 조심을 해야 했다. 그러나 백성들은 그런 것을 잘 알지 못했고, 나라에서도 백성들에게 그런 것을 미처 가르치지 못했다. 그리고 알고 있는 사람이라 하더라도 가난한 백성들은 배를 채울 양식조차 없는 처지라 물을 끓여 먹는다든가 병을 예방한다는 생각을 할 여유가 없었다.

허준은 그저 조선의 백성들을 생각하면 안타깝고 불쌍하기만 했다.
그 해 가을 조선에는 커다란 사건이 터지고 말았다. 정여립이라는 사람이 역모를 꾀했다고 해서 많은 사람들이 잡혀와서 의금부와 전옥서(사람을 가두어두는 곳)에 갇히고 고문을 당했던 것이다. 그 바람에 대궐 안은 분위기가 살벌했다. 내의원도 예외는 아니었다.
허준은 지난 봄 평안도에서 들었던, 전라도 땅에 왕의 기운이 뻗쳐 있다는 소문이 생각났다.
정여립은 전라도 전주 사람으로, 처음에는 서인이었으나 동인이 집권하자 동인에게 아부하여 비방을 받게 되었다. 그러자 벼슬에서 물러나 여러 선비들과 접촉하면서 정권을 잡으려는 욕심으로 대동계를 조직했다. 그러는 한편으로 전라도 땅에서 임금이 나온다는 소문을 유포하여 모반을 꾀했다. 그러나 결국 모의가 탄로나서 진안 죽도로 도주했다가 자살하고 말았다.
조정에서는 이를 기화로 동인들을 박해하기 시작했고, 이 사건에 연루된 많은 사람들이 죽거나 유배를 당하는 기축옥사가 일어나게 되었다.
"어디엘 다녀오시오?"
생각에 잠겨 걷고 있던 허준 앞에 왕자 광해군이 웃는 얼굴로 서 있었다. 허준은 허리를 굽혀 광해군에게 인사했다.
허준은 광해군과 친했다. 광해군이 체증에 걸렸을 때 허준이 침을 놓아 낫게 해준 적이 있는데, 이 때 허준의 인품에 감동한 광해군은 허준에게 건강에 관한 것 뿐만 아니라 다른 일도 많이 의논했다. 더구나 어머니인 공빈 김씨가 산후통으로 죽고 인빈 김씨가 들어온 뒤부터 광해군은 허준에게 정신적으로 많은 것을 의지했다.
"서고에 다녀오는 길이옵니다."
허준은 공손하게 대답했다.
"책을 많이 읽었소?"
열다섯 살의 광해군은 나이에 비해 성숙했다. 학문으로나 인품으로나 모든 면에서 형인 임해군보다 뛰어났다.
"중국인의 체질과 우리 조선인의 체질이 어떻게 다른지를 알아보고 오는 길이옵니다."
"어떻게 다르오?"
광해군은 눈을 총명하게 빛내며 물었다.
"중국인의 체질에 관한 것은 잘 나와 있지만 우리 조선인에 관해서 자세히 나와 있는 책은 그다지 많지 않았습니다."
광해군은 잠자코 고개를 끄덕였다.
광해군은 무슨 걱정이라도 있는지 얼굴이 매우 수척했다. 허준은 광해군의 얼굴이 왜 수척한지 어느 정도 짐작할 수 있었다.
선조는 인빈 김씨가 낳은 아들 신성군을 무척 사랑했다. 아버지가 아들을 사랑한다는 것이 나쁠 것은 없지만, 신성군과 광해군은 서로 어머니가 달랐다. 그런 아버지를 볼 때마다 광해군은 돌아가신 어머니 공빈 김씨가 그리워 기분이 울적해졌던 것이다. 그도 그럴 것이, 광해군은 한창 감수성이 예민한 열다섯의 나이지 않은가.

"허 주부(허준의 벼슬, 내의원의 벼슬로 종 6품에 해당함)는 내의원 안에서도 공부를 게을리 하지 않는 의원으로 소문이 자자하다고 들었소."

"지나친 칭찬이시옵니다."

허준은 얼굴을 붉히고 머리를 숙였다. 벌써 마흔다섯의 나이였지만, 칭찬을 들으면 허준은 아이들처럼 부끄러워했다. 게다가 내의원의 의원이면 큰 변고가 있든지 없든지 열심히 공부를 해야 한다는 것은 당연한 의무가 아니던가. 그런 뜻에서 광해군의 말은 허준에게 괜한 칭찬으로까지 들렸다.

허준은 무슨 말을 해서든 광해군을 위로하고 싶었다. 아버지인 선조의 사랑이 아무리 신성군에게만 쏟아지더라도 왕자로서의 의연함을 잃지 말라고 말해 주고 싶었다.

허준이 어떻게 말해야 왕자에게 위로가 될까 생각하고 있을 때였다. 나인 하나가 힐레벌떡 뛰어왔다. 자세히 보니 인빈 김씨의 처소에 머물고 있는 나인이었다.

"무슨 일이냐?"

광해군이 나인에게 물었다.

"마마께서 허 주부님을 급히 찾으십니다요."

"무슨 일로 나를 찾으신다는가?"

허준은 의아스러운 눈으로 나인을 바라보았다.

"정원군 마마의 환후를 허 주부님께서 돌보라는 명이 있으셨습니다."
"왜 나를?"
정원군은 인빈 김씨의 소생이었다. 정원군의 환후에 대해서는 허준도 어느 정도 알고 있었다.
양예수는 정원군에게 병증이 있는 것을 초기에 발견하고 김현택에게 그 치료를 맡겼었다. 그것은 치료하기가 그다지 어려운 병이 아니라는 뜻이었다.
김현택은 양예수가 손발처럼 부리는 사람이었는데, 만약 정원군의 병을 낫게 한다면 더없이 큰 공을 세우는 일이었다. 더구나 정원군이 누구인가. 선조의 총애가 하늘과 같은 인빈 김씨가 낳은 아들이 아니던가.
그런데 이제 와서 그 동안 치료를 맡아왔던 김현택을 제쳐두고 허준을 찾는다는 것은 뭔가 께름칙한 기분이 드는 일이었다.
광해군도 같은 생각이었는지 나인에게 물었다.
"정원군이라면 김현택이 진료하고 있는 것으로 알고 있는데?"
"하온데 그 김현택이 허 주부님을 천거했다 하옵니다. 지난 봄에 온역에 걸린 이공기를 낫게 했다는 사실도 이미 주상전하와 인빈마마에게 간곡히 아뢰었다 하옵니다."
허준은 불현듯 함정이라는 느낌이 들었다.
지난 봄 허준이 온역에 걸린 이공기를 완치시키고, 칡뿌리가 온역에 효험이 있다는 것을 밝혀내는 공로를 세운 뒤 내의원의 분위기는 크게 두 갈래로 나뉘었다. 한쪽은 허준의 재능을 크게 인정하고 기대하는 정작, 남응명, 이명원 등이었고, 다른 한쪽은 허준을 시기하고 모함하는 김현택 등이었다.

그런 김현택이 허준을 천거했다면 정원군의 병이 낫기 어렵다는 뜻이었다. 자신이 돌보던 중에 정원군이 죽게 되면 큰 벌을 받게 되지만, 허준이 돌보다 죽게 되면 그 벌은 허준이 받게 되는 것이었다. 즉 책임을 전가하기 위한 계략임이 분명했다. 게다가 허준으로서는 더욱 불리한 것이, 김현택은 어의 양예수라는 커다란 언덕받이가 있지만 자신은 기댈 만한 세력이 아무 데도 없다는 것이다.

광해군도 같은 생각을 했는지 착잡한 눈으로 허준을 바라보았다.

"김현택이 허 주부를 궁지에 몰아넣는 것이 틀림없소. 아바마마에게는 자신보다 더 실력 있는 허 주부를 천거한다는 그럴 듯한 이유를 달고 말이오. 어떻게 하실 생각이오?"

허준은 정신이 아찔했다. 내의원 의원 김현택이 포기한 왕자의 병은 쉽게 고칠 수 없는 병임에 틀림없었다. 허준이라고 해서 고친다는 보장이 없었다.

왕자의 병을 고치지 못한다는 것은 무엇을 뜻하는 것인가. 내의원으로서의 생명이 끝나는 일일 뿐 아니라 어떤 경우는 목숨까지 잃을 각오를 해야 했다.

그 순간 허준의 머리에는 아내 다솜과 아들 겸이의 얼굴이 떠올랐다.

"어찌할 것이오?"

광해군은 안타까운 얼굴로 허준에게 재우쳐 물었다.
허준은 그런 광해군을 바라보며 결연히 말했다.
"병자가 있는 곳에 의원이 있는 것은 당연한 일입니다. 일생 의원으로 살고자 하는 제가 어찌 병자를 가려서 치료하겠습니까. 더군다나 주상전하의 명은 하늘과 같은 것이옵니다. 의원으로서의 제 생명을 걸고 정원군의 환후를 돌보겠사옵니다."
"허 주부······."
광해군은 눈물이 글썽글썽한 눈으로 허준을 바라보았다.
허준은 광해군에게 허리를 깊이 굽혀 인사한 다음 곁에 서 있던 나인에게 말했다.
"가자."
허준이 인빈 김씨의 처소인 저경궁 쪽으로 사라지는 모습을 광해군은 오랫동안 눈물에 젖은 눈으로 바라보았다.

허준이 저경궁에 당도하자, 인빈 김씨는 버선발로 댓돌까지 뛰어나왔다. 비빈의 체통으로 보자면 있을 수 없는 일이었지만, 아들을 걱정하는 어머니의 마음으로는 이해할 수 있는 일이었다.
허준은 곧 정원군이 누워 있는 방으로 들어갔다.
"지난 봄 온역이 창궐할 때 허 주부가 어떻게 행하셨는가 그 행적을 낱낱이 들었소. 허 주부라면 우리 정원군을 살릴 수 있을 것이오. 김현택을 물리치고 허 주부를 청한 사람이 바로 나요."

"지나친 칭찬이시옵니다."

허준은 인빈 김씨에게 공손히 머리를 숙인 뒤 정원군을 바라보았다. 정원군은 자리에 누워 있었는데, 얼굴에는 수포(살가죽이 부풀어올라 물집이 잡힌 것)가 생긴데다가 열이 많은 것이 두창이 분명했다. 그것도 초기가 아니라 상당히 진행된 이후라서 자칫 목숨을 잃을 수도 있었다.

허준은 김현택이 왜 굳이 인빈에게 자신을 천거했는지 알 것 같았다. 허준은 정원군을 진맥하기 위해 눈을 감았다. 두창이라면 천연두의 다른 이름으로 전염성이 높고 고치기가 매우 까다로운 돌림병이었다. 갑자기 높은 열이 나면서 온몸에 발진이 나는 것이 주요 증상이며, 낫는다고 해도 발진났던 자리의 자국이 남아 얼굴이 얽어 곰보가 되는 병이었다. 거슬러 올라가면 태종 18년인 무술년 정월에 성녕대군 종이 두창으로 죽었고, 그 이후로도 왕실 뿐만 아니라 일반 백성들 중 많은 아이들이 두창으로 죽어갔다.

허준이 눈을 감고 가만히 있자, 인빈은 몸이 다는지 허준에게 바싹 다가앉으며 물었다.

"어떻소? 살릴 수 있겠소?"

허준은 인빈을 바라보았다. 인빈의 눈에는 아들을 걱정하는 어머니의 간절한 빛이 가득 담겨 있었다.

"의원으로서의 소임을 다할 뿐입니다."

"그것이 무슨 소리요! 정원군이 죽을 수도 있다는 말 아니오?"

인빈 김씨의 눈에서 퍼런 불꽃이 일었다.

"인빈마마, 최선을 다할 것이옵니다. 하오나……."
"하오나? 아니 될 말이오. 만약 우리 정원군이 어찌 되면 그 땐 허 주부에게 그 책임을 물을 것이오!"
허준은 난감했다.
어린 정원군은 어머니 인빈의 안타까움을 아는지 모르는지 혼수 상태에서 깨어나지 않았다. 불현듯 허준은 정원군이 안쓰러웠다. 만약 아들 겸이가 조금 빨리 장가를 들었다면 자신에게 이 정도의 손자가 있을 법도 했다.
"인빈마마, 우선 그 동안 정원군마마의 시중을 들던 상궁과 무수리와 의녀 몇을 제외하고는 아무도 저경궁에 들지 못하도록 해주십시오."
"그건 왜요?"
"지금 정원군마마가 앓고 있는 두창은 전염성이 매우 강한 것이옵니다. 특히 어린 무수리들이 이곳저곳으로 다니면 궁궐 안의 다른 사람들에게 옮겨질까 두렵사옵니다."
"무엇이오? 정원군을 살려내라고 했지 다른 사람들을 걱정하라고 했소?"
"인빈마마!"
허준은 화가 치밀었다. 왕자의 목숨이 중요하듯, 궁궐 안에 있는 나이 어린 무수리들이나 나인, 의녀들의 목숨도 존귀한 것이었다.
"알았소. 정원군이 너무 걱정되어 그만……."
허준의 마음을 알았는지 인빈은 조금 누그러졌다.
인빈의 명령으로 그 동안 정원군을 돌보던 상궁과 무수

리와 의녀를 제외하고는 아무도 저경궁에 들지 않았다. 그들은 저경궁 근처에서만 머물렀고 다른 곳으로 다니지 못하도록 했다.

허준은 일단 두창의 전염을 막기 위해 정원군의 배설물을 종이에 싸서 불에 태우게 했고, 정원군이 입었던 옷은 반드시 물에 삶도록 했다.

허준은 정원군을 치료하는 동안 저경궁을 나서지 않았다. 잠도 정원군과 함께 잤다. 하루 종일 정원군의 곁을 지키고 앉아 정원군의 고름을 닦아내고 약을 달여서 마시게 했다.

허준의 정성이 얼마나 지극한지 어머니 인빈이 감동할 정도였다.

두창은 다섯 부분으로 나뉘어 병이 진행되는데, 맨처음 열이 나는 기간과, 콩 같은 돌기가 생기는 기간, 그 돌기가 부푸는 기간과 고름이 맺히는 기간, 그리고 딱지가 앉는 기간으로 나뉘었다.

정원군은 그중 세번째인 돌기가 부풀어서 고름이 맺히는 중이었다. 다행스러운 것은 허준이 처방한 약을 마신 뒤 정원군의 얼굴에 난 녹두 크기 같던 수포의 색깔이 점점 물빛으로 변해 간다는 것이었다. 그것이 검은 빛으로 변하면 매우 위험한 징조인데, 그렇지 않다는 것이 천만다행이었다.

얼마 후 정원군의 얼굴에 났던 물빛 수포는 점점 사라져 나중에는 딱지로 앉았다. 일단 위험한 고비는 넘긴 것이었다.

정원군이 건강을 회복하기 시작한 것은 허준이 돌본 지

열흘만이었다. 허준은 그 열흘 동안 얼마나 애를 썼는지 몹시 지치고 피곤했다. 그러나 차츰 건강을 회복해 가는 정원군을 보자 그 동안의 어려움이 전혀 느껴지지 않을 만큼 보람이 느껴졌다.
 "고맙소. 역시 허 주부요. 이 은혜는 평생 잊지 않을 것이오."
 정원군이 거의 낫게 되자, 인빈은 정원군을 안은 채 기쁨을 감추지 못했다.
 "황공하옵니다."
 그 때였다.
 "주상전하 듭시오."
 인빈 김씨와 허준은 자리에서 일어나 임금 선조를 맞았다. 선조는 자리에 앉자마자 허준을 칭찬했다.
 "허 주부의 이야기는 여러 차례 들었소. 우리 조선에도 허 주부 같은 의원이 있다는 것이 얼마나 자랑스러운지 모르겠소."
 "황공하옵니다."
 허준은 머리를 숙였다. 이번 일로 허준은 선조에게서 큰 상을 받을 것이 너무도 분명했다. 그러나 허준은 큰 상을 받게 되어 기쁜 것이 아니라, 자신의 치료를 받고 정원군이 나았다는 사실이 더욱 기뻤다. 한 생명을 구한 뒤에 느끼는 희열…… 그것은 의원이 아니면 아무도 느낄 수 없는 것이었다.
 "허 주부가 원하는 것이 있으면 말해 보시오. 우리 정원군을 살려준 보답으로 허 주부의 소원이라면 과인이 무엇이든 들어줄 것이오."

그러나 허준은 바라는 것이 없었다.

"내의원에 속해 있는 의원으로 당연히 해야 할 일을 했을 뿐이옵니다. 상을 바란 적은 없사옵니다."

인빈 김씨에게서 정원군을 받아 안은 선조는 웃는 낯으로 허준을 바라보았다.

"허 주부에게 당상(정3품)의 가자(품계를 올리는 일)를 내릴 것이오."

"성은이 망극하여이다. 하오나 주상전하……."

"더 이상 말하지 마오. 내가 이러는 것은 우리 정원군을 살려냈기 때문만은 아니오. 내의원에서 허 주부만큼 열심히 공부하는 의원이 없다는 것을 알기 때문이오."

"과찬의 말씀이시옵니다."

허준은 선조의 칭찬에 몸둘 바를 몰랐다.

"내의원의 의원이 되었다는 이유만으로 태만하게 세월을 보내는 다른 위원들에게도 허 주부는 귀감이 될 것이오. 세종대왕께서는 천민인 장영실을 불러 벼슬까지 내리셨소. 재주 있고 성실한 사람은 그에 합당한 대우를 해야 한다는 것이 과인의 생각이오."

정3품이라면 명문 양반도 쉽게 오를 수 있는 자리가 아니었다. 더구나 서출인 허준으로서는 꿈에서나 겨우 받을 수 있는 직위였다. 허준은 임금의 깊은 배려에 감사하며 엎드려 큰절을 올렸다.

그러자 선조는 흡족한 목소리로 일렀다.
"이제 돌아가 좀 쉬도록 하시오. 허 주부가 근 열흘 동안 잠 한숨 제대로 자지 못했다는 말을 인빈에게서 이미 들었소."
허준은 선조에게 다시 한 번 절을 한 뒤 저경궁을 물러났다. 12월의 짧은 해가 서산으로 뉘엿뉘엿 넘어가고 있었다.
허준이 정3품으로 품계가 높아진다는 것은 내의원의 다른 의원들에게 커다란 충격이었다. 이공기를 비롯해서 평소 허준과 스스럼없이 지내던 사람들은 마치 자신들의 일인양 기뻐했지만, 김현택은 그렇지 않았다. 자신이 인빈 김씨에게 허준을 천거했으니, 자신에게도 그만한 댓가가 있어야 한다고 공공연히 떠들고 다녔다.
솔직히 말하자면 허준도 기뻤다. 어려서부터 자신의 신분 때문에 뼈저리게 느껴왔던 아픔이 이로써 치유가 되는 셈이었다. 그러나 허준은 그런 기분을 내색하지 않았다. 자신에게만 너무 좋은 일이 생기니 다른 사람들에게 공연히 미안하고 민망했던 것이다. 하지만 허준의 이런 기쁨은 잠시였다. 사헌부와 사간원에서 연일 상소가 올라왔던 것이다.
상소를 올린 사람들은 양반 출신이 아닌 허준에게 정3품의 품계를 내리는 일은 나라의 법도에 어긋날 뿐 아니라, 자신들이 숭상하는 학문에도 위배되는 일이라고 주장했다.
이 사실을 알게 되자 허준은 무척 괴로웠다. 실력을 인정받아 높은 자리를 하사받았건만, 타고난 신분이 다시 자신의 발목을 붙잡는 것이었다. 반쪽짜리 양반이라는 멍에가 지금까지도 그를 속박하고 괴롭히는 것이었다.
 조선 시대의 신분 제도는 성리학적 신분 관념을 바탕으로 이루어졌다. 크게 양반, 중인, 양민, 노비 등 넷으로 나뉘었다. 이 가운데 양반은 지배층으로서 벼슬에 나아가 나라의 정책을 세우고 백성들을 다스렸으며, 중인은 그 밑의 계급으로 양반을 보좌하는 위치였다. 양민은 생업에 종사하면서 나라를 꾸려나갈 세금을 냈고, 노비는 주인에게 예속된 최하층민이었다.
 양반들은 양반의 수효가 많이 늘어나지 않도록 제도화했다. 왜냐하면 양반에게는 권력이며 재산 등 모든 면에서 유리한 점이 많았는데, 이러한 양반의 숫자가 많아지면 기존의 양반들에게 돌아오는 이점이 적게 되기 때문이었다.
 그러한 제도 가운데 하나가 양반의 자식이긴 하지만 정실 부인이 아닌 첩의 몸에서 난 자식은 양반으로 대우해 주지 않는 서얼차별 제도였다. 벼슬길에 나아가는 데도 제한이 있었고, 사회적으로도 차별 대우를 받았다.
 어찌 보면 계급 사회에서 기득권을 지키기 위해 이러한 제도를 도입시킨 것은 시대적인 상황으로 보아 당연한 일이었다. 그러나 막상 서얼로 태어난 사람들로서는 차별 대우를 받는 것이 여러 모로 억울했다. 같은 아버지한테서 태어났지만 어머니에 따라 어떤 자식은 양반으로 행세하며 살고 어떤 자식은 중인 신분으로 전락하여 살아가야만 하는 현실에 울분을 많이 느꼈다. 더구나 실력이나 능력이 뛰어나도 신분 때문에 앞길이 막히게 된 사람들은 더더욱 그랬다.
 허준 역시 마찬가지였다. 정실 자식으로 태어났으면 벌써 크게 성공했을 터인데, 서출이라는 사실 때문에 과거 시험을 보지도 못했다. 그래서 중인이 할 수 있는 의원이 되어 실력을 인정받아 임금이 벼슬을 내렸는데도 바로 그 서얼이라는 신분 탓으로 반대에 부딪혀 마음이 많이 상하게 된 것이었다.
 이런 마음을 알았는지 정작이 술자리를 마련해서 허준을 불렀다.
 "너무 마음 쓰지 말게나. 벼슬이라는 것은 한낱 흐르는 물과 같아. 흘러가면 그뿐이지 않는가. 한세상 사는 데 벼슬이 높아지면 얼마나 높아지겠는가."
 "……."
 허준은 정작의 위로에 뭐라고 대꾸할 말을 찾지 못했다.
 "자네야 실력 있는 의원이 되기 위해 의학을 공부하고 그것을 바탕으로 의술을 갈고 닦는 데서 더 큰 기쁨을 얻을 수 있지 않은가?"
 장작은 이미 얼큰하게 취해 있었다. 허준은 이런 말을 하는 정작의 마음을 이해했다.
 허준은 중인 출신으로 의원직을 택한 것이지만 정작은 양반의 피를 온전히 이어받은 사람이었다. 그의 아버지 정순붕은 좌의정까지 지낸 권세가였다. 그러나 명종 임금 시절 을사사화를 일으켜 무고한 많은 사람들을 죽게 한 것이 문제가 되어 가문이 몰락했다. 그러므로 정작 역시 마음에 아픈 구석이 많은 사람이었다.
 그런 정작의 말이므로 허준은 그 뜻을 백 번 이해하고 받아들일 수 있었다. 하지만 허준이 서운해 하는 것은 그것 때문만이 아니었다.
 "벼슬이야 아무러면 어떻습니까. 제가 벼슬에 연연해 하는 사람도 아니질 않습니까. 제가 마음이 상한 것은 의술을 천한 것으로 여기는 이 나라 양반들 때문입니다."
 허준은 정작이 채워준 술을 단숨에 마시고 난 뒤 말을 이었다.
 "의학이라는 것이 무엇입니까? 사람의 목숨을 다루는 일 아닙니까. 세상에 사람의 생명보다 존귀한 것이 도대체 어디 있습니까. 그런 생명을 다루는 일이 의학일진대, 어찌 그런 의학을 무시하고 가벼이 여긴단 말입니까."
 허준은 울분을 토했다.
 "나도 같은 생각이네. 하지만 어쩌겠는가. 저들 생각을 쉽사리 고칠 수 없는 게 현실인데. 그래서 전혀 힘이 없는 벼슬인 내의원 판관 자리에 죽하면서 지내는 수밖에……."
 하긴 그랬다. 정작의 벼슬인 내의원 판관은 직접 의술을 베푸는 자리가 아니라 내의원의 의원들을 관리하는 벼슬이었다. 그렇다고 정작은 내의원의 의원들을 관리하는 것으로만 그치지는 않았다. 누구보다 열심히 의술을 공부했다. 때문에 정작의 의학에 관한 조예는 내의원의 어떤 의원 못지 않게 깊었다. 허준은 그런 정작을 마음 속 깊이 존경하고 있었다.

"이번 일로 주상전하의 심기만 불편하시게 한 것 같아 이만저만 송구스러운 게 아닙니다. 이쯤해서 제가 스스로 물러서는 것이 도리이다 싶습니다."

허준이 머리를 숙이고 조용히 이야기하자, 정작은 마시던 술잔을 자리에 탁 내려놓으며 눈을 부릅떴다.

"무슨 소리! 왕명이 얼마나 엄한지 모르고 그런 소리를 하는가! 상소가 빗발치든 원성이 자자하든 자네가 나설 일이 아닐세. 벼슬을 내린 분도 주상전하, 거두어 가시는 분도 주상전하일세. 결정은 주상전하께서 알아서 하실 것일세. 신하인 우리는 어명을 그냥 따르기만 하면 되는 것일세."

"예, 무슨 말씀인지 알겠습니다."

"그리고 내의원에도 이런 선례가 필요하네. 누구든 재주만 있으면 그만한 보상을 받는다는 것, 이는 내의원 전체의 사기를 높이는 데도 꼭 필요한 일일세."

허준은 정작의 이야기가 백번 옳다는 생각이 들었다. 그래서 아무리 조정 대신들의 상소로 마음이 불편해도 참고 견뎌내겠다고 마음먹었다.

"네, 명심하겠습니다."

허준은 잠자코 술을 마셨다.

"아무튼 우리 백성들만 불쌍하지 뭔가. 요즘 일본의 움직임이 심상치 않다는 말 들어보지 못했는가? 도요토미 히데요시라는 사람이 일본을 통일해서 지금 그 힘이 하나로 모이고 있다는 게야. 몇년 전 율곡 선생이 주장하신 십만 양병설이 괜한 걱정은 아니었던 듯하이. 그런데 지금 조정 대신들은 남인과 북인으로 나뉘어 다투고만 있으니, 장차 이 일을 어쩔꼬……."

 정작의 말을 듣자 허준도 마음이 무거워졌다. 나라의 앞날이 걱정스럽기 그지없었다.

 "그건 그렇고……."

 허준은 정작에게 조심스레 말을 꺼냈다. 허준이 입을 열자, 정작은 무슨 일인가 하는 얼굴로 허준을 바라보았다.

 허준은 한동안 머뭇거리다가 입을 떼었다.

 "전에 제가 부탁했던……."

 "형조에 관한 것 말인가?"

 허준은 얼마 전 정작에게 부탁을 한 가지 했다. 그것은 의문사한 사람의 시체를 부검할 때, 꼭 한번 볼 수 있게 해달라는 것이었다. 모름지기 한 나라의 내의원임에도 사람의 내장이 어떻게 생겼는지, 사람의 뼈가 어떤 모습으로 구성되어 있는지를 단지 살가죽 겉으로만 만져보거나, 중국에서 건너온 그림으로만 안다는 것은 옳지 않다 싶었다. 그래서야 이렇게 제대로 사람을 치료할 수 있겠는가.

 허준은 사람의 몸 안을 똑똑히 들여다보고 싶었다. 밥을 먹으면 어디를 통해서 어떻게 위장에 전달되며, 위 속에는 어느 정도의 음식이 들어갈 수 있는지, 대장의 길이는 얼만큼 되며, 폐장에 병이 생기면 어떻게 되는지를 꼭 한번 보고 싶었던 것이다.

 그러기 위해서는 죽은 사람의 몸을 해부해야 되는데, 그것은 매우 어려운 일이었다. 조선은 엄격한 유교 사회였다.

유교 사회에서 사람의 몸은 부모가 물려준 그대로 터럭 끝 하나라도 훼손하지 않는 것이 도리라는 사상이 뿌리 깊이 박혀 있었다. 사람의 죽은 시신 또한 산 사람 못지 않게 중요하게 여겨 시체를 함부로 다루거나 해부하는 것은 죽은 사람에 대한 모독으로 받아들였다. 때문에 아무리 의원이라고 해도 사람의 몸을 들여다볼 수 있는 기회는 거의 없었다.
 그러던 중 허준이 궁리해낸 것이 의문사한 사람의 사인을 밝히기 위해 사체를 부검할 때 옆에서 지켜본다는 것이었다. 그것이 물론 어려운 일이고 국법으로 금하고 있는 일인 줄은 허준도 알고 있었다. 그래서 형조에 줄이 닿는 정작에게 각별히 부탁했던 것이다.
 허준의 말을 듣고, 정작은 어두운 표정으로 말했다.
 "일단 형조에 말은 해 보았네만…… 될는지 모르겠네. 사실 나 역시 의학을 공부하면서 사람의 몸 안이 어떤 모습인지 매우 궁금하다네. 그러나 만약 발각이 되면……."
 "그래도 힘을 좀 써봐 주십시오."
 허준의 눈빛은 간절했다. 어느새 사간원과 사헌부에서 자신의 품계 때문에 상소 올린 일로 인해 기분이 상했던 사실조차 까마득히 잊고 있었다. 정작 역시 조금 전에 허준과 나눈 대화가 무엇인지 아득히 잊어버렸다. 두 사람 다 어떻게 하면 사람의 몸을 들여다보고 사람의 몸에 대해 제대로 알아 좀더 나은 의술을 펴느냐 하는 생각만 골똘히 할 뿐이었다.
 "그러세, 힘써 봄세."

정작은 허준의 손을 잡고 웃는 얼굴로 흔쾌히 고개를 끄덕였다. 허준은 마주잡은 정작의 손에 힘을 주었다. 허준의 눈앞에서는 사람의 몸 속이 이렇게 생기지 않았을까 하고 평소에 생각했던 모습이 실물을 보는양 어른거렸다.

그러나 그런 기회는 쉽사리 오지 않았다. 일단 부검할 만한 시신이 많은 것도 아니고, 설혹 있다 하더라도 기회가 수월하게 닿지 않았다. 하지만 허준도 정작도 끈기를 가지고 오래도록 기다렸다.

그러는 동안 한 계절이 지나갔다. 중인인 허준에게 정3품의 벼슬을 내린 데 대한 사헌부나 사간원의 상소도 줄었다.

사헌부나 사간원에서 올라오는 상소가 줄어든 것은 임금인 선조의 태도가 워낙 완강했기 때문이다. 선조는 허준의 품계 올리는 일을 요지부동으로 밀어붙였고, 대신들도 선조의 뜻을 꺾을 수 없다는 것을 알았던 것이다. 뿐만 아니라 서인과 동인으로 나뉘어 있던 조정은, 동인이 다시 남인과 북인으로 나뉘는 우여곡절을 겪고 있는 와중이라 허준의 벼슬에 관한 문제를 더 이상 물고 늘어질 수 없었다.

당이 자꾸 나뉘는 것은 서로간의 학문적 바탕이 다르기 때문이었다. 정치와 학문이 밀접한 연관이 있던 조선시대에는 학문에 대한 생각이 다르다는 것은 곧 정치에 관한 입장이 다르다는 것을 의미했다. 이로 인해 조정은 엄청난 회오리바람에 휩싸였다.

허준이 일을 마치고 손을 씻고 있는데, 정작이 전갈을 보내 왔다.

"지금 유의께서 오시랍니다."
유의는 내의원 판관이던 정작이 승진한 벼슬이었다. 어의로 있던 양예수는 태의로, 정작은 유의로 승진해 있었다.
허준은 정작이 자신을 은밀히 부른 이유를 알 수 있을 것 같았다. 아침에 형조에 의문의 시체가 들어왔다고 했는데, 늦어도 오늘 저녁쯤은 부검을 할 것이라는 말을 들었던 것이다. 이미 봄기운이 완연했던 탓에 하루를 더 묵히면 시체가 심하게 썩을 것 같아 서둘러 부검을 한다고 했다.
허준은 급한 걸음으로 정작이 기다리고 있는 곳으로 갔다. 정작은 형조의 앞뜰에서 기다리고 있었다. 궁궐의 뜨락에도 봄이 찾아와 봄바람이 코끝을 살랑이며 스며들었다. 봄만 되면 탐스런 꽃봉오리들을 피워 올리는 오래된 목련나무 아래를 지나는데, 목련꽃 이파리가 떨어지면서 허준의 이마를 스쳤다.
"부르셨는지요?"
허준이 허리를 굽혀 인사하자, 정작은 서두는 몸짓으로 허준의 손목을 잡아끌었다.
"급하오. 얼른 오시오."
"그 일 때문입니까?"
허준은 정작에게 손목을 잡혀 이끄는 대로 따라가며 물었다.
"쉿, 조용하시오. 부검이 막 시작될 것이오. 만약 이것이 들통나면 조정 대신들이 문제삼을 것이 뻔하오. 뿐만 아니라 내의원에 있는 다른 의원들도 가만히 있지 않을 것이오.

우리를 그곳에 들여넣어주는 사람이 누구인지 절대 알려고 하지 마시오."

"예, 절대 입 밖에 내지 않겠습니다."

허준은 정작과 함께 형조의 으슥하고 어두운 곳으로 향했다.

그곳에서 정작은 허준의 손목을 단단히 움켜쥐고 안으로 들어갔다. 미리 알고 있었는지 형리 한 사람이 두 사람을 안내했다.

건물 안은 횃불이 대낮처럼 환하게 밝혀져 있었고 커다란 대 위에 옷을 벗은 남자의 시체 한 구가 뉘어져 있었다.

시체 곁에는 시체를 부검할 형리와 그것을 기록할 형리가 각각 서 있었다. 그 이외에 형조에서 나온 관리 두 명이 그것을 지켜보고 있었다.

허준과 정작이 도착했을 때는 외상(겉에 난 상처)을 살피는 작업이 끝나고 부검이 막 진행되려 하던 때였다. 허준과 정작은 그 한켠으로 가만히 섰다.

예리하게 빛나는 칼을 든 형리가 시체의 가슴 부분을 찔렀다. 바닥으로 떨어지는 피를 받기 위해 은대야를 곁에다 받쳐 놓았는데, 그 안으로 피가 주르륵 흘러들어갔다.

이윽고 피비린내가 안을 가득 메웠다. 정작은 구역질이 치미는지 고개를 옆으로 돌렸다. 그러나 허준은 좀더 가까이 보기 위해 한 발을 안으로 디밀었다.

그 순간 분명 폐장이라고 생각되는 것이 허준의 눈에 들어왔다. 그것은 사람의 어깨와 같은 모양으로 오장육부를 양산 모양으로 덮고 있었는데, 가는 주름살이 촘촘하게 박혀 있는데다 하얀색에 가까웠다.
 허준은 곁에 섰던 형리가 더 다가오지 못하도록 막는 것도 느끼지 못한 채 한 발을 좀더 앞으로 내밀었다.
 허준과 정작은 그 자리에서 시체의 부검을 처음부터 끝까지 놓치지 않고 보았다. 가끔 정작이 구토가 치밀어 고개를 돌린 것을 제외한다면, 두 사람은 사람의 내장을 거의 다 본 것이나 다름이 없었다.
 허준은 부검만 전문으로 하는 형리들도 일이 끝나면 며칠 동안 밥을 먹지 못한다는 말을 들었다. 뿐만 아니라 부검이 끝난 날은 술이 곤드레만드레가 되게 취한다고 했다. 그러나 허준은 그렇지 않았다. 피비린내가 별로 느껴지지도 않았고, 욕지기가 치밀지도 않았다. 구역질이 나기는커녕 오히려 흥분감으로 가슴이 뛰고 있었다. 얼른 조용한 곳으로 가서 지금 보았던 것을 기록으로 정리해 두고 싶었다.
 "정말 사람의 몸이란 참으로 신비합니다."
 허준이 곁에서 묵묵히 걷고 있던 정작에게 감동에 찬 목소리로 말했다.
 "그렇소, 어쩌면 그토록 정교하게 잘 짜여져 있는지."
 허준은 정작의 얼굴을 바라보았다. 흐릿한 별빛에 보았는데도 얼굴빛이 파리하다는 것을 쉽게 알 수 있었다.
 "좀 쉬셔야겠습니다. 얼굴빛이 좋지 않습니다."
 정작은 허준의 팔을 잡으며 몸을 의지했다. 언뜻 허준의 얼굴에 닿는 정작의 이마에서 신열이 느껴졌다.

"사람의 신체가 신비하긴 했지만, 나는 그것을 일일이 본 충격을 쉽게 이기지 못할 것 같소. 좀 쉬지 않으면 쓰러질 것 같구려."

"어서 숙직실로 가시지요."

허준은 정작을 내의원 숙직실에 눕힌 다음 서고로 향했다. 조금이라도 잊어버리기 전에 어서 기록해 두어야 한다는 생각에 허준은 발걸음을 빨리 했다.

그 때였다.

"어딜 다녀오시오?"

허준은 깜짝 놀라서 앞을 쳐다보았다. 뜻밖에도 김현택이 떡하니 버티고 서 있었다.

허준은 등줄기로 식은땀이 흘렀다. 혹시 지금까지 자신의 행적을 낱낱이 본 것이 아닐까 하는 생각이 들었다. 그러나 지금 그런 것을 걱정하고 있을 시간이 없었다. 사람 몸 속을 본 기억이 생생할 때 하나라도 더 기록해 두어야 했다.

"지금 난 급한 볼 일이 있소. 좀 비키시오."

"형조에 갔던 일 말이오?"

그 순간 허준은 얼굴의 근육이 파르르 떨리는 것을 느꼈다. 허준이 김현택보다 서너 품계가 더 오르자, 그는 노골적으로 시비를 걸어왔다. 그러나 그 동안은 김현택의 시비에 말려든 적이 없었다. 그러나 아무래도 이번 일은 문제가 크므로 어리숙하게 대처해서는 안 되겠다는 생각이 들었다.

허준은 눈을 부릅뜨고 김현택에게 말했다.

"내가 이 자리에서 해야 할 말은 아무것도 없소. 비키시오!"
 김현택도 지지 않고 맞섰다.
 "왜 없소! 나라의 법을 어기지 않았소? 사체를 부검하는데 관계자 이외에는 누구도 함부로 들어갈 수 없소. 그건 죽은 사람에 대한 모독이오. 게다가 내의원을 맘대로 이탈해 형조에 있었던 책임은 어떻게 질 것이오? 대궐 안에서 자신의 직처(근무하는 곳)를 이탈하지 못하도록 되어 있는 것을 모른단 말이오? 나는 날이 밝는 대로 이것을 문제삼겠소."
 "마음대로 하시오!"
 허준은 더 이상 김현택의 말을 듣고 싶지 않았기 때문에 그를 휙 지나쳤다. 김현택과 그런 입씨름으로 시간을 낭비하고 싶지 않았던 것이다. 하나라도 더 잊어버리기 전에 기록을 해두는 것이 우선 할 일이었다. 벌을 받고 말고는 그 다음 문제였다.
 "각오해 두시오. 국법이 얼마나 준엄한 것인지 몸소 체험하게 될 터이니!"
 지나치는 허준의 뒤통수에다 대고 김현택은 큰 소리로 외쳤다.

13
임진왜란

그러나 김현택은 이 일을 문제삼을 수가 없었다. 조정이 그 따위 사소한 일을 다룰 만한 상황이 아니었던 것이다.

부산포에 왜군이 침입해서 부산진성이 함락된 것 같다는 경상좌수사 박홍의 장계가 올라왔고, 뒤이어 확인하러 나간 신하로부터 장계의 내용이 확실하다는 보고가 올라왔던 것이다. 이 보고를 받자 조정 대신들은 왜군의 침략을 어떻게 막아내야 할지 갈피를 잡지 못하고 갈팡질팡했다.

일본이 조선을 침공할 것 같은 징조는 여러 차례 있었다. 그 때문에 황윤길과 김성일이 일본에 통신사로 파견되기도 했었다. 그러나 그들의 보고가 각각 틀려 그 때도 조정에서는 의견이 분분했었다.

황윤길은 일본이 많은 병선(전쟁에서 쓰는 배)을 준비하고 있으며, 도요토미 히데요시의 눈동자에서 예사스럽지 않은 빛이 나는 것으로 보아서 큰일을 저지를 사람이 틀림없다고 보고했다.

그러나 김성일의 보고는 달랐다. 김성일은 도요토미 히데요시의 눈이 쥐새끼와 같아서 큰일을 할 만한 인물이 못 될 뿐 아니라, 일본이 조선을 침입할 기미를 발견하지 못했다고 보고했다.

그런데 여기서 문제가 된 것은 황윤길이 서인이었고, 김성길은 동인이라는 점이었다. 조정 대신들은 각각 자신이 속한 당의 사람이 올린 보고가 옳다고 믿고 그것을 주장했다. 그러자 조정의 대신들 또한 요행을 바라는 기분으로 동인인 김성일의 말을 따랐다. 일본이 조선을 침략하지 않을 것이라는 판단을 내려 전쟁에 대한 대비를 하지 않았던 것이다.

부산진성이 함락되었다는 박홍의 장계가 씌어진 것은 1590년 4월 17일로, 전쟁이 일어난 지 나흘째 되는 날 한양에 도착되었다.

부산진 첨사 정발과 동래부사 송상현은 소서행장이 인솔한 왜군 제1번대와 맞써 싸우다 장렬히 전사했다.

일본은 임진왜란이 일어나기 50년 전, 벌써 포르투갈 상선에서 조총을 수입한 뒤 그것을 만들 수 있는 기술까지 습득했다. 따라서 이 무렵 일본 주력부대의 30퍼센트 정도는 조총으로 무장을 하고 있었다. 그러니 무방비로 있던 조선은 일본과 대적할 만한 상대가 못 되었다.

왜군은 거침없이 도성이 있는 한양을 향해 몰려 올라왔고, 많은 백성들이 왜군의 발에 짓밟혀 희생을 당했다. 사태가 위급해지자 임금까지 피난을 해야 하는 시점에 이르렀다. 왕의 피난을 두고도 여러 의견이 오고 갔다.

선조는 피난을 하기 전 광해군을 세자로 책봉했다. 만약의 경우를 대비해서 다음 대의 보위를 정해 두어야 한다는 것이 조정 대신들의 의견이었기 때문이다.

광해군은 선조의 둘째아들로 어머니는 공빈 김씨였다. 선조의 왕비인 의인왕후 박씨가 아이를 낳지 못하자 빈의 몸에서 태어난 광해군이 세자가 된 것이었다.

또한 본래 세자는 임금의 맏아들로 세우는 게 상례였다. 그러나 제1왕자인 임해군이 성격이 난폭하여 임금이 되기에는 적합하지 않다는 중론에 따라 광해군이 선정되었다.

화려하고 즐거워야 할 세자 책봉식은 비장한 분위기 속에서 쓸쓸하게 거행되었다. 나라가 외적의 침략으로 무너져 가고 있는 와중에 치러졌기 때문이다.

왕이 피난하려 한다는 소문이 전해지자, 지방의 유생들이나 백성들은 한양을 버리지 말아달라고 앞다투어 상소를 올렸다. 궁궐 앞에 엎드려 대성통곡하는 백성들도 많았다.

그러나 다음날인 4월 29일, 믿었던 신립 장군이 탄금대 싸움에서 적에게 패해 자결했다는 소식이 전해졌다. 뒤이어 도착한 이일의 장계에는 더 나쁜 소식이 들어 있었다. 왜군이 곧 도성에 다다를 것이라는 내용이었다.

선조는 결국 피난을 결행할 수밖에 없었다. 맏아들 임해군은 함경도로, 셋째 순화군은 강원도로, 세자 광해군은 신성군, 정원군 등과 함께 왕의 뒤를 따라 개성으로 향했다.
　내의원의 의원들도 급히 조를 편성하여 나뉘었는데, 허준은 선조와 광해군을 따르게 되었다. 내의원 의원들을 포함해서 선조를 호위하는 사람은 백여 명이었다.
　허준은 임금의 피난설이 나돌게 되자, 맏아들 겸에게 식구들을 맡아 돌보도록 당부했다. 자신은 내의원에 소속된 몸이기 때문에 언제 어떤 일이 생기게 될는지 알 수 없었기 때문이다.
　겸이는 늠름하고 의젓한 모습으로 허준의 걱정을 덜어주었다. 허준에게는 그런 아들이 대견하기 그지없었다.
　마침내 선조의 몽진(임금이 난리를 피하여 다른 곳으로 옮아감)이 시작되었다. 선조는 사관(역사를 기록하는 관리)에게 명령해서 종묘와 사직의 위패를 모시고 떠나게 했으며, 자신은 융복(옛 군복의 하나)으로 갈아입고 말을 탔다. 왕비는 가마를 타고 인화문을 나섰으며, 그 뒤를 시녀 수십 명이 뒤따랐다.
　하늘은 달도 없이 캄캄했고, 비까지 내려 주위는 칠흑처럼 어두웠다. 허준의 등짐에는 약재와 책이 들어 있었다. 결코 만만한 무게가 아니었다. 허준이 아무리 건장하다 해도 그의 나이 벌써 마흔일곱이었다.
　하지만 허준은 마음을 다잡아 먹었다. 사람을 지탱하는 힘은 몸이 아니라 정신이라는 것을 허준은 의술을 공부하면서 일찌감치 익힌 것이었다. 허준은 묵묵히 임금의 뒤를 따랐다.
 양예수는 숨이 차는지 연신 헉헉거렸다. 뿐만 아니라 평소에 다리가 약했던 그는 팍팍한 다리를 계속 두들겨댔다. 양예수의 얼굴에는 이미 피로의 기색이 역력했다.
 허준은 그런 양예수 몫의 등짐을 받아 자신의 짐과 함께 짊어지고 갔다. 양예수는 대열에서 낙오되지 않으려고 필사적으로 걸었다. 양예수의 곁에서 걷고 있던 이항복이 말했다.
 "양 대감의 다리병에는 난리를 만나 걷는 것이 약인 모양이오."
 그 말을 듣고 선조가 고개를 돌렸다.
 "태의 양예수에게 말을 준비해 주시오."
 양예수를 위한 말 한 마리가 어렵게 마련되었다.
 말을 타고 한양을 떠나는 선조의 눈에서는 굵은 눈물이 흘러내렸다. 나라를 제대로 돌보지 못하고, 왜군의 노략질에 백성들을 속수무책으로 내버려둘 수밖에 없는 자신의 입장이 너무도 서글펐던 것이다. 선조는 말을 타고 가면서도 계속 눈물을 흘리며 한숨을 쉬었다.
 "장차 죽어 윗대 왕들을 어찌 뵈올꼬……."
 허준의 귀에도 왕의 흐느낌이 들려왔다.
 비는 계속 추적추적 내렸고, 왕의 피난 행렬은 꼬리를 물고 이어졌다.
 한편 그 시간에 한양은 불바다에 휩싸여 있었다. 왕이 몽진한 것을 안 노비들이 도성 안으로 몰려들어와 그들의 노비문서를 맡고 있는 장례원과 형조에 불을 질렀던 것이다. 불길은 걷잡을 수 없이 번져 경복궁과 창덕궁, 창경궁이 모두 불길에 휩싸였다. 도망간 임금에 대한 백성들의 분노는 하늘에 닿아 있었다. 한양의 궁궐은 왜적이 들어오기 전 조선의 분노한 노비들에 의해서 불탔던 것이다.

이 때 궁궐이 빈 것을 알고, 많은 난민이 궁궐 안으로 들어왔다. 그들은 내탕고(궁궐 안에 귀중품을 보관한 곳)로 몰려 들어가서 귀중품을 들고 나왔다. 뿐만 아니라 홍문관에 쌓아두었던 서적이나 승문원 일기 등도 모두 불탔다.

임금의 피난 소식을 들은 백성들은 서둘러 짐을 꾸렸고, 북으로 북으로 왜적을 피해 올라갔다.

선조 일행은 폭우를 무릅쓰고 개성으로 향했다. 길바닥은 흙탕물로 질퍽거려서 말을 타지 않은 사람들은 임금이 탄 말을 따라 걷는 일만도 힘이 들 지경이었다. 또한 두려움에 질린 나인들이나 군졸들은 살금살금 뒤로 빠졌다가 산 속으로 달아나기도 했다.

임금의 행차가 임진강에 이르렀을 때는 사람들이 흩어지거나 도망을 가서 숫자가 많이 줄어들었다. 그러자 이항복이 흙탕물에 푹푹 빠져가며 흩어진 사람들을 불러모았다.

겨우 사람들이 모이자 일행은 임진강을 건너기 시작했다. 어두운데다가 비까지 와서 잘못하다가는 강물에 휩쓸릴 수도 있었다. 그 때 나루터 남쪽이 환해졌다. 건너편에 있는 정자에 누군가가 불을 질렀던 것이다. 그 불이 임진강을 환하게 비추어서 선조 일행은 그 불을 조명삼아 강을 건너기 시작했다.
 나룻배는 겨우 대여섯 척뿐이어서, 모든 사람들이 한꺼번에 탈 수는 없었다. 일단 왕을 비롯하여 세자, 비빈들과 중신들이 먼저 강을 건너고, 나머지 사람들은 뒤에 배에 올랐다.
 양예수가 너무나 지쳐 왕을 돌볼 수 없었기 때문에 허준이 선조와 같은 배에 탔다. 허준은 근심스러운 눈으로 선조를 지켜보았다.
 선조는 슬픈 마음을 가눌 수 없었던지 강물만 물끄러미 바라보며 눈물을 흘렸다. 그런데 얼마 후 선조의 얼굴이 창백해졌다. 배멀미를 하는 것 같았다. 아닌게아니라 후궁인 민비는 배멀미가 너무도 심해 배의 난간에 엎드려 계속 토악질을 했고, 그 곁에는 민비를 돌보는 의녀가 어쩔 줄 몰라 허둥대고 있었다.
 허준은 급히 상투 안에 넣어온 환약을 꺼냈다. 내의원을 출발할 때 되도록이면 많은 약을 가져오려고 했고, 몸에 지닐 수만 있으면 어디든지 약을 넣어두었던 것이다. 그런데 그 환약을 임금에게 그냥 줄 수가 없었다. 임금은 아직 저녁도 들지 않은데다가 너무도 큰 충격으로 속이 허할 것이다. 그런 속에다 환약을 덩어리째 넣었다가 그것이 부작용을 일으키면 큰일이었다.
 허준은 허리께에 차고 있던 조그만 놋그릇에다 강물을 폈다. 그리고 환약을 반으로 잘라 놋그릇에 퍼담은 강물에다 잘 섞어 선조에게 내밀었다.

"이것이 무엇이오?"

선조는 눈물이 채 마르지 않은 눈으로 허준을 바라보았다.

"주상전하, 용안(임금의 얼굴)이 매우 좋지 않사옵니다. 부디 옥체(임금의 몸)를 보존하시옵소서. 이것을 드시면 속이 좀 편안해지실 것이옵니다."

허준은 흔들리는 배에서 그것이 조금이라도 쏟아질까 걱정이었다.

"먹기 싫소. 내가 무슨 낯으로 이것을 마신단 말이오. 거두시오."

선조는 머리를 돌려 다시 강물만 바라보았다.

"주상전하, 이런 때일수록 굳건함을 보이셔야 하옵니다. 전하는 한 나라의 주인이시온데 주인이 약한 모습을 보인다면, 전하만을 하늘같이 믿고 있는 백성들은 어찌하옵니까? 부디 옥체를 돌보시어 뒷날을 도모하시는 것이……."

허준은 목이 메어 더 이상 말을 잇기 힘이 들었다. 조상들의 위패를 모신 종묘가 있는 한양을 버리고 몽진을 떠나는 선조의 마음을 생각하면 허준의 마음도 찢어지는 듯 아팠다.

허준이 고개를 한쪽으로 돌린 채 눈물을 흘리자, 그제서야 선조는 약을 받았다.

"고맙소."

약을 마시는 선조의 눈에서는 계속 눈물이 흐르고 있었다.

선조 일행이 임진강을 건너 동파역에 이르렀을 때는 자정이 넘은 시간이었다. 파주목사 허진과 장단목사 구효연이 마중 나왔다.

허준은 내관을 급히 불렀다.

"이 시각이 되도록 주상전하께옵서 아무것도 드시질 못하셨소. 궁궐에서 가지고 온 차가 있거든 먼저 따끈하게 데워서 올리시오."

"급히 나오느라 궁궐에서 아무것도 가져오지 못했습니다."

허준은 난감한 생각이 들었다. 이토록 아무것도 준비가 되지 않았다면 앞으로 밥 굶는 일까지 없다고 누가 장담할 수가 있겠는가.

그 때였다. 저녁상을 준비하고 있는 부엌에서 난데없는 호통이 들렸다.

"도대체 이것이 무엇을 하는 짓이냐?"

유성룡의 목소리였다. 허준은 깜짝 놀라 소리나는 쪽을 쳐다보았다. 부엌 쪽에서 몇 명이 후다닥 딜아나는 것이 보였다. 허준은 부엌으로 뛰어갔다.

유성룡이 나인들과 군졸들을 야단치고 있었고, 그들 앞에는 밥풀이 어지럽게 떨어져 있었다. 서로 먹으려고 아우성치다가 떨어뜨린 것이 분명했다.

"이를 어쩔꼬. 주상전하께옵서 드실 것이 없으니, 이를 어쩔꼬. 앞으로 주상전하를 어찌 모실꼬……."

왕을 호위하던 사람들 모두가 저녁 내내 굶은 것이었다.

그러다 밥짓는 냄새가 나자 부엌으로 들어와 가릴 것 없이 퍼먹었던 것이다.
　허준은 다리에 힘이 빠져 그 자리에 털썩 주저앉고 말았다. 그런 허준의 머리 속에 유성룡의 말이 메아리처럼 퍼져 왔다.
　'이 일을 어쩔꼬. 앞으로 주상전하를 어찌 모실꼬…….'

　허준은 몽진을 하는 도중 잠시도 선조의 곁을 떠나지 않고 보필했다. 전쟁 중이 아니었다면 마땅히 양예수가 했어야 하는 일이지만, 양예수는 이미 누구를 돌볼 수 없을 만큼 쇠약해져 있었다.
　다음날 선조의 아침 수라상이 준비되었다.
　"어인 것이오?"
　선조는 수라상을 들고 들어오는 신하에게 물었다.
　"엊저녁 유성룡 대감이 쌀을 좀 얻어 왔습니다. 어서 드시옵소서."
　허준은 임금의 수라상을 보았다. 차마 민망하여 볼 수 없을 정도로 상차림이 엉성했다. 선조는 끼니를 굶었던 터였다.
　허준은 방에서 물러나왔다. 임금이 좀더 편한 마음으로 진지를 드실 수 있도록 하기 위해서였다. 허준은 밖으로 나와서 천천히 거닐었다.
　집안에서 잠을 잘 수 있었던 사람들은 그나마 나은 편이었다. 임금을 호위하던 군사들은 맨바닥에서 잔 것이 틀림없었다. 간밤의 이슬을 맞은 탓인지 옷이 축축했다. 몰골 또한 말이 아니어서 꾀죄죄했다. 게다가 끼니까지 굶었으니 오죽하랴. 벌써 많은 사람들이 도망을 친 듯 숫자도 많이 줄어 있었다.

허준은 가슴이 답답해 와서 긴 한숨을 쉬었다. 그렇다고 가슴이 시원해지는 것은 아니었다. 허준은 가슴을 툭툭 두드려 보았다. 역시 답답한 가슴이 트이지 않았다.

얼마 지나지 않아 선조 일행은 개성으로 향했다. 그런데 인부들도 군사들도 모이지 않을 뿐 아니라, 남아 있는 군사들을 통솔할 사람마저 없었다. 하는 수 없이 남아 있는 사람들만 근근히 행장을 수습하여 길을 떠났다.

허준은 눈앞이 아른아른하는 듯했다. 이미 배고픔 따위는 잊었다. 걷는 것을 의식하지도 못한 채 허준은 그저 내처 걸었다.

때마침 서흥부사 남억이 군사 수백 명과 말 예순 필 정도를 가지고 왔다. 점심 때가 되자 남억의 군사는 길 가운데 장막을 치고 밥을 준비했다.

이미 지칠 대로 지쳐 있던 일행은 밥을 먹고 좀 쉬고 난 뒤 겨우 기운을 차릴 수 있었다.

허준은 밥을 먹으면서도 자꾸 눈물이 났다. 한양이 어떻게 되었는지도 궁금했고, 아내나 아이들도 걱정되었다.

일행이 개성에 당도한 것은 한양을 떠난 지 사흘만인 저녁 어스름 무렵이었다.

임금 일행이 개성에 들어서자 개성 백성들이 그 앞에 몰려나와 울부짖었다. 백성들은 당쟁을 일삼은 관리들을 비난했으며, 앞으로 어떻게 살면 좋겠느냐고 하소연했다.
 그 때 어디선가 돌멩이 하나가 왕이 있는 쪽으로 날아들었다. 누군가 던진 것이었다. 허준은 깜짝 놀라 선조에게 다가갔다. 다행히 선조가 맞지는 않았지만, 백성이 왕을 향해 돌을 던진다는 것은 있을 수 없는 일이었다.
 허준은 그것을 보고 백성들의 분노가 어느 정도인지 미루어 짐작할 수 있었다.
 "주상전하, 괜찮으십니까?"
 허준이 염려스러워 묻자, 선조는 쓴웃음을 지었다.
 "한 나라의 주인이 제 나라의 종묘를 버리고 도망왔으니, 그에 따른 백성들의 벌이겠지요."
 비록 웃음을 짓고 있었으나 선조의 표정은 말할 수 없이 침통했다.
 군사들은 돌을 던진 사람이 누구인지 찾기 위해 우왕좌왕했지만, 결국 찾을 수는 없었다. 선조 역시 굳이 찾아 벌할 것 없다며 군사들을 말렸다. 허준은 일단 임금의 신변에 이상이 없다는 것에 안심했다.
 선조는 그 자리에서 백성들이 말하는 것을 자세히 들었다. 그러면서 자신이 그 동안 백성들의 살림을 제대로 돌보지 못했다는 자책으로 가슴 아파했다.
 선조는 개성에 있는 동안 선비 몇을 불러 그들의 생각을 직접 들었고 또 백성들을 위로했다. 얼마 지나지 않아 한양이 적들의 손에 들어갔다는 나쁜 전갈이 왔다. 선조는 땅이

꺼져라 하고 한숨을 쉬며 낙심했다.
 소서행장이 이끄는 부대가 5월 2일, 가등청정이 이끄는 군은 그 다음날인 3일 한양으로 입성했다.
 선조는 한양을 떠나오기 전에 김명원과 이양원에게 한양 수비를 명령한 터였다. 한강을 수비하던 김명원은 왜적의 탄환이 지휘 본부까지 날아온 것을 보고, 한강을 수비하는 일이 어렵다는 것을 깨달았다. 김명원은 곧 임진각으로 퇴각하고 말았고, 이에 유도대장 이양원도 겁에 질려 도성을 지키는 일을 포기하고 말았다.
 왜적들은 한양으로 들어와서 많은 것을 약탈해 갔으며, 왜적에 반대한 백성들의 시신이 숭례문 밖에 무더기로 쌓여 있다는 소식도 들렸다. 뿐만 아니라 대궐이 백성들의 손에 불탔으며, 왜적들이 종묘까지 불태웠다는 것이다.
 "이산해, 유성룡, 윤두수…… 일이 급하게 되었소. 과인은 어떻게 하면 좋겠소, 어떻게 하면……."
 선조는 채찍으로 바닥을 내리치며 눈물을 흘렸다. 이미 임금은 정신적인 충격과 모진 여행으로 몸과 마음이 쇠약해져 있었다. 허준은 안타까웠다.
 허준은 선조의 마음을 안정시키는 것이 가장 좋은 방법이라고 생각했다. 그러기 위해서 허준은 늘 선조의 곁을 떠나지 않고 말벗이 되어 주었다. 하지만 신하들에게 뾰족한 대책이 있을 수가 없었다. 다 같이 피난을 하는 처지일 뿐이었다.
 이항복은 안전하게 명나라로 들어가서 명의 도움을 받아

일을 도모하는 것이 옳다고 주장했고, 유성룡은 한 나라의 국왕이 백성들을 버리고 다른 나라로 들어갈 수는 없는 일이라고 맞섰다.

결국 이들은 평양으로 떠나기로 결정했다. 한양이 이미 적들의 손아귀에 들어갔다면 개성도 안전하지 않았기 때문이다.

선조의 평양행은 한양에서 개성으로 올 때보다 훨씬 더 고생스럽고 비참했다. 먹을 것이 없어서 굶은 날도 많았으며, 약간 이상한 움직임만 보이면 혹시 왜적이 가까이 온 것이 아닐까 하여 가슴을 죄었다.

허준이 등에 걸머지고 왔던 상비약도 모두 떨어진 뒤였다. 그도 그럴 것이, 먹을 것조차 변변치 못한데 약이라고 남아 있을 리 없었다.

한낮의 날씨는 무더웠다. 아직 본격적인 여름도 아니었는데, 땅에서 올라오는 열기로 땀이 비오듯 했다. 게다가 등짐까지 계속 메고 걷다 보니 어떤 곳은 짓물려 터지기도 했다. 그러나 허준은 상처의 쓰라림을 느낄 틈이 없었다. 임금을 따라 갈 길을 재촉해야 했다.

"저것이 무엇이오?"

누군가 임금 일행에게 급히 달려오고 있었다.

"장계인가 보옵니다."

허준도 자리에 멈춰서서 말을 달려오는 사람을 바라보았다. 장계를 가지고 온 사령은 선조 앞에 무릎을 꿇고 아뢰었다.
 "주상전하, 기뻐하시옵소서. 승전보이옵니다."
 "승전보라고?"
 선조는 믿기지 않는 얼굴이었다.
 "전라좌수사 이순신의 장계이옵니다."
 선조는 떨리는 손으로 장계를 받아쥐었다. 허준은 '이순신……'이라는 이름 석 자를 가만히 뇌까려 보았다. 허준으로서는 처음 듣는 이름이었다.
 "삼가 적을 무찌른 일로 아뢰옵니다…… 으흐흑……."
 선조는 장계를 읽다가 울음을 터뜨리고 말았다.
 "이순신, 이순신이 이 나라 조선을 구하는구먼……."
 "주상전하, 하늘이 우리 조선을 버리지 않으시는가 보옵니다."
 신하들도 그 장계를 돌려보며 서로서로 손을 잡고 눈물을 흘렸다. 그도 그럴 것이, 전라우수사 이순신의 장계는 임진왜란이 일어난 이후 첫 승전보였던 것이다. 옥포 싸움에서 왜적을 크게 물리쳤다는 내용의 장계는 선조에게 왜적을 몰아낼 수 있을 것이라는 큰 희망을 주었다.
 그 동안 계속 왜적에게 지기만 하고, 백성들이 죽고 건물들은 불탔다는 소식만 들어오던 선조에게는 너무도 기쁜 소식이었다.
 "이순신을 정헌대부(정2품)로 삼고, 장차 바다로 쳐들어오는 왜적을 모두 물리치라 이르시오."
 "예."

허준은 선조의 얼굴을 보았다. 오랜만에 환하게 밝은 얼굴이었다.

선조가 평양으로 들어가자, 평양감사 송언신이 3천여 명의 군사를 이끌고 임금을 맞았다.
평양에 임금의 임시 거처가 마련되었다. 선조는 건강이 좋지 않았다. 특별한 병이 생긴 것은 아니나, 계속되는 여행과 불안감 때문에 얼굴이 까칠해지고 그새 많이 늙어버렸다.
선조는 마음이 불안하면 가끔 진맥을 하는 허준에게 나라 일에 관해 이것저것 물었다.
"과연 우리 조선이 왜적을 물리칠 수 있을 것 같소?"
"신은 그렇게 생각하옵니다."
"왜 그렇게 생각하오?"
"일본은 자기네 나라에서 전쟁 물자를 실어오고 있습니다. 그런데 그 길이 막힌다면 오래 버틸 수 없을 것입니다. 다행히 유성룡 대감의 말씀을 들으니 이순신이 뛰어난 장수라 하옵니다. 그 이순신이 바다를 지키고 있으니 왜적은 곧 물러나게 될 것이옵니다."
"그렇게 되었으면 오죽 좋겠소."
선조는 힘없이 말했다. 허준은 안쓰러운 마음으로 선조를 바라보았다. 그새 선조는 많이 늙은데다가 기력도 없어졌다.
"주상전하, 주상전하께옵서 흔들리시면 절대 아니 되옵

니다. 부디 강건해지소서."
 그러자 선조는 희미하게 웃었다.
 "고맙소. 허 주부가 내게 해주는 말들이 얼마나 큰 위안이 되는지 모르겠소. 조정 대신들과 나라 일을 의논하다 보면 머리에 피가 마르는 것 같소. 그러다가 허 주부의 얼굴만 보면 마음이 평안해지는 것이 느껴지오."
 선조는 진심어린 목소리로 말했다.
 "황공하옵니다."
 허준은 약한 왕의 모습이 안쓰러워 엎드려 눈물을 흘렸다. 제발 왜적들이 물러가 주기를 바라는 마음이 간절했다.
 허준은 임금을 돌볼 뿐만 아니라 대신들은 물론이고 함께 피난을 떠나온 군사나 내관들의 몸까지 모두 돌보아주었다. 그들은 조금이라도 몸이 좋지 않으면 허준부터 찾았다.
 그런데 이순신이 옥포 싸움에서 왜적을 크게 이겼다는 장계를 제외하고 들려오는 것은 족족 패전의 소식뿐이었다. 결국 소서행장과 가등청정이 이끄는 왜군 25만 명이 임진강을 건넜다는 장계가 5월 29일에 올라왔다.
 이제 사태는 매우 급박해졌다. 선조가 또 몽진을 떠나지 않으면 평양성에서 적과 마주 싸워야 한다는 결론이었다. 이로 인해 평양의 인심은 매우 어지러웠다.
 임금은 신성군과 정원군을 일단 영변으로 보냈다.
 "어떡하면 좋을는지 대책을 말해 보시오."
 선조는 자리에 모인 대신들을 휘둘러보며 말했다.

"일단 의주로 몸을 피하시는 것이 옳을 것입니다. 그곳은 명나라와 가까우니 원병을 청하여 맞아들이기에도 좋을 것이고, 만약의 경우……."

이항복은 여기까지만 말하고 더 이상 말을 잇지 못했다. 다른 대신들도 아무 의견을 내지 못했다.

그것은 굳이 말하지 않아도 알 수 있는 것이었다. 만약의 경우 의주까지 적의 손에 떨어진다면 명나라로 건너가서 일을 도모해야 한다는 뜻이었다. 그러나 한 나라의 주인이 자신의 나라를 떠난다는 것은 무엇을 의미하는가. 그것이 두려워 이항복은 뒷말을 잇지 못했고, 다른 조정 대신들도 감히 입을 열지 못한 것이었다.

6월 8일, 왜적의 선봉이 대동강에 이르렀다는 소식이 전해졌다. 이제 임금은 더 이상 평양에 머무를 수가 없게 되었다. 선조는 평양을 떠나기로 했다.

선조가 평양을 떠난다는 말이 나오자, 평양의 백성들은 흥분하기 시작했다. 일부 흥분한 백성들이 몰려와 종묘의 위패를 모시고 떠나는 사람들을 창으로 마구 쳐서 위패가 땅에 떨어지는 일도 생겼다.

"우리가 평양성 밖으로 나가지 않은 것은 주상전하를 믿고 끝까지 싸우다 죽으려 해서인데, 임금이 백성들을 버리고 가다니 말이나 되는 소리요!"

"간신들이 나라의 녹을 나누어 저희들끼리 배불리 먹고 나라를 돌보지 않아서 이런 일이 생긴 것이오. 그들을 가만 둘 수 없소!"

성난 평양 백성들은 몽둥이와 도끼를 가지고 임금의 일행이 떠나갈 길목을 지켰다. 그 길을 궁녀와 나인들이 먼저 지나가다가 평양 백성들의 습격을 받게 되었다. 이 때 판윤 홍여순이 백성들이 휘두르는 몽둥이에 상처를 입고 말에서 떨어졌다.

들것에 실려온 홍여순을 허준이 치료하게 되었다.

"어떻게 이런 일이 있을 수 있소! 백성들이 나라의 국록을 먹는 관리에게 덤벼들어 상처를 입히다니……."

홍여순은 너무나 화가 나는지 체통도 잊고 꺼이꺼이 울부짖었다.

허준은 홍여순의 상처를 살폈다. 무릎에서 피가 흐르고 있었는데, 그 부분의 살이 패여 허연 뼈가 드러나보였다. 허준은 일단 상처 부위를 깨끗이 씻은 다음 생강즙을 구해다 발랐다. 그것만으로 완전한 치료가 되는 것은 아니었지만, 경황중이라 달리 약을 구할 방도가 없었다.

"허 주부는 어떻게 생각하시오. 백성들이 이토록 버릇없이 구는 것을 보면 나라가 망할 징조가 아니오?"

그 말을 듣자 허준은 갑자기 치료하던 손을 뚝 멈추었다. 허준이 가만히 있자, 홍여순은 불안했던지 눈을 휘둥그렇게 뜨고 물었다.

"아니, 왜 치료를 멈추시오?"

"방금 대감께서 하신 말씀, 그 말씀을 들은 제 귀를 씻지 않고서는 치료할 수가 없겠소이다."

허준은 분노에 찬 목소리로 말했다.

"아니, 이런 무례한…… 한낱 의술에 좀 재주가 있다고 이렇게 오만방자하게 굴 수 있는 것이오?"

홍여순은 노기등등해서 버럭 소리를 질렀다.

"말씀 삼가시오! 백성들 보기 부끄럽지가 않소? 한 나라의 국록을 먹고 생활하는 관리가 오늘날 나라가 이 지경에 이르렀으면 근신하고 부끄러워할 줄 알아야 할 터인데, 오히려 백성들에게 화를 내다니…… 백성들이 무엇이오? 나라의 근본이 아니오! 그들은 양반들을 하늘같이 믿고 꼬박꼬박 세금내고, 부역하며 살아왔소. 그런데 그들이 낸 세금으로 배불리 먹으며 살아온 관리들은 나라가 왜적의 손에 짓밟히도록 대체 무엇을 했느냐 말이오. 게다가 백성들은 죽기를 각오하고 싸우려고 마음 먹고 있는데, 양반된 자들이 도망만 치고 있으니 어느 백성인들 울화가 안 치밀겠소? 그런 백성들을 탓하다니, 도대체 염치가 있는 것이오 없는 것이오?"

"그것은……."

"주상전하가 떠날 수밖에 없는 이유는 알고 있소? 우선 적을 피해 훗날을 도모하기 위함이 아니오! 그래서 이 몸도 묵묵히 따르는 것이오. 그런데 백성들이 버릇이 없어 나라가 망할 거라니, 도무지 당치 않은 말이오! 난 이만 물러갈 것이오. 이 상처는 며칠 지나면 자연히 나을 것이오. 다만 물기 있는 것을 가까이 하지 마시오."

허준은 화가 났지만 의원으로서 환자에게 당부할 말은 잊지 않았다. 허준의 얼굴이 뻘겋게 되자, 홍여순은 감히 대

꿈를 하지 못했다.
 허준은 홍여순과 함께 조금도 더 머물기 싫어서 벌떡 일어나 자리를 떴다.
 "저런 죽일 놈······."
 홍여순은 허준에게 그런 말을 들은 것이 분해 못 견디겠다는 듯이 땅을 쳤다.
 허준이 홍여순을 치료하고 막 물러나왔을 때, 광해군이 문밖에 있었다. 그렇다면 조금 전에 허준과 홍여순이 하는 말을 들었음에 틀림없었다.
 "소란을 피워 죄송합니다."
 허준은 광해군에게 허리를 굽혔다.
 "아니오, 허 주부의 말이 백 번 옳소. 나도 이 나라의 세자로 백성들 보기가 얼마나 죄스러운지 모르겠소."
 광해군은 고개를 숙였다. 허준이 바라보니 광해군의 얼굴이 벌겋게 달아올라 있었다.
 "세자저하, 절대 실망치 마시옵소서. 우리 조선은 반드시 이길 것이옵니다. 지금 전국 각처에서는 백성들이 자발적으로 군사를 조직해 왜적들과 맞서 싸우고 있다 하옵니다. 그런 백성들을 위해서라도 세자저하께옵서는 굳건하셔야 하옵니다. 어찌 온 나라 백성들이 나서서 싸우는데 조선이 왜적에게 질 수 있겠사옵니까?"
 "그 말이 맞소. 나도 이렇게 도망만 다닐 것이 아니라 의병을 조직해 이 땅을 도륙하는 적들과 싸우고 싶소."
 광해군은 손을 부르르 떨면서 말했다. 허준은 그런 청년 광해군의 두 손을 꼭 쥐어주었다.

　선조 일행이 영변에 이르렀을 때, 왜적이 대동강 동편 밖 여울을 건넜다는 장계가 올라왔다. 사태가 매우 긴박했다. 선조가 머무르고 있는 영변에서 대동강까지는 하루 이틀만 부지런히 걸으면 닿을 거리였다.
　선조는 대신들을 모아놓고 말했다.
　"이제 과인과 세자가 같이 다녀서는 안 될 것 같소. 만약의 경우를 대비해서……."
　선조는 여기까지 말하고 일단 말을 끊었다. 설움이 복받쳤기 때문이다. 대신들도 고개를 숙이고 흐느껴 울었다. 밖에서 이 말을 듣고 있던 내의원의 의원들이나 나인들도 모두 눈물을 흘렸다. 이 말은 선조든 세자 광해군이든 반드시 한쪽은 살아서 종묘사직을 이어가야 한다는 뜻이었다.
　겨우 울음을 그친 선조가 말했다.
　"경들은 세자가 어느 쪽으로 가는 것이 좋은지, 또 누가 세자와 함께 가는 것이 좋은지 의논하시오."
　"주상전하……."
　대신들의 통곡 소리가 울려퍼졌다. 허준도 무너지듯 자리에 엎드려 어깨를 들썩였다.
　허준은 문득 선조가 끼니를 제대로 잇지 못한 지 꽤 되었다는 생각이 들었다. 자신의 소임이 뭔가. 이 나라 왕실의 건강을 책임지는 것이 아닌가. 게다가 지금은 전쟁 중이다. 음식은 반드시 신하나 나인이 구해 와야 한다는 법이 없었다. 생각이 여기에 미치자 더 이상 울고 있을 수만은 없었다. 허준은 눈물을 닦고 자리에서 일어났다.

'우는 것만이 능사가 아니다. 그 시간에 어디 가서 쌀이라도 한 됫박 구해 와서 임금이 드실 수 있도록 하는 것이 신하된 도리다.'

허준은 일행이 자리를 옮기기 전 서둘러야겠다고 생각하며 거리로 나왔다.

영변 거리는 그야말로 텅 비어 있어서 사람의 그림자를 찾을 수가 없었다. 허준이 집집마다 뒤지고 다녔지만, 곡식은커녕 살아 있는 개 한 마리도 볼 수 없었다. 왜적들이 대동강에 이르렀다는 소문을 듣고 백성들이 모두 피난을 가서 마을 전체가 빈 것이 틀림없었다.

허준은 허탈한 기분으로 다시 임금이 머무는 행재소(임금이 행차할 때 머무는 곳)로 갔다. 허준이 도착하니 광해군이 뛰어나오며 말했다.

"어디 갔다 이제 오시오? 우리는 허 주부마저 떠난 줄 알고 얼마나 걱정했는지 모르오."

"어찌 소인이 주상전하를 두고 도망을 한단 말씀입니까! 주상전하께옵서 몇 끼를 굶으시어 드실 것을 좀 찾으러 다녀오는 길이옵니다."

"그래, 먹을 것을 좀 구했소?"

"황공하옵게도 유령이 나올 것처럼 영변은 텅 비어 있었사옵니다."

"그럴 것이오."

광해군은 허탈하게 웃으며 말했다. 허준은 길 떠날 채비를 하는 사람들을 둘러보았다. 서른 명도 되지 않을 듯했다. 만약 길을 가는 도중 또 도망을 가거나 어가와 헤어진다면 과연 임금을 호위할 수 있는 사람이 얼마나 될까를 생각하자, 허준은 가슴이 미어지는 듯했다.
"허 주부에게 부탁할 것이 있소."
광해군이 간절한 눈빛을 하고 허준에게 말했다.
"무엇입니까? 세자저하의 명이시라면 저의 목숨을 바쳐야 하는 일이라도 주저치 않겠사옵니다."
"나는 그대에게 명하는 것이 아니라 부탁하는 것이오. 이제 머지 않아 나는 아바마마와 헤어지게 될 것이오. 아바마마의 건강을 각별히 부탁하오. 지금 함께 있는 내의원에서 믿을 사람이라고는 그대밖에 없소. 따로 약을 지어올릴 형편은 안 될 것이니 외로운 아바마마의 말벗이라도 되어 주시오. 아바마마가 슬픔을 이길 수 있도록 그대가 많은 위로를 해주시오."
"세자저하, 정말 기특하십니다."
허준은 청년 광해군의 손을 잡고 눈물을 흘렸다. 세자는 허준의 손을 꽉 잡고 말을 이었다.
"그리고 이덕형 대감이 지금 원군을 얻기 위해 명나라로 출발했소. 이덕형 대감은 떠나기 전 이항복 대감에게 군사를 못 얻어오면 살아서 돌아오지 않을 것이라고 했다 하오. 머지 않아 우리 조선은 간악한 왜적들을 물리칠 수 있을 것이오. 나는 경기, 강원 등지로 가서 군사들을 불러모아 적들과 싸울 것이오. 이 나라 조선의 세자로 백성들에게 부끄럽지 않도록 적들과 싸울 것이오."

허준의 손을 꽉 쥔 광해군의 눈에서 광채가 나고 있었다.

선조 일행은 박천에서 평양이 함락되었다는 소식을 들었다. 이제 임금은 더 이상 세자와 함께 몽진할 수가 없게 되었다. 세자는 박천에서 종묘의 위패를 모시고 선조와 헤어졌다. 종묘의 위패에 절을 하며 선조는 통곡했고, 세자 광해군 역시 통곡했다.

허준은 멀리 떠나가는 세자 일행을 보며, 세자가 무사할 것과 이 나라 조선에 평화가 오기를 빌고 또 빌었다.

광해군 일행의 초라해 보이는 모습이 멀리 언덕배기를 감아돌아 사라질 때까지, 선조는 그 자리에 붙박혀 눈물을 뿌리고 있었다.

의주는 명나라와 압록강을 사이에 두고 있는 곳이었다. 조선이 건국될 때 이성계가 군사를 돌린 위화도(위화도 회군)가 있는 곳이며, 허준의 아버지 허륜이 군수로 있었던 용천이 바로 의주의 남쪽에 자리하고 있었다.

그런 까닭에 의주로 들어서는 허준의 느낌은 조금 각별한 데가 있었다. 그러나 전쟁 중이라 그런 감상에 빠져들 겨를이 없었다.

선조는 의주로 들어가기 전 용천에서 의주로 사람을 보내 의주 백성들을 달랬었다. 임금이 압록강을 건너 요동으로 가려 한다는 소문이 떠돌고 있어서 민심이 극도로 흉흉

했기 때문이다.
 선조는 의주 백성들에게 결코 압록강을 건너 요동으로 가는 일이 없을 것이라고 알린 뒤 의주로 들어갔다. 그럼에도 의주 백성들은 모두 피난을 가 버렸다. 그 때문에 의주 역시 영변처럼 텅텅 비어 있었다.
 의주로 들어간 선조는 그 지역 군수가 살던 곳을 임시 행궁(임금이 임시로 머무는 궁)으로 삼았다. 그 곳은 말이 행궁이지 황폐하고 썰렁한 것이 마치 산 속에 버려진 절간 같았다.
 선조는 의주에 들어서자 동쪽을 향하여 통곡하고, 서쪽을 향하여 네 번 절했다. 그것은 자신이 의주에 들어온 것을 조상들에게 알리고, 자신의 슬픈 마음을 전하기 위해서였다.
 민가로 양식을 구하러 간 내관들이 빈 손으로 돌아왔다. 또 왕이 굶어야 한다고 생각하자 허준은 마음이 무거웠다. 어떻게 해서라도 임금이 굶는 일만은 막아야 했다. 그러나 어떻게 양식을 구한단 말인가. 산에서 나는 먹을 만한 과일이나 나물들도 이미 남아 있는 것이 없었다.
 다음날 날이 밝자 이항복이 장정들 몇을 불러 나무 망치를 찾아 들고 나섰다.
 "무엇을 하실 생각입니까?"
 마침 허준은 쓸 만한 약초가 없을까 하여 주변의 산을 돌아보고 오는 길이었다.
 "이곳을 좀 수리해야겠소. 주상전하가 이곳에 와 계시는데도 백성들이 모이지 않는 것은, 주상전하가 곧 요동으로 떠날 거라는 소문 때문이오. 우리가 이곳에 오래 있을 뜻을 보이면 백성들이 모일 것이오."
역시 꾀돌이 이항복이라는 생각에 허준은 무릎을 탁 쳤다.
"과연 그렇겠군요. 저도 돕겠습니다."
"허 주부는 주상전하의 옥체를 돌보느라 그 동안 수고가 컸을 것입니다. 좀 쉬십시오."
"아닙니다. 지금은 이것은 내가 할 일이고 저것은 네가 할 일이라고 차별을 둘 때가 아니질 않습니까. 한 사람의 손이라도 더 필요할 때 도와야지요."
"고맙소이다."
허준은 이항복 일행을 따라서 소매를 걷어붙이고 일했다. 며칠 굶은 터라 배는 쓰릴 듯 아팠지만 참고 일했다. 그것은 자신뿐만이 아니라 모든 사람들이 다 마찬가지일 것이기 때문이다.
과연 임금이 머무르고 있는 행궁을 손질하자, 도망갔던 그곳 백성들과 관리들이 하나 둘씩 모여들어 자리를 잡았다. 비로소 선조 일행은 끼니를 굶지 않을 수 있게 되었다.
의주에 있는 동안 허준의 일과 중 중요한 것은 근처의 야산을 뒤져 약으로 쓸 만한 풀을 채집하는 일이었다. 예전 유의태의 문하에 있을 때 허준은 지리산에서 약초를 캤던 적이 있어 야생 약초를 잘 알아보았다.
여름이 기울어가는 때라 많은 약초를 구할 수 없었다. 왜냐하면 때가 때인지라 땅의 기운이 너무 세서 그런 기운을 받고 자란 풀이라면 자칫 독이 될 수도 있기 때문이었다.
 그러나 더덕은 그렇지 않았다. 더덕은 오래 묵었다고 해서 독이 생기는 것이 아닐 뿐만 아니라 사람의 속을 보호하는 성질을 가지고 있기 때문에 사람 몸에 이로웠다. 특히 지금 선조에게 가장 필요한 것이었다. 그 동안 선조는 굶은 적이 많은데다가 먹는 음식도 거칠어서 삶은 더덕을 먹으면 아주 좋을 터였다. 특히 8월에 나는 더덕을 채취해서 말렸다가 쓰면 좋은 약이 되기 때문에 시기도 안성맞춤이어서 앞일을 생각해도 좋았다. 게다가 더덕은 그 향이 독특해서 조금만 신경을 쓰면 쉽게 찾을 수 있었다.
 허준은 한나절 동안 더덕 몇 뿌리를 캐서 돌아왔다.
 "허 주부님, 어딜 갔다 이제 오시오? 얼마나 찾았는지 모르오."
 임금을 돌보는 내관이 사색이 되어 허준을 찾았다.
 "무슨 일 때문에 그러시오?"
 "주상전하께서 탈이 나셨소."
 허준은 가슴이 철렁 내려앉았다. 허준은 임금이 머무르고 있는 행궁으로 뛰다시피 하며 물었다.
 "다른 내의원들은 어디 있소?"
 "다른 내의원이라 해봐야 태의 양예수밖에 더 있소? 그는 지금 발에 병이 났다는 핑계로 민가에 머무르고 있는데, 주상전하께옵서 굳이 허 주부님을 찾으시오."
 허준이 선조가 머무르는 방으로 가자, 선조는 자리에 누워 있었다. 그 곁에 중전이 걱정스러운 얼굴로 앉아 있었다.

중전의 볼도 홀쭉한 것이 그 동안의 고생을 그대로 말해 주고 있었다.
허준이 들어오자, 창백한 얼굴의 선조가 힘없는 목소리로 말했다.
"배가 바늘로 쿡쿡 찌르는 것처럼 아프오."
"주상전하, 진맥을 하겠습니다."
허준은 선조의 팔을 잡고 눈을 감았다. 맥이 뛰는 것이 들쑥날쑥하는 것으로 보아서 위에 탈이 난 것이 분명했다. 큰 병이 난 것은 아니고 오랜만에 음식을 먹어서 소화가 제대로 되지 않은 것이었다.
"주상전하, 침을 놓을까 합니다. 침을 맞으시면 단방에 나을 것입니다."
허준은 호침을 꺼냈다. 호침의 끝은 모기의 주둥이같이 가늘고 날렵했는데, 사람의 몸 안에서 병이 생겼을 때 쓰는 침이었다.
허준은 호흡을 가다듬고 세 치 여섯 푼의 호침을 놓았다. 호침은 침 끝이 워낙 가늘고 뾰족해서 병자는 큰 고통을 느끼지 않았다.
선조는 조용히 눈을 감았다. 이윽고 허준은 침을 뽑았고, 선조의 위에 난 탈은 말짱해졌다.
"정말 허 주부의 침술은 신비스럽소. 그렇게 아프던 배가 금방 낫다니 말이오."
허준은 조용히 웃었다.
"지금 주상전하의 위가 약해져 있는데에다 물기가 별로

없는 수라를 드셨기 때문이옵니다. 한동안 수라는 잘 씹어 드시옵고, 소인이 올리는 약은 때를 거르지 말고 드시옵소서."
 "허 주부에게 무슨 약이 있다고 그러시오?"
 "근처 야산에서 더덕을 좀 캤습니다. 더덕은 사람의 속에 효험이 있는 약초이니, 주상전하의 옥체를 보존하는 데 크게 쓰일 것이옵니다."
 "고맙소. 나도 이제 이렇게 약한 모습만 보이지는 않을 것이오."
 "그러셔야지요."
 선조의 얼굴에는 오랜만에 강한 결심이 보였다.
 "지금 전국 각지의 백성들이 의병, 승병을 모집해서 왜적들과 맞써 싸우고 있다고 하오. 호서, 호남, 영남 3도에서는 조정에 알릴 수가 없어서 그냥 싸우기만 했다는 것이오. 대사헌 윤승훈이 급히 떠났으니, 이제 그들의 힘을 한데 모아 전국 각지의 다른 의병들과도 연락을 해서 싸울 수 있을 것이오. 뿐만 아니라 강원도로 떠난 세자 또한 그곳에서 의병들을 모집해 왜적들을 물리치고 있다 하니, 얼마나 기특한지 모르겠소."
 "주상전하께옵서 이리 기운을 차리시니, 우리 조선이 왜적을 물리칠 날도 며칠 남지 않은 것 같사옵니다."
 허준이 기쁜 얼굴로 말하자, 선조도 허준의 손을 잡으며 말했다.
 "그렇소, 반드시 그렇게 될 것이오."

선조의 얼굴은 결의에 가득 차 있었다.

계절이 가을에서 겨울로 접어들면서 점점 더 조선이 유리해졌다. 이순신은 한산도 싸움으로 왜적을 크게 물리쳐 해상권을 완전히 장악했고, 진주에서는 김시민이 왜적과 싸워 큰 성과를 올렸다.

그러나 큰 승전 뒤에는 많은 희생도 뒤따랐다. 조헌과 칠백 의사는 마지막 남은 한 명까지 왜적과 싸우다 장렬히 전사했으며, 회령에서는 선조의 첫째아들 임해군과 셋째인 순화군이 왜적의 포로가 되는 수모를 겪었다.

겨울이 되자 왜적의 사기는 급격히 떨어졌다. 아무리 추운 겨울이라 해도 영하로 내려가는 날이 드문 기후에서 살았던 왜인들에게는 조선의 추위가 견딜 수 없을 만큼 혹독한 것이었다. 게다가 해상로를 이순신이 완전히 장악하고 있었기 때문에 그들의 보급로가 차단되어 왜군들은 굶주림과도 싸워야 했다. 그러다 보니 자연 조선 의병들에게 많은 패전을 당하게 되었다.

그리고 12월, 마침내 명나라의 원군이 압록강을 건너 조선에 당도했다.

"주상전하, 주상전하……."

선조를 모시고 있던 내관 하나가 급한 걸음으로 뛰어들어왔다.

"장계이옵니다. 평양성을 되찾았다는 장계가 오고 있사옵니다."

"무엇이라고?"

선조는 너무 기쁜 나머지 겉옷도 걸치지 않고 황황히 밖으로 뛰어나왔다. 설을 쉰 지 얼마 되지 않은 날이어서 북방의 바람은 살을 에이는 듯 차가웠다. 그러나 선조는 전혀 추운 기색이 아니었다. 오히려 얼굴에 홍조까지 떠 있었다.

"이번엔 정말로 탈환했다고 하오?"

선조는 믿기지 않는다는 얼굴로 재차 물었다. 왜냐하면 얼마 전 명나라 구원군의 장군 이여송이 평양성 공격에 나섰다가 크게 패하고 온 일이 있었기 때문이다. 왜적들의 꾀에 말려든 것이었다. 그들은 이여송의 군대를 진흙뻘로 유인해 갑자기 습격했다. 그 때 이여송의 군대가 가지고 있던 칼은 단검이었고, 왜적들이 가지고 있던 칼은 장검이었다. 그러니 싸움이 될 수가 없었던 것이다.

"그렇다 하옵니다. 이여송의 부대와 우리 조선의 병사들이 이미 평양성에다 승리의 깃발을 꽂았고, 왜적들은 패하여 한양으로 다시 집결한다 하옵니다."

내관의 말이 채 끝나기도 전에 장계가 도착했다. 장계의 내용은 내관이 방금 한 말과 같았다.

선조는 너무도 기쁜 나머지 눈물을 줄줄 흘렸다. 그것은 선조뿐만이 아니었다. 그 자리에 있던 허준의 눈에서도 눈물이 흘렀다.

"하늘이 우리를 저버리지 않은 것이오. 이제 머지 않아 한양으로 돌아갈 수 있을 것 같소."

그 자리에 모인 사람들은 서로서로 손을 잡고 기뻐했다.

"허 주부, 이리 좀 나와보시오."

의주 지방의 백성들과 친하게 지내던 내관 한 명이 허준을 슬그머니 불러냈다.

"무슨 일이오?"

허준이 돌아보자, 내관이 다급한 목소리로 말했다.

"급합니다, 사람이 죽게 생겼어요. 좀 봐주십시오."

"뭐라구요?"

허준은 급한 걸음으로 내관이 이끄는 집으로 갔다. 내관은 재빠른 걸음으로 앞장서 갔다.

"의주에서만 근 5대째 살아온 사람이 있는데, 그 사람의 아내가 아이를 낳다가 거의 죽게 되었다 하오."

"아이를 낳다가?"

허준은 급히 걷던 걸음을 갑자기 멈추었다.

"아이를 낳는 일이라면 내 소관이 아니질 않소. 이 동네에는 산파(아이를 받고 산모를 돌보는 일을 업으로 하는 사람)도 없다고 하오?"

"산파를 써서 될 일이면 왜 굳이 허 주부님을 찾겠소. 산파도 이미 포기해서 초상칠 준비를 하고 있다가, 나라님을 돌보는 의원이 이곳에 있다는 말을 듣고 사람들이 내게 와서 부탁을 해 이렇게 온 것이오."

산파가 포기할 정도면 보통 다급한 일이 아니었다. 허준은 서둘러 그 집으로 갔다.

아니나다를까 허준이 당도하자 그 집은 마치 초상집 같았다. 허준 일행이 들어서자 집주인 듯한 남자가 뛰어나와 허준의 무릎을 잡고 애원했다.
"살려주시구레. 제발 저의 집사람 좀 살려주시구레."
허준은 그의 손을 잡아일으켰다. 그의 손은 나무토막처럼 거칠거칠했다. 열심히 일해 못이 박힌 농부의 손이었다. 그 손이 허준의 마음에 깊은 감동을 주었다.
농부는 허준을 보고 울먹이며 겨우 말을 이었다.
"내 십년을 기다려서 얻은 아이옵니다. 그런데 마누라도 아이도 다 죽게 생겼으니 어떡하면 좋갔소? 살려만 주시구레. 내 그 은혜는 평생 잊디 않갔소."
산모가 있는 방으로는 여러 사람들이 들락날락거리고 있었다.
"이 추위에 산모한테 차가운 기운이 가면 어쩌려고 그러시오. 그 방 안에 있는 사람들은 한 명만 빼고 모두 나오시오. 나오되 산모가 찬 바람을 쐬지 않도록 조심해 나오시오."
허준이 소리치자, 방 안에 있던 사람들이 모두 나왔다. 여섯 명이었다. 허준은 손을 깨끗이 씻고 안으로 들어갔다.
산모는 거의 죽은 듯이 누워 있었다. 애산(아기의 목이 걸려 몹시 힘드는 해산)이었다. 이것은 배꼽줄이 아이 어깨에 걸려 아이가 어머니의 몸 밖으로 빠져나오지 못하는 증상이었다. 자칫하면 산모도 아기도 모두 죽기 십상이었다.
허준은 한 번도 산모를 다루어본 일이 없었다. 그러나 내의원에 있으면서 이에 관한 서적을 보아두었기 때문에 치료법은 알고 있었다.

"의원 나리, 살릴 수 있갔는디요?"

얼굴이 얽어 곰보자국이 가득한 산파가 도무지 살 것 같지 않다는 얼굴로 산모를 내려다보며 허준에게 물었다.

"최선을 다 해보는 수밖에……."

허준은 침착하게 말한 뒤 산모를 바로 눕게 했다. 그제서야 산모는 겁에 질린 눈으로 엉엉 울며 자리에 바로 누웠다.

밑을 보니 아이의 머리가 조금 나와 있는 것이 보였다. 그 안으로 배꼽줄이 어깨에 감겨 있을 것이다. 이대로 조금만 더 두면 아이는 질식해 죽을 것이고, 산모는 산모대로 목숨을 잃을 것이다.

허준은 조심스레 손을 들어 아이의 머리를 안으로 밀어넣었다.

"아악."

산모가 고통에 찬 비명을 질렀다.

"대체 어쩌시려구……."

아이를 도로 밀어넣자 곁에 있던 산파는 불안해서 어쩔 줄 몰라했다.

허준은 아이를 밀어넣은 다음 가운뎃손가락을 안으로 넣어 아이의 어깨를 감고 있는 배꼽줄을 조심스레 풀었다. 미끄덩미끄덩한 배꼽줄의 감촉이 손에 와 닿았다. 이 때 조금만 잘못하면 아이가 목숨을 잃게 된다. 허준은 숨쉬는 것도 잊을 만큼 신경을 곤두세워 손을 움직였다.

마침내 아이의 어깨를 감고 있던 배꼽줄이 풀렸다. 허준은 산모가 아이를 잘 낳을 수 있도록 뱃속에 있는 아이의 몸을 바로 잡아주었다.
 "이제 됐소. 힘을 주시오."
 허준이 말했다. 허준의 이마에서는 땀방울이 비오듯 흐르고 있었다.
 "으읍!"
 산모는 문고리에 매어놓은 수건을 붙잡고는 이를 앙물었다.
 "으아앙……."
 곧 아이가 나오면서 높은 소리로 울음을 터뜨렸다. 아들이었다.
 아이를 낳자 산모는 그 자리에서 까무러쳤다.
 "이제 되었소."
 허준은 나머지 일은 산파에게 맡기고 밖으로 나왔다.
 "고맙습니다, 고맙습니다. 정말 고맙습니다."
 이젠 아이의 아버지가 된 집주인이 허준의 다리에 매달려 기쁨의 눈물을 흘렸다.

 허준이 다 죽어가는 산모를 살렸다는 말은 곧 의주 전체에 퍼졌다. 소문이 퍼지자 허준을 찾는 병자들이 줄을 이었다. 허준은 짬이 날 때마다 병자들을 돌보아주었다. 시간이 갈수록 병자들의 수는 늘어만 갔다. 개중에는 왜적들에게 화를 입고 멀리 의주까지 피난을 왔다가 허준의 소문을 듣고 치료를 청하는 한양 사람도 있었으며, 오랫동안 앓고 있다가 허준의 치료를 받고 병이 나은 사람도 있었다. 어떤 경

우 죽은 사람도 있었는데 그들도 조금만 더 빨리 의료의 손
길이 미쳤으면 살 수 있었던 사람들이어서 허준은 마음이
아팠다.
　병이 나은 사람들은 그에 대한 사례를 잊지 않았다. 전쟁
중이라 많은 것으로 보답하지는 못해도 강에서 잡은 물고
기나 계란, 하다 못해 보리쌀 한 주먹이라도 허준의 주머니
에 넣어주었다.
　허준은 가난한 사람들에게서는 이런 답례를 받지 않았지
만, 살기가 좀 나아 보이는 사람들이 주는 것은 사양하지 않
았다. 그리고 그것을 부엌 무수리들에게 주어서 임금과 중
전의 상에 올릴 수 있도록 했다.
　하루는 허준이 병자들을 돌보고 늦게서야 행궁으로 돌아
왔을 때였다.
　"허 주부, 어디 갔다가 이제 오시오?"
　허준이 들어서자, 나이 든 내관이 황망히 뛰어나오며 물
었다. 그도 그럴 것이, 임금을 돌보는 의원이 요며칠 너무
늦도록 다녀서 말들이 많았다. 그러나 허준으로서는 밀리는
병자들을 진료하다 보니 어쩔 수 없는 형편이었다. 아파서
신음하는 사람들을 차마 떨치고 일어설 수 없었던 까닭에
매일매일 행궁으로 돌아오는 시간이 조금씩 늦어졌던 것이
다.
　그런데 이를 두고 조정 대신들이 문제로 삼은 듯했다. 이
유는 임금을 돌보아야 하는 몸임에도 불구하고 개인적인
욕심을 채우기 위해 백성들을 진료하는 데에만 급급했다는

것이다.
 허준도 그 같은 말이 있다는 것을 알고는 있었지만, 도무지 말이 되지 않는 소문이어서 무시해 오던 터였다.
 "주상전하께옵서 기다리고 계시오."
 허준이 안으로 들자, 선조는 꼿꼿하게 앉아서 허준을 기다리고 있었다.
 "허 주부가 의주에 있는 병자들을 돌본다는 말을 듣기는 했소. 내가 그것을 두고 나무라려는 것이 아니라, 가난한 백성들의 주머니를 탐해서 의료 행위를 한다고 들었기 때문에 어떻게 된 일인지 직접 들으려 하오."
 허준은 백성들이 댓가로 주는 것이면 웬만하면 사양 않고 받았다. 그것은 나라의 녹을 먹는 내의원으로서는 있을 수 없는 일이었다. 게다가 지금은 전쟁 중에 임금을 돌보기 위해서 이곳에 와 있는 것이 아니던가. 그런 몸으로 백성들을 돌보며 그에 대한 댓가까지 챙겼으니 따지자면 막중한 불충이었다.
 그러나 허준은 생각이 달랐다. 그 생각에 자신이 있었기에 허준은 거침없이 자신의 뜻을 임금에게 아뢰었다.
 "주상전하께옵서도 몽진 도중에 보셔서 아셨겠지만, 많은 백성들이 질병으로 죽어가고 있었습니다. 그들 중 많은 숫자는 의료의 손길이 조금만 닿아도 나을 수 있는 사람들이었사옵니다. 게다가 지금은 전쟁 중이라 평화로울 때보다 많은 사람들이 의료의 손길을 기다리고 있사옵니다. 그리고 소인이 이곳에서 의료의 댓가를 받는 것은 합당한 이유가 있어서이옵니다. 행궁 안에 있는 사람들의 먹을 것을 해결하기 위해 이곳 의주 백성들에게 끼쳐온 피해는 매우 큰 것이었사옵니다. 소인이 병든 백성들을 돌보아 그들의 신세를 조금이라도 갚자는 뜻에서였사옵니다."

선조는 잠자코 허준의 말을 들었다. 허준은 차분히 다음 말을 계속했다.

"그러나 의료에 대한 댓가를 저 스스로 청한 적도 없었고, 받은 것을 한 번도 제 주머니 속으로 챙긴 적도 없었사옵니다. 그것은 모두 행궁 안에 있는 사람들의 먹을 것으로 썼으며, 그렇게 되면 백성들에게서 거두어들이는 것을 조금이라도 줄일 수 있을 거라고 생각했사옵니다."

허준이 말을 마친 뒤에도 선조는 아무 말 없이 한동안 앉아 있었다.

허준도 임금의 처분을 기다리며 머리를 조아린 채 가만히 있었다. 만약 자신이 한 일이 잘못된 것이라면 어떠한 벌이라도 달게 받을 생각이었다.

이윽고 선조가 입을 열었다.

"과인이 허 주부의 행동을 조금이나마 의심했다는 것이 매우 부끄럽소."

"황공하옵니다."

"과인도 가난하고 병든 백성들을 보면 무척 마음이 아프오. 지금은 허 주부가 있어서 그들을 돌보아준다지만, 허 주부는 나라에 매인 몸, 언제까지 그들을 돌볼 수는 없을 것이오. 의료의 손길이 닿지 않는 가난한 백성을 구제할 수 있는 방법이 없겠소?"
　선조는 진지하게 물었다.
　"우리 조선의 의술을 정리해 책으로 펴내서 많은 사람들이 볼 수 있도록 하면 좋을 듯합니다. 쉽고 자세하게 쓰여진 의학서가 있다면 백성들이 의원을 찾지 않고도 병을 다스릴 수 있게 될 것이옵니다."
　허준의 말을 듣고 선조는 천천히 고개를 끄덕였다.
　"과인도 병든 백성들을 보고 그런 생각을 했었소. 만약 우리가 다시 한양으로 돌아가게 된다면 그 일은 허 주부가 맡아서 하시오. 필요한 자료는 얼마든지 보게 할 것이오."
　"황공하옵니다."
　허준은 선조 앞에 엎드려 감사의 뜻을 표했다.

14
전쟁이 끝나다

　왜군이 철수를 시작한 것은 8월부터였다.
　왜군은 조선과 명의 공격을 받아 평양에서 물러난 다음, 행주산성에서 권율 부대에 크게 패했다. 행주산성에서는 권율 장군의 지휘 아래 온 백성이 힘을 모아 왜적을 물리쳤다. 아녀자들까지도 합세하여 왜적을 쫓아내는 데 한 몫을 했다. 화살 등의 무기가 모자라자 아낙네들은 앞치마를 두르고 거기에 돌을 담아 날랐다. 그 돌을 산성 아래로 떨어뜨려 성을 기어올라 성을 빼앗으려는 왜적들을 공격했다.
　행주산성에서의 패배는 더 이상 힘을 쓸 수 없을 만큼 왜군에게는 치명적이었다. 조선 백성들이 모두 한 마음이 되어 나라를 지키기 위해 기를 쓰고 덤벼들자, 왜적은 싸울 의욕을 잃었다.

게다가 바닷길은 이순신이 완전히 장악하고 있어서 보급로가 차단되었고, 곳곳에서 일어난 의병들은 왜적이 도망가는 길을 막아서서 혼내 주었다.
　조선의 겨울도 왜적을 물리치는 데 큰 역할을 했다. 조선의 겨울은 그들이 경험해 보지 못한 혹독한 시련이었다. 왜병들은 추위를 견디지 못해 동상에 걸리는 자가 부지기수였고, 얼어죽는 자도 속출했다. 군량이 제대로 보급되지 않자 굶어죽는 자도 많았다.
　마침내 조선에서 더 이상 견디지 못한 왜적들은 철수하기 시작했다. 왜적이 물러가기 시작하자, 선조 일행은 다시 한양으로 돌아왔다. 한양에 와 보니 한양은 그야말로 황량하게 폐허만 남아 있었다. 경복궁을 비롯한 궁궐들이 모두 잿더미가 되어 있었고, 백성들의 집도 폐허가 되어 있었다.
　그 모습을 보고 선조는 통곡했다.
　"과인이 부덕한 탓이오. 과인의 무능이 이 나라, 이 백성을 이 지경으로 만들고 말았소."
　선조는 가슴을 쥐어뜯으며 한탄했다. 그러나 선조는 곧 마음을 가다듬고 국사를 돌보기 시작했다.
　아직 왜적들은 남해에 머물러 있었다. 완전히 물러간 것이 아니었다. 조정에서는 왜적들을 몰아내는 한편 전쟁으로 허물어진 나라를 복구하느라 온 힘을 다했다.
　구원군으로 온 명나라군은 왜적들과 타협을 해서 물러가게 하려 했고, 조선에서는 끝까지 싸워 왜적들을 깨끗이 물리치려 했다. 특히 이순신의 경우는 어떠한 타협도 인정하려 하지 않았다. 그냥 고이 보내 주기에는 왜적들이 조선땅에서 저지른 만행이 너무도 많았던 것이다. 무엇보다도 애초 평화로운 조선을 이유도 없이 침략한 것부터 용서할 수 없었던 것이다.

허준은 다시 한양으로 돌아와서 정작을 비롯한 이공기 등을 만날 수 있었다.

"이렇게 만나게 되다니 꿈만 같구려."

"그 동안 얼마나 고생이 심했소?"

살아서 만난 그들의 기쁨은 이만저만 큰 것이 아니었다. 다들 손을 부여잡으며 다시 만나게 된 것을 기뻐했다.

모두들 크게 고생한 것이 역력했다. 허준 같은 경우는 임금을 모시고 있었기 때문에 그나마 고생이 좀 덜한 편에 속했다. 그러나 조정에서 만난 다른 내의원들의 얼굴은 모두 반쪽이 되어 있었다.

"아버님!"

집으로 돌아가자 겸이가 맨발로 뛰어나와 허준을 맞이했다.

"무사하셔서 정말 다행입니다. 주상전하 모시고 노고가 많으셨지요?"

아내 다솜도 눈물을 닦으며 기뻐했다. 가족들 역시 고생이 적지 않았던 듯했다. 모두 얼굴이 많이 야위어 있었다.

"고생들 많았소. 다들 별고 없으니 고맙구려."

허준은 가족들이 모두 살아 있다는 사실만으로도 그저 고마울 뿐이었다.

한양으로 돌아와 다시 내의원의 일을 보기 시작한 지 몇 달이 흘렀다.
"주상전하가 허 주부를 어의로 삼는다는 소문이오."
내의원의 의원 하나가 귀띔을 해주었다. 허준은 그런 소문들에 전혀 동요되지 않고 평소처럼 묵묵히 자기 소임을 해나갔다.
궁궐에서는 행동거지를 항상 조심해야 했다. 무엇보다도 말 조심을 해야 했다. 소문을 믿고 자칫 말 한마디 잘못했다가 벼슬에서 쫓겨나고 일가가 몰락하기 일쑤였다. 며칠 전만 해도 고관대작으로 떵떵거리며 위세를 부리던 양반도 오늘 아침 귀양길에 오르는 경우를 수없이 보아왔던 허준이다.
하지만 허준은 그것이 두려웠던 것은 아니었다. 허준은 직위야 어떤 자리에 오르든 자신의 본분인 의원으로서의 길을 묵묵히 가겠다고 생각할 뿐이었다. 허준은 오직 이 생각 하나로 궁궐 생활을 해나가고 있었다. 환자를 돌보는 의원의 마음, 의원의 길, 오로지 그 길만 가겠다는 허준의 생각은 한 번도 흔들린 적이 없었다.
이러한 신념은 허준을 의연하게 만들었다. 한눈팔지 않고 자신의 일을 성실히 해나가는 바탕이 되었다. 그런 허준을 사람들은 존경어린 눈으로 바라보았다. 한편에서는 거만하다고 헐뜯는 사람도 없지 않았지만, 허준은 그런 말들에 전혀 신경쓰지 않았다.
임진왜란으로 궁궐 서고에 보존되어 있던 많은 의학서가

불에 탔다. 어떡하든 그것들을 다시 정리해 두는 것이 허준에게는 시급한 일이었다.

허준은 매일 늦게까지 내의원 서고에 남아서 그것들을 정리했다. 불에 탄 것들은 뜯어내고 없어진 부분은 다시 써서 채워넣었다. 없어진 부분이 다행히 허준의 머리 속에 정리되어 있는 내용이면 쓰기가 어렵지 않았다. 그러나 중국에서 구해 온 귀한 책들이 불에 타서 없어진 것들이 많아 매우 안타까웠다.

허준이 어의가 되리라던 소문은 얼마 지나지 않아 현실로 나타났다. 허준은 곧 어의가 되었다. 어의란 의원으로 누릴 수 있는 가장 영광된 자리였다. 그것은 조선 제일의 명의라는 뜻도 되었으므로, 허준은 매우 기뻤다.

내의원에 있는 다른 의원들이나 일반 신하들도 허준이 어의가 된 것을 당연하게 받아들였다. 피난 기간 동안 허준이 얼마나 극진하게 임금을 돌보았는지 모두 잘 알고 있기 때문이었다. 그뿐 아니라 허준의 의술은 감히 따를 사람이 없다는 평이 공공연히 나돌고 있었다.

그러나 어의가 되었다고 해서 허준의 태도가 달라진 것은 없었다. 여전히 아침 일찍 출근했으며, 열심히 근무했고, 틈나는 대로 공부에 열중했다. 또한 임금의 건강을 돌보는 데도 소홀히 하지 않았다. 전쟁을 치르느라 쇠약해진 선조를 위해 짬이 날 때마다 말벗이 되어 위로해 주었다.

그러는 동안 일본은 남해안으로 완전히 쫓겨가 있었다. 사실상 전쟁은 거의 끝난 것과 같았다.

어느 날 선조는 태의 양예수와 어의 허준을 비롯한 내의원의 의원 몇 사람을 불렀다.
"과인이 피난을 가 있는 동안 백성들이 어떻게 살고 있는지 비로소 알게 되었소."
선조는 침통한 목소리로 말을 꺼냈다. 허준은 선조의 말에 가슴이 뭉클해져서 쉰의 나이임에도 눈시울이 붉어졌다.
의주에서 임금을 모시면서 겪었던 기억이 새롭게 떠올랐다. 충분히 나을 수 있는 병임에도 불구하고 얼마나 많은 백성들이 의원의 치료 한 번 못 받고 죽어갔던가. 그뿐 아니라 중국에서 들여온 의학서라는 것이 또 얼마나 어렵고 조선인들의 체질과 어긋났던가.
"또한 의주에 있는 동안 과인은 허 주부가 백성들을 돌보는 모습을 보고 많은 것을 깨닫기도 했소."
"황공하옵니다."
허준은 머리를 조아렸다.
"이제 조선에도 의학서가 필요하오. 조선 사람들의 체질에도 맞고, 보기 쉽도록 되어 있는 책 말이오."
내의원 의원들은 선조의 말에 귀를 열심히 기울였다. 그들도 그러한 의학서가 필요하다고 늘 생각하고 있는 참이었던 것이다.
"이 일은 경들이 맡아 해야 할 것이오. 내의원의 의원이라고 해서 단지 궁궐 안 사람들을 돌보는 일만으로 만족해서는 안 될 것이오. 내의원 안에 편집국을 설치해서 경들은 이 일에만 전념하도록 하시오. 더욱 정진해서 우리 조선 백성들한테 맞는 조선의 의학서를 반드시 편찬해내길 바라오."
 "예."
 허준을 비롯한 의원들은 머리를 깊이 숙이며 한 목소리로 대답했다. 그러나 허준에게는 한 가지 걱정이 있었다. 임진왜란 동안 많은 의서가 불타버렸기 때문에 무엇을 참고해서 어디서부터 시작을 해야 좋을는지 그저 난감할 뿐이었다. 그러나 반드시 해야 할 일, 어떠한 어려움이 있더라도 이루어내야 했다.
 '그렇다. 백성들을 위해, 온 조선인을 위해 조선의 의학서를 쓰자.'
 허준은 결심을 굳히면서 자리를 물러나왔다.

 허준은 바로 다음날부터 내의원 서고에서 살다시피 하며 의서를 만드는 일에 몰두했다. 이런 허준을 가까이에서 지원하고, 함께 일하는 사람은 정작이었다. 허준도 정작도 촛불 아래서는 눈이 침침할 만큼 많은 나이였지만, 의서를 만드는 일에 조금도 게을리 하지 않았다. 그들은 먼저 내경과 외형, 잡병과 탕액, 침구편으로 나누어서 책을 만들기로 했다.
 허준과 정작이 내의원 편집국에서 의서 만드는 일에 열중하는 동안 어느덧 봄이 왔다.
 "마마, 이러시면 아니 되옵니다!"
 내의원 편집국에서 함께 의서 편찬 작업을 하고 있는 정예남의 목소리였다. 정예남의 목소리가 전에 없이 날카로웠으므로 허준은 깜짝 놀라 밖으로 나갔다.
"놓으시오. 나는 괜찮다니까 왜 이리 귀찮게 구는 거요?"
내의원 편집국 문 앞에 선 허준은 한동안 벌린 입을 다물지 못했다. 임해군이 대낮부터 술에 취해 비틀거리고 있었는데, 그의 손등에서 피가 철철 흐르고 있었던 것이다. 한 나라의 왕자가 대낮부터 술에 취한다는 것부터 있을 수 없는 일이었는데, 피를 흘리며 내의원 의원의 치료까지 거부하고 있으니 보통 일이 아니었다.
"마마……"
정예남은 밖으로 나가려는 임해군의 소맷자락을 잡고 늘어졌다.
"또 난리를 피우는군."
곁에서 지켜보고 있던 양예수가 눈살을 찌푸렸다.
잠시 후 내관 두어 명이 달려와 술취한 임해군을 왕자궁으로 데리고 갔다. 그러자 그 자리에 있던 사람들이 흩어졌다.
"임해군마마는 정말 큰일일세."
입이 무겁기로 유명한 정작도 여간 걱정스럽지 않은 듯 혼잣말로 중얼거렸다.
"오늘은 무슨 일로 저러시오?"
양예수가 내관의 손에 이끌려 임해군이 왕자궁 쪽으로 가는 모습을 멍하니 지켜보고 있는 정예남에게 물었다.
"점심식사 때부터 술을 많이 드셨답니다. 그것을 보다 못한 내관이 술을 좀 삼가는 것이 좋겠다고 했더니, 갑자기 활을 찾아들고 그 내관을 쏠 듯이 겨누었다는 겁니다."
"저런!"
양예수는 믿기지 않는 듯 눈을 크게 떴다.
"그 자리에 있던 상궁과 나인들이 깜짝 놀라 도망을 치고 한바탕 법석을 피웠는데, 어렸을 때부터 임해군마마를 모시던 나이 든 상궁이 울면서 말리자, 임해군마마는 들고 있던 칼로 자신의 손을 그만……."
정예남은 더 이상 말을 잇지 못하고 진저리를 쳤다. 그 자리에 있던 의원들은 한동안 침묵했다. 누구도 먼저 말을 꺼내는 사람이 없었다.
얼마 후 김응탁이 조심스런 목소리로 말했다.
"이상한 소문 들어보셨소?"
정예남이 물었다.
"무슨 소문 말이오?"
"아 글쎄, 가등청정이 말이오, 임해군마마에게 이상한 편지를 보내 온다지 뭐요."
"가등청정이 왜 임해군마마에게?"
양예수도 흥미롭다는 듯 눈을 빛내며 물었다.
"조선의 제일 왕자는 임해군인데 왜 광해군이 세자가 되었는지 모르겠다는 말과 함께, 조선의 형편을 좀 자세히 알려 달라고 썼다는군요."
"쉿!"
양예수는 갑자기 김응탁에게 조용하라는 시늉을 했다가

낮은 목소리로 은밀하게 말했다.
"그런 이야기 함부로 하다가는 목이 열 개라도 살아 남지 못하오. 앞으로는 절대 발설하지 마시오."
양예수의 말을 듣고 겁이 났는지 김응탁은 자기도 모르게 자신의 입을 얼른 손으로 막았다. 다른 의원들도 더 이상 묻지 않고 모두 입을 다물어버렸다. 그러나 허준은 다른 이유에서 마음이 몹시 무거웠다.
임해군은 임진왜란 때 함경도에서 순화군과 함께 가등청정의 포로가 되었다. 선조의 첫째아들임에도 불구하고 세자가 되지 못한데다가 왜적의 포로가 되었다는 사실은 두고 두고 임해군을 괴롭혔다. 더구나 동생인 광해군은 의병들을 모아 왜적을 물리치는 데 공을 세우기도 했으니 더욱 비교가 되었던 것이다.
"임해군마마를 이해하지 못할 것도 없소."
허준이 무겁게 한마디했다.
"우리가 이해하는 것과 한 나라의 왕자로서 하지 말아야 할 일을 하는 것과는 다른 문제요."
역시 정작이 침착한 목소리로 말했다. 허준은 고개를 끄덕였다.
"어젯밤에도 임해군마마께옵서 술이 취한 채 활을 들고 민가로 나가 돼지를 다섯 마리나 쏘아 죽였다고 하오."
정예남은 여전히 이마에 땀을 흘리면서 말했다.
"정말 큰일이군요. 전쟁 끝이라 백성들의 살림살이가 이만저만 어렵지 않을 터인데 무고한 돼지를 다섯 마리나 죽이다니…… 장차 백성들의 원망을 어이할꼬…….”
 정작은 미간을 잔뜩 찌푸린 채 한숨을 쉬었다.
 그 때였다. 임해군을 모시고 있는 내관이 내의원 편집국으로 헐레벌떡 뛰어들어왔다.
 “임해군마마께옵서 어의를 찾으시오.”
 “어의를 찾으신다고? 손에 난 상처 때문이라면 꼭 어의가 가지 않으셔도 될 것이 아니오?”
 곁에 있던 이명원이 근심스러운 얼굴로 말했다. 그도 그럴 것이 임해군은 어디가 딱히 아파서라기보다는 자신의 마음을 풀어줄 대상을 찾는 것이었다. 그런데 근래 들어 임해군은 성정이 매우 예민해져 있기 때문에 자칫 잘못해서 그의 기분을 거스르게 되면 곤욕을 치르기 일쑤였다.
 “알았소.”
 허준은 조용히 일어났다.
 “어쩌시려고 그러나?”
 평소에 허준과 친분이 두터웠던 이명원은 걱정스러운 눈빛으로 허준을 바라보았다. 그 이명원을 향해 허준은 조용히 웃었다.
 “찾으시는데 가봐야지. 너무 걱정하지 말게.”
 허준이 내의원 편집국을 나서자, 그 자리에 모여 있던 의원들은 끌끌 하고 혀차는 소리를 냈다.
 허준은 서둘러서 임해군의 처소로 갔다. 부드러운 봄바람 한 결이 허준의 갑갑한 마음을 어루만져주는 듯 옷섶을 헤집고 살랑거리며 지나갔다.

허준이 임해군의 처소로 들자, 임해군은 죽은 듯이 자리에 엎드려 있었다.
 "임해군마마."
 허준이 낮은 목소리로 임해군을 불렀다.
 "부르셨사옵니까?"
 허준의 목소리에 임해군은 힘없이 눈을 떴다. 그 얼굴에서는 20대의 팽팽한 기운을 찾아볼 수 없었다. 어떻게 보면 쉰이 넘은 허준보다 얼굴 표정이 더 어둡고 그늘도 깊었다.
 "왔소?"
 임해군은 허준을 보고 힘없이 일어나 앉았다. 허준은 해사하게 웃을 때마다 귀염성이 엿보이던 임해군의 어렸을 적 모습을 찾아보려 했으나 무리였다.
 "손은 괜찮으시옵니까?"
 허준은 안쓰러운 마음을 누르지 못하고 임해군을 바라보았다.
 "이 손은 좀전에 치료를 받았소. 좀 쓰라리기는 하지만 참을 만은 하오."
 "하오면 소신은 어찌 부르셨사옵니까?"
 허준이 묻자 임해군은 일어나 정색을 하고 앉았다.
 "아무리 생각해도 내 가슴에 돌이 박힌 것 같소. 숨을 쉴 때마다 가슴이 따끔거리고 무거워 견딜 수가 없소."
 "언제부터 그러셨습니까?"
 "내가 왜적들의 포로로 있을 때, 그들이 내 밥에 손톱 크기만한 돌을 넣었던 것 같소. 그것이 지금 가슴에 걸려 있는 것이오."
 임해군은 가슴을 손으로 꾹꾹 누르며 답답해 했다.
 허준은 한숨을 깊게 쉬었다. 임해군은 조울증(갑자기 기분이 좋아지거나 나빠지는 정신병)이 깊은 것이 틀림없었다. 사람의 가슴에 돌이 박혀서 살아간다는 것은 이치적으로 있을 수 없는 일이었다. 그럼에도 임해군이 그렇게 느낀다는 것은 그가 왜적의 포로로 있으면서 받은 정신적 충격이 크기 때문이었다.
 "마마의 병은 약으로 치료될 수 있는 것이 아니옵니다."
 허준이 나지막히 말했다. 순간 임해군의 눈에서는 불꽃이 튀었다. 보는 사람의 심장을 단박에 얼어버리게 할 만큼 차가운 눈빛이었다.
 "약으로 치료될 수 없다니, 그럼 영원히 낫지 못한다는 말이오?"
 임해군은 냉랭하게 물었다. 그러나 허준은 자세를 흐트리지 않고 계속 말을 이었다.
 "임해군마마의 병은 마음 먹기에 따라 나을 수도 있고, 더 나빠질 수도 있습니다."
 허준은 어린 시절의 임해군을 대하듯 다정하고 차분하게 말했다. 그러면 그럴수록 임해군은 더욱 화가 나서 못 견디겠다는 표정으로 얼굴 근육을 실룩거렸다.
 "마마께서 어떻게 하시느냐에 달려 있다는 말씀입니다."
 허준이 여기까지 이야기하자, 임해군은 더 이상 참지 못하겠다는 듯이 옆에 있던 칼을 빼들었다.

"마마, 그러시면 아니 되옵니다."
곁에 있던 나인들이 놀라 소리를 질렀다.
"조용히 하시오. 괜찮소."
허준은 놀라는 나인들을 타이르고 임해군을 바라보았다. 임해군의 눈은 벌겋게 충혈되어 사람의 눈 같지가 않았다. 허준은 그런 임해군이 너무도 가련했다.
"어의는 들으시오."
허준을 향한 임해군의 목소리는 심하게 떨리고 있었다.
"내가 듣기로 어의가 고치지 못하는 병은 없다고 했소. 만약 어의가 내 병을 고치지 못한다면 그건 세자를 위해 나를 죽게 내버려 두려는 생각 때문일 것이오."
말하는 임해군의 눈에서는 눈물이 흘러 뺨을 적셨다.
"그렇지 않사옵니다. 소신이 감히 그런 불충을……."
허준은 안타까워 외쳤다.
"닥치시오. 내일 오전까지 나를 위해 약을 지어 올리시오. 일주일의 여유를 주겠소. 만약 일주일 동안 어의가 지은 약을 먹고 내 가슴이 낫지 않으면 그땐 가만히 있지 않겠소."
"임해군마마……."
허준은 더 이상 말을 할 수가 없었다. 이미 임해군은 사람의 말을 들을 수 있는 상태가 아니었기 때문이다. 임해군의 병은 마음에 깊은 상처를 입었기 때문이다. 마음의 병이란 육신의 병과 달라서 약으로 쉽게 고칠 수 있는 것이 아니었다.

허준은 일단 임해군의 처소에서 물러나왔다. 뭐라고 말을 더 했다가는 오히려 임해군의 상태를 더욱 나쁘게 만들 뿐이라는 생각에서였다.

허준이 내의원으로 돌아왔을 때에는 어느덧 땅거미가 어둑어둑 내리고 있었다. 벌써 내의원 안에는 임해군과 허준 사이에 있었던 일이 짜하게 소문나 있었다.

이공기가 물었다.

"이야기 다 들었네. 어떡하면 좋은가?"

이공기는 허준이 염려스러워 견딜 수 없다는 표정으로 물었다.

"대궐 안이고 밖이고 온통 임해군마마의 말들뿐이네. 주상전하께옵서는 지난 전쟁에서 가장 귀여워하시던 신성군마마를 잃은 슬픔을 잘 이기시지 못하여 임해군마마에 대해서는 관심을 두지 않으시는 것 같고…… 정말 큰일이 아닐 수 없네."

"주상전하는 내가 얼마 전에 뵈었네. 아무리 신성군마마를 잃은 슬픔이 크시지만 잘 견뎌내고 계시네. 주상전하는 한 나라의 주인이 아니던가."

"그건 그렇고, 도대체 임해군마마의 분부를 어쩔 셈인가?"

허준은 대답을 하지 못했다. 아무리 자신이 어의라 하더라도 마음에 난 병을 약으로 치료할 수는 없는 일이었다. 그렇다고 거짓으로 약을 지어 올릴 수도 없는 일이었다. 난감했다. 허준이 아무 말 없자, 이공기가 다시 입을 열었다.

"자네라고 별 뾰족한 수가 있겠는가?"
허준은 그저 쓸쓸하게 웃을 뿐이었다.

다음날 허준은 내의원 내국에 명을 내려 당귀와 생지환으로 약을 달이게 한 뒤, 내의원 편집국에서 의서 만드는 일에 열중하고 있었다.
"임해군마마에게 당귀와 생지환을 처방했다고?"
이명원은 내국에 소속된 몸이기 때문에 내국에서 달이는 약에 관해서 모두 그에게 보고되었다.
"그렇다네."
허준은 글을 써내려가며 대답했다.
"그것이라면 간이 상했을 때 먹는 약이 아니던가. 임해군마마는 간이 상한 게 아니고 마음이 상하신 것이네."
"마음이 상하면 가장 먼저 상하는 것이 간이네. 다른 약은 없어. 일단 간이 더 이상 상하지 않도록 해야지. 간이 상해 몸까지 약해지시면 큰일이 아니던가."
이명원은 잠자코 고개를 끄덕이고는 잔뜩 가지고 온 종이 뭉치를 허준 앞에 펼쳤다.
"자네가 부탁한 것이네. 그 동안 내의원에서 처방한 약과 그 약을 먹으면 생기는 증상을 적은 것이야. 이것을 찬찬히 읽어보니 의서를 편찬하는 데 아주 도움이 클 것 같네."
허준은 이명원이 가지고 온 종이를 펼쳐 읽기 시작했다. 그것을 읽는 허준의 얼굴에 함박웃음이 피어났다.
"내경편에는 이 글들이 아주 도움이 크겠구먼. 이따 이것을 유의 정작 대감에게 보여드리기로 하세."
그 때 내의원 내국에서 기별이 왔다.
"임해군마마의 약이 다 되었다는 연락이 왔습니다."
"그래?"
허준은 자리에서 일어나 밖으로 나왔다. 내국에 소속된 의녀가 다소곳이 약사발을 들고 있었다. 허준이 앞장서자 의녀가 그 뒤를 따랐다.
허준이 임해군의 처소에 들어섰을 때, 임해군은 자리에 누워 있었다. 가슴을 꾹꾹 누르며 얼굴을 잔뜩 찌푸리고 있는 것을 보니 가슴에서 통증이 심하게 느껴지는 모양이었다.
"어서 오시오. 점점 더 가슴이 아파지는 것 같소. 심장에 박힌 돌이 다른 내장까지 다 상하게 하는 것 같소이다. 그것이 내 약이오?"
"그러하옵니다."
의녀가 약사발을 내려놓자, 임해군은 그것을 벌컥벌컥 마셔댔다. 약이 썼는지 임해군은 함께 준비해 온 대추를 씹으며 얼굴을 찡그렸다.
"이 약을 먹으면 내 가슴에 박힌 돌이 일주일 안에 빠질 수 있겠소?"
"마마가 마음 잡수시는 것에 따라서 일주일이 걸릴 수도 있고 이틀이 걸릴 수도 있사옵니다."
허준은 공손히 대답했다.
"마음을 굳게 먹도록 하지요. 그런데 이 약을 먹으면 돌이 빠진 것을 눈으로 직접 볼 수 있겠소?"
 임해군이 희망어린 표정으로 물었다.
 "마마의 돌은 심장에 박힌 것이 아니라 마음에 박힌 것이옵니다."
 허준은 담담한 목소리로 어제와 같은 내용을 말했다.
 "뭐라고?"
 임해군은 벌컥 화를 내었다. 격분을 참지 못하겠는지 몸을 부들부들 떨고 있었다.
 "어의는 지금 나를 놀리는 것이오?"
 "그렇지 않사옵니다."
 허준은 꼿꼿하게 앉아 말했다. 그러나 목소리는 더없이 따뜻했다. 어릴 적 임해군과 놀아줄 때의 목소리 그대로 다정했다.
 허준의 진심을 알았는지 임해군의 기분은 곧 누그러졌다.
 "어의는 왜 그것이 마음에 박혔다고 생각하시오? 나는 분명히 가슴에서 통증을 느끼고 있다는 말이오."
 임해군은 정말 가슴이 아픈 듯 손으로 감싸안았다.
 "마마, 마음을 편히 가지십시오. 그것만이 마마의 가슴에 박힌 돌을 빼낼 수 있는 방법입니다."
 허준이 말을 마치자, 임해군은 눈을 가늘게 뜨고 허준을 쏘아보았다.
 "어의는 내 병을 낫게 할 자신이 없는 것이오. 그래서 그런 말을 하는 것이오. 도대체 내게 먹인 약은 무엇이오?"
 "그것은……."

허준이 막 말을 하려는데 임해군은 자리에 있던 베개를 허준에게 던졌다. 베개는 허준의 가슴에 맞고 바닥으로 떨어졌다.
 "마마⋯⋯."
 허준은 임해군이 떨어뜨린 베개를 들어 제자리에 놓았다. 임해군에게 무엇보다 필요한 것은 따뜻한 말벗이라는 생각이 들었다. 허준은 임해군과 무슨 말이든지 해야겠다고 생각했다.
 "마마."
 "나가시오. 다 필요없소."
 허준이 다가서자 임해군은 소리소리 질러댔다.
 "마마, 노여움을 푸시고 제 말씀을 들어보십시오."
 그러나 임해군은 허준의 말을 듣지 않았다. 허준이 진맥을 하기 위해 조금이라도 다가앉으려 하면 소리를 꽥꽥 지르면서 물리쳤다.
 허준은 하는 수 없이 자리에서 물러났다. 임해군을 안정시키기 위해서는 무슨 묘안이 필요할 것 같았다.
 임해군은 그 다음날은 약도 먹으려 하지 않았다. 가슴에 박힌 돌을 빼는 약이 아니라면 아무 약도 먹지 않겠다고 버텼던 것이다.
 사흘째 되는 날 허준은 임해군 처소의 내관을 불렀다.
 "임해군마마께서는 매일 아침에 변을 보시오?"
 "그러하옵니다만⋯⋯."
 내관은 무슨 일 때문에 묻느냐는 얼굴로 허준을 바라보

왔다.
"알았소. 이제 됐소."
허준은 흡족한 미소를 지었다.
그날 밤 허준은 약이 매우 쓰도록 처방해서 임해군의 처소로 갔다.
"마마."
허준이 부르자 임해군은 팽 돌아앉았다.
"흥! 어의가 무슨 일로 왔소? 내가 부르지도 않았는데."
"마마께 드릴 약을 가지고 왔습니다."
허준은 침착하게 말했다.
"가슴에 박힌 돌을 빼내는 약이 아니면 아무것도 먹지 않겠소."
임해군은 돌아앉은 채 말했다.
"바로 그 약을 가지고 왔습니다."
"그래요?"
임해군은 얼른 허준 쪽으로 앉은 방향을 바꾸었다. 그러면서도 의심이 가득 찬 눈으로 허준과 약을 번갈아 보았다.
"어서 드시지요."
"그렇다면 왜 진작 이 약을 지어주지 않았소?"
임해군은 아무래도 믿기지 않는다는 표정으로 물었다. 허준은 일부러 굳은 표정을 하고 말했다.
"이 약은 워낙 독하기 때문에 몸에 해를 입힐 수도 있습니다. 그래서 되도록이면 임해군마마가 이 약을 드시지 않고 나을 수 있게 하려고 했습니다. 만약 제가 처방한 약을 드시고 어떻게 되면, 저는……."

"그렇다면 이 약을 먹고 죽을 수도 있다는 말이오?"

임해군은 겁에 질린 눈으로 물었다.

"이틀 안에 돌이 빠지지 않으면 그렇습니다. 이 약은 사람의 심장을 늘어나게 하는 역할을 하기 때문입니다. 늘어난 심장이 때에 맞춰 수축하지 않으면……."

허준이 말을 계속하지 않고 뜸을 들이자, 임해군이 말을 받으면서 뒷말을 재촉했다.

"수축하지 않으면?"

"하지만 아마 그런 일은 없을 것입니다. 암, 없어야지요."

허준은 고개를 설레설레 흔들었다.

"그런 일이 있으면 저도 살아 남기 어렵습니다. 즉 저의 목숨을 걸고 올리는 약입니다."

"그렇다면 내 몸에서 빠진 그 돌을 내가 직접 볼 수 있겠지요?"

"그러실 수 있을 겁니다. 허지만……."

허준은 자신 있게 대답하면서도 말끝을 흐리면서 여운을 남겼다.

"마마, 약을 드시겠습니까, 안 드시겠습니까? 신중히 생각하셔서 결정하십시오."

"먹겠소. 안 먹고 이리 답답하게 사느니 혹 죽더라도 이 약을 마셔보는 게 낫겠소."

그제서야 임해군은 약을 마셨다. 허준은 임해군이 약을 마시는 모습을 짐짓 불안한 표정으로 바라보았다.

마침내 이틀이 지난 날 아침이었다. 임해군의 심장에 박힌 돌이 빠질 것이라고 허준이 말한 바로 그날이었다.
　허준은 날이 밝기도 전에 궁궐로 들어갔다. 허준의 옷 깊숙한 곳에는 손톱만한 크기의 돌이 있었다. 허준은 입궐하자마자 임해군의 처소로 향했다. 미리 연락을 받은 내관이 허준을 기다리고 있었다. 신새벽 어둑어둑한 기운을 헤치고 허준이 들어서자, 그는 얼른 허준에게로 달려왔다.
　"준비하라신 요강입니다요."
　허준은 요강에다 돌을 넣고, 미리 준비한 찹쌀풀로 그 돌을 요강 안쪽에 붙였다. 요강에 미리 돌이 들어 있었다는 사실을 임해군이 알게 되면 허준도 내관도 살아 남기 어려웠다. 그래서 찹쌀풀을 아주 되게 쑤어서 돌에다 잔뜩 발라 요강 안에서 돌 소리가 나지 않게 했다.
　마침내 날이 밝았다.
　임해군은 돌이 나오는지 나오지 않는지 확인하기 위하여 요강에다 변을 보고 그것을 들고 오게 했다. 허준도 그 자리에 있었다. 그런데 허준을 제외하고 나머지 내관들은 혹시라도 임해군이 눈치챌까보아 조마조마해 하고 있었다.
　임해군은 요강 안을 이리저리 살피더니 작대기로 돌을 끄집어냈다. 임해군이 그것을 끄집어내자 내관은 얼른 요강을 치웠다. 임해군은 그 돌멩이를 이리저리 살펴보았다. 그러는 임해군의 얼굴에서 환한 웃음이 피어났다.
　"그래, 맞소. 이 돌이 심장에 박혀 있었던 게 틀림없소. 과연 어의는 명의요."

그제서야 곁에 있던 내관들은 임해군이 눈치채지 못하도록 한숨을 내쉬었다. 무사히 넘어가려나 보다 하는 생각으로 그들의 입가로 슬며시 웃음이 묻어나기도 했다. 그런데 그 돌을 바라보던 임해군은 갑자기 고개를 갸웃거렸다.
"아니, 이 돌 주변에 묻은 것이 무엇이오? 이 하얀 것 말이오."
아닌게아니라 돌에는 하얀 찹쌀풀이 덕지덕지 묻어 있었다. 그 순간 내관들은 가슴으로 찬 바람이 쏴아 지나가는 것을 느꼈다. 그들은 모두 이제 죽었구나 하는 생각으로 허준을 바라보았다. 그러나 허준은 태연했다.
"임해군마마, 그것은 임해군마마의 몸 안에 있는 것들이 묻어나온 것에 불과합니다. 산모가 아이를 나을 때도 아이뿐 아니라 많은 것들이 따라 나오지 않사옵니까."
"그렇겠군요."
고개를 끄덕이는 임해군의 얼굴은 다시 환하게 밝아졌다.
"그러고 보니 이제 가슴이 하나도 아프지 않은 것 같소."
허준은 임해군을 타이르듯이 조용히 말했다.
"그래도 상처는 남아 있을 것입니다. 그러니 약을 계속 드시는 것이 좋겠습니다."
"정말 고맙소, 그렇게 하지요."
임해군은 눈물이 글썽글썽해서 허준을 바라보았다.
허준은 그 이후 매일 약을 들고 임해군의 처소로 가서 임해군과 많은 이야기를 나누었다. 그러는 동안 임해군은 조금씩 차도를 보였다.

임해군은 그 해가 다 기울어서야 겨우 정상적인 생활을 할 수 있었다.

이듬해인 1597년, 정유년 일월이었다.
왜군의 재침을 알리는 급보가 한양으로 올라왔다. 그 동안 명나라의 심유겸이 왜와 명을 다니며 회담을 벌여왔는데 그것이 결렬된 것이었다.
풍신수길은 명의 황녀를 왜의 후비(後妃)로 삼고, 조선의 8도 중에서 4도를 달라는 등의 조건을 내걸었다. 그러나 이런 조건이 명의 조정에서 받아들여질 리가 없었다. 그 때문에 심유겸은 왜가 내건 조건이 풍신수길을 왜의 왕으로 인정하고, 왜의 조공을 명이 받아주는 것이라 거짓 보고를 하고 말았다. 이 사실이 알려지자 풍신수길은 가만히 있지 않았다. 그는 당장 재침을 명했던 것이다.
그런데 이 때 조선의 명장 이순신은 모함을 받아 삼도수군통제사의 자리에서 물러나 있었다. 이순신 대신 원균이 그 자리에 있었는데, 그는 싸움에 미숙해 그만 왜군에 지고 말았다. 이순신이 쌓아올린 업적이 한꺼번에 무너지는 순간이었다. 여름이 되자 다시 침입해 온 왜군은 진주까지 점령해 왔다.
이렇게 되자 조정에서는 또 한번의 혼란에 빠졌다. 일부 조정 대신들은 다시 임금이 피난을 가야 한다고 주장했다. 하지만 선조는 피난을 가지 않았다. 지난번의 경험이 너무도 뼈저렸으므로, 선조는 무슨 일이 있어도 한양에 남아 종묘사직을 지키고 백성들을 보호하겠다고 마음 먹었다.

선조는 이순신을 다시 삼도수군통제사로 삼았다. 그러나 도성 안에 있던 백성들 중의 상당수는 북으로 피난을 갔다. 그들에게는 지난 전쟁의 경험이 너무도 무섭고 쓰라렸던 것이다.

내의원 안의 분위기도 매우 어수선했다. 왜군이 진주를 점령했다는 소식이 전해지자, 내의원 편집국에서 의서를 만들고 있던 의원들도 갈팡질팡했다. 이런 상황에도 아랑곳하지 않고 의연하게 하던 일을 계속하는 사람은 허준을 비롯해서 불과 두서너 명에 불과했다.

"이 일을 장차 어떻게 하면 좋겠소? 왜적이 한양으로 올라오고 있다는데, 만약 한양이 저들의 손아귀에 넘어가는 날이면……."

김응탁은 생각만 해도 소름이 돋는다는 듯 몸을 부르르 떨었다.

"주상전하께옵서 하루 빨리 몽진을 하셔야 할 텐데……."

양예수도 미간을 찡그린 채 말했다. 이미 그는 상당히 늙어 있었는데, 임금을 걱정해서가 아니라 왜적이 두려웠던 것이다. 허준은 그들의 말에 조금도 동요됨이 없이 하던 일에 열중했다.

"우리가 지금 하고 있는 말들이 얼마나 불충한 것인지 모르오? 우리가 할 일은 주상전하의 결정을 믿고 그 분부를 따르는 것이오."

정작이 힘주어 말했다. 그러자 임금의 몽진을 거론했던

양예수는 뭔가 또 말을 하려다가 멈칫했다. 허준은 정작의 이런 꼬장꼬장한 고집이 무척 좋았다. 그래서 자신도 같은 생각이라는 뜻으로 의미 있는 눈길을 보냈다.
　두 사람을 번갈아보던 양예수가 그만 자리를 박차고 일어났다.
　"난 모르겠소. 알아서들 하시오."
　양예수는 일어서서 한동안 얼굴을 씰룩거리더니 밖으로 나가버렸다. 그러자 그 뒤를 따라 몇몇의 사람들이 따라 나갔다.
　그들은 다음날 내의원의 편집국에 나오지 않았다. 그리고 얼마 있지 않아 재산을 정리해 북으로 도망쳤다는 소문이 들렸다. 그들이 그렇게 사라진 뒤 내의원의 많은 의원들이 북으로 도망을 갔다.
　그렇게 되자 허준은 마음이 바빴다. 빨리 의서를 만들어야 하겠다는 생각으로 밤잠을 자지 않는 날이 늘었다. 모든 사람들이 집으로 돌아간 뒤라 하더라도 허준은 퇴궐하지 않고 혼자 남아 계속 일했다.
　허준의 머리 속에는 온통 질병으로 죽어가던 백성들에 대한 생각으로 가득 차 있었다. 온역이나 두창으로 죽어가던 백성들, 조금의 약이나 침 한 방이면 나을 수 있는 병을 몇 년째 꽁꽁 안고 살아가는 가난한 백성들…… 허준은 그런 조선의 백성들을 위해 하루 빨리 의서를 완성하고 싶었다.
　허준이 침침한 눈을 비벼가며 책을 보고 있을 때였다.

"주상전하 납시오."

임금의 행차를 알리는 내관의 소리가 났다. 허준은 깜짝 놀라 자리에서 일어났다. 자정이 넘은 시각이었으므로 임금의 행차가 있을 것이라고는 생각하지도 못했던 것이다.

허준은 흐트러져 있던 종이들을 얼른 치우고 옷매무새를 고친 뒤 선조를 맞았다. 선조와 함께 세자 광해군이 내의원의 편집국으로 들어왔다. 선조의 얼굴은 왜적의 침입 때문에 고민한 흔적이 역력했다.

"다른 의원들은 모두 도망을 가고 어의를 비롯해 몇몇의 의원들만 남아 일을 하고 있다고 들었소."

"황공하옵니다."

허준은 감히 얼굴을 들 수가 없었다. 내의원의 의원들이 임금을 버리고 도망을 갔다는 사실이 너무도 민망했던 것이다.

"모두가 과인이 못난 탓이오."

"아니옵니다."

허준은 그렇게밖에 달리 할 말이 없었다. 임금 앞에서 도망 간 의원들의 잘못을 말하자니 우선 마음이 아팠다. 어쨌든 그들은 자신과 함께 내의원에서 일하던 동료였기 때문이다.

"아바마마께옵서는 어의에 대해 얼마나 감사한 마음을 가지고 계신지 모르오. 지난번 임해군 형님의 일 뿐만 아니라, 내의원의 다른 의원들이 도망을 가도 꿋꿋하게 일하는 어의의 모습이 매우 감동적이라 하였소."

이제 완전히 한 나라의 왕세자로 자리가 잡힌 광해군이 의젓하게 말했다. 광해군은 임해군과는 달리 마음이 매우 안정되어 있을 뿐만 아니라 침착하고 강했다. 허준은 그런 광해군이 너무도 대견해서 흐뭇했다.
"신의 생명을 다 바쳐서라도 기필코 분부하신 의서를 만들어낼 것이옵니다. 그것만이 주상전하의 은혜에 보답하고 이 나라 백성들을 위해 할 수 있는 일이라 여겨지옵니다."
"고맙소, 정말 고맙소."
선조는 흐르는 눈물을 감추지 못했다. 허준은 어떠한 일이 있더라도 의서를 완성해내겠다는 굳은 결심으로 아랫입술을 힘있게 깨물었다.
이듬해 팔월 풍신수길이 죽었다. 그는 유언으로 왜군의 철수를 명령했고, 왜군이 철수하면서 전쟁은 끝이 났다. 그러나 조선은 노량해전에서의 대승을 거두는 대신 조선 제일의 명장 이순신을 잃어야 했다.
1606년 정월, 허준은 선조로부터 양평군숭록대부라는 벼슬을 하사받았다. 그것은 정승이나 다를 바가 없을 정도로 높은 것이었다. 사간원이나 사헌부에서는 중인으로서 받을 수 없는 벼슬이라 연일 상소가 올라왔지만, 선조는 윤허하지 않았다.
허준은 그런 임금의 마음 쏨이 너무도 고마웠다. 그리고 자신에 대한 임금의 신뢰에 보답하는 길은 좋은 의서를 만드는 길밖에 없다는 생각으로 더욱더 열심히 의서 만드는 일에 열중했다.

15
선조의 죽음

"양평군 어디 계시오?"

전쟁이 끝나면서 허준은 내의원 편집국 밖을 나서는 일이 거의 없었다. 처음 선조의 명령으로 의서를 만드는 일을 했던 의원들은 이제 없는 사람이 많았다. 따라서 내의원에서 의서를 만드는 일은 허준이 도맡아 하다시피 했다. 그런 허준을 정작이 돕고 있었다.

"무슨 일이오?"

이제 허준도 예순이 넘은 나이였다. 다른 사람 같으면 그동안 모아놓은 재산으로 손자들의 재롱을 바라보며 편히 지낼 나이였다. 그러나 허준에게는 평생을 건 사명이 있었다. 바로 조선 사람들이 볼 의학서를 만드는 일이었다.

허준은 쓰고 있던 붓을 놓고 잠시 일어났다. 무릎 관절이 시큰거리는 것이 아무래도 많은 나이에 무리한다 싶은 생각이 들었다. 허준이 문을 열고 밖으로 나가자, 선조를 모시는 나이 든 내관이 서 있었다.
"무슨 일이오?"
귀 밑으로 드러난 하얀 머리가 유난히 내관의 얼굴을 초췌해 보이게 했다.
"아무래도 주상전하가······."
"주상전하가?"
허준은 뜨거운 물을 뒤집어쓴 듯 한순간 눈앞이 아뜩했다. 최근 들어 선조의 근력이 눈에 뜨이게 나빠졌다. 허준은 보약을 처방해 선조에게 올렸다. 그러면서도 자신은 없었다. 선조는 전쟁을 겪으면서 너무도 쇠약해져 있었기 때문이다.
"오늘 아침에도 코피를 쏟으셨소."
늦가을의 바람 한 줄기가 허준의 가슴을 시리게 훑고 지나갔다. 허준은 묵묵히 임금이 머무는 어전으로 갔다.
선조는 자리에 앉아 책을 보고 있었다.
"어서 오시오, 양평군."
선조는 허준을 보고 알은 체를 했다. 두 눈이 퀭한 것이 병색이 완연했다.
"주상전하, 용안이 더욱 상하신 것 같사옵니다. 소신이 올리는 약은 꼬박꼬박 드시고 계시온지요?"
선조는 쓸쓸하게 웃었다.
"우리 귀여운 영창을 봐서라도 과인이 건강해야지요."

선조는 두 번째 왕비 김씨에게서 영창대군 의를 얻었다. 의인왕후가 아이를 낳지 못하고 죽었으므로 선조에게는 후궁이 아닌 왕비에게서 얻은 첫아들이었다. 게다가 그토록 사랑을 쏟았던 신성군이 전쟁으로 죽자, 그 사랑은 오로지 영창대군에게로만 쏠렸다.

허준은 선조를 진맥하기 위해 다가앉았다.

톡톡톡.

허준의 손가락으로 전해지는 선조의 맥은 급하고 짧았다. 위험한 징조였다.

"과인의 몸이 많이 상했지요?"

선조는 자신의 몸은 자신이 잘 안다는 듯 힘없이 말했다.

"기력이 좀 없으실 뿐이지 특별히 상하신 데는 없사옵니다."

허준이 말하자 선조는 빙긋 웃었다.

"아무래도 갈 때가 된 것 같으오. 백성들을 전란에 휩쓸리게 한 못난 임금, 오래 살 마음도 없소. 이 한 몸 사라지는 것은 별 걱정 없으나 하늘 나라로 가면 선대 대왕들을 어찌 뵐까 면목이 없소."

"주상전하, 아직 돌아가실 때가 아니옵니다. 이 나라 백성들을 위해서라도 부디 마음을 굳게 가지시옵소서."

허준은 엎드려서 간곡하게 말했지만, 솔직히 자신이 없었다. 선조는 이제 쉰둘이었다. 그러나 나이보다 훨씬 늙어 보였다. 그것은 왜란을 겪으면서 정신적으로 많은 시달림을 당해서였다. 뿐만 아니라 근래에 들어 자주 두통이 생기는 것도 좋지 않은 징조였다. 하지만 허준으로서는 최선을 다하는 수밖에 없었다.
 허준은 어전에서 물러나와 내국으로 향했다. 마침 이명원이 내국에 있었다.
 "주상전하의 안색이 아무래도······."
 허준이 말하자, 이명원도 한숨을 쉬었다.
 "진시황의 불노초를 구해다 드릴 수도 없는 노릇, 우리가 아는 의술을 가지고 최선을 다해 보는 수밖에······."
 이명원도 허준처럼 선조의 병이 이미 회복될 수 없을 만큼 깊었다고 생각했다.
 허준은 선조를 진맥하고 온 조흥남과 박지지를 불렀다. 그들의 얼굴 역시 한결같이 어두웠다. 만약 임금이 어떻게 된다면 임금을 돌본 의원들은 당연히 벌을 받아야 했다. 그들은 그것이 두려운 모양이었다.
 "한 나라의 녹을 먹으며 일하는 우리의 소임은 최선을 다해 주상전하를 돌보는 것이오. 나는 목숨을 걸고 약을 처방할 것이오. 주상전하는 지금 머리 안에 좋지 않은 이물이 생긴 것 같소. 어지럽고 코피를 자주 흘리는 것도 다 그것이 원인이오."
 허준이 그들을 향해 말을 이었다.
 "「황제내경」에 이르기를, 머리가 상하면 간이 상한다고 했소. 나는 구황기와 반하, 진피를 써서 이 두 가지를 같이 다스리려 하오. 다른 사람들의 생각은 어떻소?"
 조흥남과 박지지 두 사람 다 머리를 끄덕였다. 허준과 생각이 같다는 뜻이었다.

허준은 내국에 처방한 약을 준비하도록 이른 뒤, 이명원과 함께 내의원 편집국으로 향했다.

정작이 혼자 앉아 내경편을 쓰고 있었다. 허준과 이명원이 들어서자, 정작의 얼굴은 흥분 때문에 붉게 물든 얼굴로 말했다.

"어서 오시오. 사람의 몸 가운데 중하지 않은 것이 없소. 나는 이것을 정리해 쓰면서 사람의 몸이 얼마나 훌륭한 것인지를 새삼 알게 되었소. 그저 놀라울 따름이오."

두 사람은 정작이 내민 글을 보고 매우 기뻐했다. 그들은 밤이 깊도록 의서 만드는 일을 계속했다.

날이 갈수록 선조의 병세는 점점 악화되었다. 허준은 사력을 다해서 약을 썼지만, 그 보람도 없이 마침내 선조는 숨을 거두었다.

1608년 2월이었다. 조선 11대 임금인 중종의 손자로 태어나 13대 임금인 명종이 후사 없이 죽자 그 뒤를 이어 14대 임금으로 즉위한 것이 16세 때의 일, 그로부터 41년간 재위하여 쉰일곱의 나이로 선조는 마침내 타계했다.

16
귀 양

'덜컹 덜컹 덜컹…….'
 허준을 태운 마차가 적소(죄인을 유배해 두는 곳)로 향하고 있었다.
 선조가 죽자 허준을 비롯하여 이명원, 조흥남, 박지지는 관직을 삭탈당하고 귀향길에 오르게 되었다. 내의원 의원으로서 임금의 건강을 제대로 돌보지 못한 데 따른 조치였다.
 아직 봄을 느끼기에는 이를 만큼 날씨는 차가웠다. 허준은 머리를 들어 하늘을 보았다. 눈이 시리도록 파아란 하늘에는 구름이 두둥실 떠가고 있었고, 그 위에 선왕인 선조의 얼굴이 보이는 듯했다.
 "주상전하……."
 허준의 얼굴 위로 굵은 눈물이 흘렀다. 선조의 병은 누구도 어쩔 수 없는 것이기는 했지만, 허준은 자신의 잘못으로 임금이 죽은 것 같아 견딜 수 없도록 마음이 아팠다.

선조의 뒤를 이어 왕위에 오른 광해군은 허준에게 벌을 내리려 하지 않았다. 광해군은 무엇보다 허준의 실력과 성실성을 믿었다. 그러나 광해군의 그런 생각만으로는 어쩔 수가 없었다. 임금이 죽었으니, 임금을 돌보는 의원으로 당연히 그에 따른 책임을 져야 했던 것이다.

허준은 마차 한 귀퉁이를 바라보았다. 거기에는 커다란 보따리가 있었는데, 그것은 허준이 볼 각종 의학서들이었다. 귀양길에 오르기 전, 허준은 내의원 편집국에서 그것을 미리 챙겨두었다. 의학서 집필을 단 한순간이라도 쉴 수가 없었던 것이다.

허준의 머리 속에는 다시 의서에 관한 생각들이 밀려들었다. 이제 조금만 더 노력하면 완성될 수 있을 것이다. 그런 생각을 하자 허준의 눈에서 또다시 눈물이 흘렀다. 완성된 의서를 보지 못하고 죽은 선조가 너무도 안타까웠던 것이다.

허준은 적소에 도착하자마자, 임금이 있는 쪽을 향해 절한 다음 보따리를 끌렀다. 잠시도 지체하고 있을 틈이 없었다.

허준은 먹을 간 다음 한 자 한 자 써내려가기 시작했다. 죄인이 머무는 곳이어서 따뜻하게 군불을 땔 수도 없는 일이었다. 뼈가 얼어붙을 만큼 차가운 방에서 허준은 의서를 만드는 마지막 작업에 박차를 가했다.

허준은 약을 달이는 법을 정리한 탕액편을 쓰고 있었다. 허준이 일에 열중하는 동안 한 계절이 지나가고 있었다.

"아버님……."
어느덧 가을이 기울어 가고 있었다. 허준은 의서의 이름을 뭐라고 지을까 생각하다 깜빡 잠이 들어 있었다.
"아버님……."
허준은 눈을 떴다. 한양에서 겸이가 온 것이었다.
"겸이냐? 어서 들어오너라."
겸이는 약초 보따리를 들고 있었다. 허준이 의서를 쓰면서 참고하기 위해 가지고 오라고 전갈을 보냈던 것이다. 허준은 겸이가 가지고 온 보따리를 풀었다. 이젠 할머니가 된 아내가 정성들여 싼 약초가 가지런히 들어 있었다.
"이것은 무엇이냐?"
약초 보따리 한켠으로 한지에 싼 환약이 있었다.
"이제 겨울도 올 터인데, 어머님이 아버님을 위해 준비해 주셨습니다."
원래 약초꾼의 딸이었던 다솜은 허준과 사는 동안 나름의 의학적인 지식을 가지게 되었다. 그래서 계절이 새로 시작되기 전에 무슨 약을 먹으면 몸에 좋은지도 알고 있었다. 그러니 귀양가 있는 남편을 위해서 약을 지어 보낸 것이다.
약은 하나하나 다른 한지에 싸여져 있었다. 그것을 보고 허준은 다솜이 얼마나 정성을 기울였는가 알 수 있었다. 약 한 알마다 다솜의 마음이 담뿍 배여 있었다.

허준은 그것들 중 하나를 들어 냄새를 맡아보았다. 인삼과 사향을 넣어서 한 입에 먹기 좋도록 만든 것이었다. 그러나 허준은 그것을 먹지 않고 다시 종이에 쌌다.
"아버님, 지금 드셔 보세요. 이 약은 물을 마시지 않고 그냥 잡수셔도 되게 만든 것입니다."
그러나 허준은 겸이의 말에 대꾸 없이 그것을 모두 쌌다.
"도로 가지고 가거라."
"예?"
겸이는 울쌍이 되어 물었다.
"나는 지금 나라에 죄를 지어 벌을 받고 있는 몸이다. 그런 몸으로 어떻게 이런 귀한 약들을 먹는단 말이냐. 난 먹을 수 없다."
"아버님……."
그러나 겸이도 더 이상 채근하지 않았다. 아버지 허준이 어떤 사람인지 겸이는 누구보다 잘 알았다. 옳지 않은 일이라면 콩 한쪽도 먹지 않는 강직한 성품이었다. 겸이는 말없이 보약을 다시 쌌다.
"아버님의 뜻이 그러시니 도로 가지고 가긴 하겠습니다만, 이것을 준비하신 어머니의 정성을 생각하면 저의 마음이 무척 아픕니다."
허준도 다솜의 정성을 모르는 것이 아니었다. 하지만 사사로운 정에 얽혀 도리에 맞지 않는 일을 할 수는 없었다.
"귀향가 있는 사람에게 보약을 먹이려고 한 네 어머니의 생각이 짧았구나."

겸이는 말없이 환약을 싼 뒤, 약초를 싼 다른 꾸러미를 펼쳤다. 그 안에는 허준이 특별히 준비하도록 이른 유향이 들어 있었다. 분홍빛이 맑게 비치는 것으로 보아서 가장 좋은 유향을 구해 온 것임에 틀림없었다.

"수고가 많았구나."

"남해안을 뒤지다시피 해서 구한 것이옵니다."

유향은 구하기 어려운 것이었는데, 악성 부스럼이나 근심으로 생긴 가슴앓이, 갑자기 귀가 들리지 않을 때 쓰면 좋았다. 허준은 그것을 구분해서 따로 두었다. 유향에는 독성이 있기 때문에 잘못 먹으면 큰일이 날 수도 있는 것이었다.

그러나 겸이가 어렵게 구해 온 유향은 하루도 지나지 않아 다른 사람의 손에 넘어가고 말았다.

우당탕탕.

먼길을 온 겸이가 씻고 막 저녁을 먹은 후였다. 누군가 거칠게 문을 열고 들어서는 것이었다. 깜짝 놀란 겸이가 밖으로 나가자, 그곳에는 머리를 쫑쫑 땋은 처녀가 있었다.

"저희 어머니께서 아이를 나았는데, 피가 멎지 않아서 그만······."

처녀는 말을 채 끝내지도 못하고 울음을 터뜨렸다.

"겸이 들어오너라."

그 때 허준은 방 안에서 책을 읽고 있었다. 겸이는 처녀를 기다리게 한 뒤 방으로 들어갔다.

"이것을 가져다 주어라."

허준이 내민 것은 유향이었다. 허준은 밖에서 처녀가 하는 말을 들은 모양이었다.
"하지만 아버님, 이것은 구하기가 무척 어려운 것입니다. 약효에 관한 실험도 해보지 않고 내어주시면……."
"내가 만드는 책은 백성들을 위한 것이다. 그 백성이 필요한 약이라면 당연히 주어야 하지 않겠느냐. 이 근처의 백성들은 내가 의원이라는 소문을 듣고 종종 찾아온다. 그러나 나는 벌을 받는 몸이기 때문에 이곳을 함부로 떠날 수가 없다. 아이를 낳은 후 피가 멎지 않을 때는 이것이 가장 좋으니 가져다 주어라."
겸이는 그것을 가지고 나와 처녀에게 주며 말했다.
"이것을 가지고 가서 대나무 잎에 싼 다음 다리미로 잘 다려 잘게 갈아서 어머니에게 먹게 하시오."
처녀는 고맙다는 말도 잊은 채 그것을 빼앗듯이 가지고 갔다. 그러나 그 처녀는 얼마 지나지 않아 다시 돌아왔다.
"우리 어머님에게 먹이라고 주신 약이 독약이었습니까?"
"누가 그러더냐?"
처녀의 날선 목소리를 듣고 밖으로 나온 허준이 조용히 물었다.
"산파로 오신 할머니가 이 약을 보더니 그러셨습니다."
"그것은 독성이 있기는 하지만 때에 따라서는 약이 되기도 한다. 좀더 두면 어머니가 위독하니 어서 가서 그 약을 드려라."
허준이 단호하게 말하자, 처녀는 조금 망설였다. 독성이 있는 약을 어머니에게 함부로 마시게 할 수는 없는 노릇이니 망설일 만도 했다.
 "나를 믿고 어서 가거라."
 처녀는 여전히 망설이는 빛으로 서 있더니 이내 결심을 굳히고 말했다.
 "예, 의원님을 믿겠습니다."
 처녀가 다시 돌아온 것은 이튿날 저녁도 기울어서였다. 처녀는 산에서 딴 감을 한아름 안고 와서 허준에게 감사한 마음을 전했다.
 "어머니가 다 나았습니다. 새로 태어난 저의 동생도 건강하구요. 정말 고맙습니다."
 허준은 탕액편에 쓸 생각으로, 그 소녀에게 유향을 쓴 뒤 어머니의 몸이 어떻게 달라졌는지 물어서 따로 기록해 두었다.
 어느덧 허준은 탕액편을 모두 끝내 가고 있었다.
 그리고 이듬해 봄 허준은 조선 15대 임금이 된 광해군의 부름을 받아 다시 내의원으로 돌아갔다.

17
동의보감

"그 동안 고생이 얼마나 심하셨소?"
 허준이 돌아오자 광해군은 반가운 얼굴로 손을 덥석 잡았다.
 "의서는 다 돼 가오? 선왕께서 그리 관심 두었던 일인데 성공적으로 마치시길 바라오. 다른 일은 제쳐두고 의서 집필에 최선을 다하도록 하시오."
 광해군은 노약해진 허준의 얼굴을 안타까운 얼굴로 바라보며 신신당부했다. 허준은 내의원으로 돌아가는 즉시 내의원 편집국에서 의서 만드는 일에만 매달렸다.
 그리하여 1610년 8월, 마침내 전 25권의 방대한 의서를 완성지었다. 허준의 눈에서는 감격의 눈물이 흐르고 있었다. 허준은 그것을 닦아내지도 못한 채 붓을 들어 책의 제목을 적었다.

「동의보감(東義寶鑑)」

넉 자가 커다랗게 씌어졌다.

 광해군은 허준이 완성한 「동의보감」을 보고 크게 기뻐했다.
 "양평군 허준이 오랫동안 온 힘을 기울여 쓴 이 책을 보니, 과인은 감격스러운 마음을 감출 수가 없소. 양평군은 전란 중에도 단 한시도 게으름을 피우지 않고 최선을 다했으니, 이제 그에게 큰 상을 내릴 것이오. 양평군에게 좋은 말 한 필을 내리고, 또 앞으로 허씨 집안에서만은 적서(적자와 서자, 즉 정실 부인의 자식과 첩의 자식)의 차별을 없애서 양평군의 공을 기리도록 하시오."
 허준은 광해군 앞에서 흐르는 눈물을 감출 수가 없었다.
 '허씨 집안에서만은 적서의 차별을 없애라'는 광해군의 말 한마디가 허준에게 평생 올가미처럼 발목을 잡아왔던 서자의 서러움을 말끔히 씻어주었다. 자신의 집안에서만이라도 대대로 서자로 설움을 받는 일이 없어진다니, 허준은 믿을 수 없을 만큼 기뻤다. 아들 겸이의 얼굴이 머리 속에 떠오르고, 손자 손녀들의 얼굴도 차례로 떠올랐다.
 그런 허준을 장하다는 듯이 바라본 다음 광해군은 말을 이었다.

"내의원 안에다 「동의보감」을 간행할 특별한 기구를 설치하시오. 많은 백성들이 이 책을 읽도록 해서 병을 치료하도록 하고, 많은 의원들이 이 책을 공부해서 우리 조선의 의술을 크게 높이도록 할 것이오."

허준은 오랫동안 광해군 앞에 엎드려 있었다. 책을 완성한 기쁨과 왕이 내린 상이 너무도 감격스러워 그 자리를 뜰 수가 없었던 것이다.

「동의보감」의 완성은 의원이 된 이후에 느끼는 가장 큰 기쁨이었다. 그리고 집안에서만이라도 적서의 차별을 없애라는 말은 태어나서 가장 고마운 말이었다.

허준의 뇌리 속에는 산청에서 어린 시절을 보냈던 기억과 임금을 모시면서 겪었던 임진왜란, 그런 중에도 「동의보감」 집필에만 매달렸던 수많은 세월이 주마등처럼 스쳐갔다. 그러자 격한 감격이 가슴을 가득가득 메워 왔다.

허준은 조용히 눈을 감았다. 그리고 자신이 지은 「동의보감」이 이 땅의 백성들에게, 나아가서는 질병에 시달리고 있는 모든 사람들에게 보탬이 되기를 빌었다.

"허허, 양평군께서 명저를 내셨구려."

"이는 우리 조선 백성들의 홍복이 될 것이오."

허준의 귀에 자신이 쓴 책을 보고 탄복하는 조정 대신들의 목소리가 들려왔다. 허준은 솟아오르는 격한 기쁨을 억누르지 못해 임금 앞에 오래도록 엎드려 있었다.

「동의보감」은 1613년 광해군이 즉위한 지 5년 되던 해에 전 25권 25책으로 간행되었다. 허준이 1596년 선조로부터

명을 받아 집필에 착수한 지 17년 만의 일이었다.
 「동의보감」의 전체 내용은 5개 강목으로 나뉘어 있었다. 내경편 6권, 외형편 4권, 잡병편 11권, 탕액편 3권, 침구편 1권이 그것이다. 내경편에는 내과에 딸린 질병에 관한 증상과 처방이 주로 들어 있고, 외형편에는 외과적 질병이, 잡병편에는 내과 질환과 외과 질환에 관한 내용이 섞여 있으며, 탕액편에는 약초를 채취하여 말려서 약으로 쓰는 방법과 약효에 관한 내용이 상세히 들어 있고, 침구편에는 약물학과 침구술에 관한 내용이 망라되어 있었다. 조선의 의학서는 물론 중국의 책까지 모두 참고해 조선인의 체질에 맞게 집대성해 놓은 방대한 분량의 의학서였다.
 「동의보감」을 읽어본 사람들은 한결같이 동방에서 가장 훌륭한 의학서라는 칭찬을 아끼지 않았다. 「동의보감」은 날이 갈수록 명성이 높아져 조선은 물론 중국과 일본에서도 널리 읽히게 되었다.

 허준이 「동의보감」을 완성한 지 어느덧 5년이 지났다. 「동의보감」이 내의원에 설치된 기구에서 활자로 간행되고도 2년이 더 흐른 시간이었다. 허준은 그 동안 전염병 예방을 위해 「신찬벽온방」을 저술하기도 했다.
 광해군 7년 초가을이었다. 어느덧 허준은 일흔 살의 노인이 되어 있었다.
 허준은 자리에 누워 있었다. 최근 들어 기력이 빠지고 힘이 없어졌으며, 손 떨림도 심해졌다. 하긴 일흔의 나이라면 젊었을 때와 같을 수가 없겠지만, 허준은 정교함이 요구되는 침을 잡을 수 없다는 것이 안타까웠다.
　시원한 바람 한 줄기가 불어와 허준의 상투에서 흘러나온 몇 가닥의 흰 머리를 스쳐 지나갔다. 흰 머리로 가득한 허준의 얼굴은 가을 들녘을 스치는 바람결마냥 평온하고 부드러웠다.
　허준은 아직은 뜨거운 한낮의 햇살을 망연히 바라보고 있었다. 짙푸르던 녹음의 끝부분은 어느새 노오랗게 물이 들고 있었다. 허준은 그것을 보고 빙그레 웃었다. 자신의 한평생을 보는 것 같다는 생각이 들었기 때문이다.
　의술에 인생을 걸고 평생 다른 곳 한번 돌아보지 않고 살아온 삶이었다. 이제는 나이가 들어 침을 잡을 수는 없지만, 허준은 자신의 한평생이 자랑스러웠다. 서가에 가지런히 꽂혀 있는 「동의보감」 스물다섯 권을 바라볼 때면 더욱 그러한 마음이 들었다.
　허준은 마음이 편안했다.
　몇년 전 귀양길에서 어머니가 위독해 자신에게 유향을 얻어갔던 처녀는 이제 아이가 둘 달린 엄마가 되었다. 그녀는 산에서 혹시 귀한 나물이라도 뜯으면 잊지 않고 허준에게 보내 왔다. 그것이 인연이 되어 허준은 그 처녀의 두 아이들을 돌보아주기도 했다. 큰놈이 배앓이를 자주 하는 것 말고는 큰 걱정이 없는 집이었다. 큰놈의 배앓이도 좀더 자라면 괜찮아질 것이다.
　허준은 길게 숨을 쉬어 보았다. 오랜만에 머리가 맑았다.

겸이가 들어왔다. 겸이는 아버지 허준의 얼굴이 전에 없이 평화스러운 것을 보자, 허준이 눈치채지 못하도록 얼굴을 돌려 눈물을 흘렸다. 이제 때가 되었다는 예감이 스쳤던 것이다.
 허준은 전염병 구제를 위해「신찬벽온방」을 지으면서 급격히 기력이 떨어졌다. 게다가 전염병에 걸린 사람들을 여럿 만나고 나서는 기침이 잦았고, 열이 높은 날도 많았다. 아무리 약을 드시고 쉬는 것이 좋겠다고 해도 허준은 한 귀로 듣고 흘릴 뿐이었다. 마치 자신의 마지막날을 알고 있는 듯한 모습이었다.
 "겸아."
 허준은 나지막하고 부드러운 목소리로 부르며 아들 겸이의 손을 꽉 잡았다.
 한순간 허준의 눈에 섬광 줄기와도 같은 빛이 스쳤다. 겸이는 머리를 바짝 들이대고 허준이 무슨 말을 하는지 들었다. 허준은 하얗게 말라버린 입술을 조금 달싹거렸다.
 "책이 보고싶다.「동의보감」을……."
 겸이는 눈물이 흐르는 것을 참으며「동의보감」스물다섯 권을 꺼내 놓았다.
 허준은 눈으로 그것을 어루만지듯이 본 다음 나지막히 숨을 내쉬었다.
 "이제 되었다."
 허준의 얼굴은 매우 평안해 보였다. 허준은 살며시 눈을 감았다. 눈부시게 환한 세상이 조금씩 열리고 이었다. 그리고 그 안에서 스승 유의태와 선왕 선조, 어머니 손씨가 평화롭게 웃으며 허준에게 손을 뻗쳤다. 허준은 손을 내밀어 그들의 손을 잡았다.

어느덧 허준의 입가로 흡족한 미소가 흐르고 있었다.

초가을의 따뜻한 햇살이 한 노인의 얼굴을 조용히 비추어주고 있었다.

명의 허준의 **새 동의보감**　　　　　　값 7,000원

1998년 2월 25일　초판제1쇄인쇄
1998년 2월 28일　초판제1쇄발행

지은이　이　　재　　운
펴낸이　박　　명　　호

펴낸곳　명　　지　　사

서울특별시동대문구장안동369-1
등록 : 1978. 6. 8.　제5-28호
전화 : 243-6686・FAX 249-1253

ISBN 89-7125-137-9 03810　　* 잘못된 책은 바꾸어 드립니다.